2022

別來無恙
Miss You
So Much
左萱——繪
好希望治癒你傷口的解藥，
不是時間和距離——而是我

目錄

第一章

夏。

summer

最後一個字的尾音，牽起他的嘴角，
黑色的眼眸裡有一抹微光在閃爍，宛如夏夜裡的星星。

別來無恙 6

九月，是屬於「開始」的月分。

新生訓練的這一天，頭頂上的烈日，讓許多走進這所學校的新生紛紛拿起面紙擦汗，還有人帶了掌上型電風扇。一群新生朝前方的白色大樓移動，有不少學長姊高舉牌子站在那裡等候。

在場的新生，臉上都還掛著剛脫離高中的稚嫩，面對接下來要在這裡展開的四年生活，表情也不太一致。其中還是以興奮跟期待居多，少部分的新生則因爲剛踏進陌生環境有些緊張不安。

而在這參雜各種情緒的氣氛中，柯晴伊反而顯得平靜。她隨著幾個新生走到舉著「日本語文學系」牌子的學長面前，經由學長帶領進入一間教室，這一班有五十幾位新生，男生人數還不到女生的一半。

所有新生坐定位後，一位穿著西裝、身材纖瘦的男子走上講臺自我介紹。他是這班的導師，也是系主任，要大家未來四年開心學習，還歡迎大家去他辦公室找他喝酒。

「欸，妳不覺得這個主任長得很像黑社會老大嗎？」

柯晴伊將目光轉向隔壁跟她說話的短髮女生，女孩對她揚起親切的笑容。

「對呀。」柯晴伊回以微笑。

主任發表完開場，換新生自我介紹，輪到那個短髮女孩時，她略爲緊張地在全班面前簡單介紹幾句，便很快坐下。

她名叫楊佳妤，之前在基隆念書，臉頰有點嬰兒肥，右眼角有一顆痣，是個可愛的女孩子。

等到柯晴伊也自我介紹完畢，楊佳妤對她輕聲說：「原來妳是彰化人，離這裡很近耶，我爲了逃離我媽的魔掌，故意選遠一點的學校，這樣就不必天天聽她嘮叨了！」

「我相信很多人都是這樣。」柯晴伊再度莞爾，接著忍不住抬起視線，往窗外的一大片翠綠望去。教室外的一棵巨大老樹，正好擋住陽光，讓學生在這樣的炎炎夏日免於遭受高溫曝曬之苦。

柯晴伊的姊姊柯苡芯，之前建議她到台北或高雄念書，最後她選擇的卻是位於台中的大學。

柯晴伊的父母過去在這所學校相遇，剛入學的柯母認識了身爲助教的柯父，兩人之後開始相戀，並在柯母畢業後結了婚。甚至連婚紗照都是在學校拍攝，柯晴伊不曾見過比他們更甜蜜幸福的夫妻。

柯母這輩子最常掛在嘴邊的一句話是「我很幸福」；而她最常告訴柯晴伊的一句話則是「希望我的寶貝女兒，也能擁有和媽媽一樣的幸福」。

知道父親跟母親的故事，她很早以前就決定要來到他們相遇的地方，並就讀跟母親一樣的科系，親眼看看她的父母從前看過的風景。用她最希望的方式，懷念最摯愛的父母。

開學的第一天，柯晴伊與楊佳妤就成爲好朋友。

新生訓練和迎新晚會之後，還有一場迎新茶會，新生會跟直系學長姊交換禮物。活動才剛開始，楊佳妤的兩位直系學姊便找了過來，之後三人到別處交換禮物。

不久，一名笑容爽朗的男生走到柯晴伊面前，親切問她：「請問妳是柯晴伊嗎？」

「對，我是。」

「果然沒錯，學妹妳好。」他拿出學生證，「我叫蕭亦呈，二年級，學號4510032，是妳的直系，我在系辦看過妳的照片。」

「學長你好，很高興認識你。」

「彼此彼此，這是我給妳的禮物，我很喜歡無印良品的記事本，所以決定送這個給妳，希望妳喜歡。」蕭亦呈送上一份繫上蝴蝶結的紙袋給她。

柯晴伊也馬上從包包裡拿出一份包裝精美的禮物，「我不曉得自己的直屬是學長還是學姊，所以決定送一本小說，是東野圭吾的最新作品，希望你會喜歡。」

「眞的？我超愛東野圭吾，正打算去買他的新書，太好了！」他興高采烈接過禮物，眼角彎彎，「以後如果有課業還是其他方面的問題，歡迎妳隨時來問我，不用客氣！」

「好，謝謝學長。」柯晴伊忍不住再瞧瞧四周，「我的直系學長姊，就只有你一位過來嗎？」

「目前應該是這樣沒錯。」蕭亦呈露出無可奈何的笑，「我們的大三、大四直屬都是學長，兩人個性都很孤僻，不會來參加這個活動，本來我很怕妳也跟他們一樣，幸好不是！」

蕭亦呈既隨和又健談，柯晴伊跟他聊得非常愉快。

此外，蕭亦呈的人緣很好，不時有其他學長姊過來跟他聊上幾句，最後連楊佳妤的直系學姊也都來找他說話。

這時楊佳妤把柯晴伊拉到一旁，神神祕祕道：「晴伊，妳看站在講臺上，穿白色T恤的男生。」

「怎麼了嗎？」柯晴伊朝她說的人看過去。

「他是我大四的直系學長，日文名字叫Umi，妳不覺得他長得很像小池徹平嗎？笑容超可愛的。」她語帶興奮。

「的確有點像。」柯晴伊嘴角翹起。

「唉，日文系的男生真的太少了。老實說，看到我們班的男生，我心裡真的好失望，幸好不少學長都長得不錯，妳那位學長感覺也很陽光，妳要加油喔。」

「加油什麼呀？」她哭笑不得。

迎新茶會結束後，蕭亦呈又過來找她，楊佳妤對她曖昧一笑，就轉身跑開。

「學妹，妳想參加社團嗎？」

「我還沒想到。」

「那妳要不要考慮天文社？我是天文社的，社團正式招募社員那天，我帶妳過去看看好嗎？也許妳會感興趣。」

盛情難卻，柯晴伊最後答應了他，蕭亦呈開心地跟她要了聯絡方式，然後就跟認識的人離開了。

得知蕭亦呈只是邀請柯晴伊去參觀天文社，楊佳妤頗失望，納悶問：「天文社有什麼好玩的，妳真的要加入？」

「不知道，先去看看再說。」給出這句回答，柯晴伊忽然有些好奇，不知道母親過去有沒有參加社團？

社團招募日第一天，柯晴伊和蕭亦呈約在教學大樓的電梯前碰面。

「妳上一堂是什麼課？」蕭亦呈帶著她走過各個社團擺攤的廣場，一群學長姊正在熱情向學弟妹們介紹自家社團，天氣炎熱，每個人都汗流浹背，整個廣場充滿熱鬧的氣息。

「日語聽講實習。」柯晴伊說。

「啊，是雪乃先生的課，她人很有趣對吧？一年級的時候，她第一堂課就是先幫我們取日文名字，你們也是嗎？」

中村雪乃，今年三十七歲，是從大阪來的老師，負責教導日語聽力及矯正發音，是位教學認眞、十分親切的師長。

「對。」柯晴伊點頭。

「那妳的日文名字是什麼？」

「Haru。」

「春天的春？」見柯晴伊再點頭，他笑著說：「我叫Yusuke，漢字是佑介，雪乃先生說這名字非常適合我。」

兩人最後在某個攤子前停下，那裡坐著一名手拿扇子搧風的長髮女子，她看見蕭亦呈，意興闌珊地問：「小鬼，怎麼跑來了？」

「我來探班，順便帶我的直系學妹來，跟她介紹一下天文社。」蕭亦呈環顧四周，

「只有學姊妳一個人嗎？」

「對啊，現在輪到我值班，既然你來了，幫我顧個攤子，我去上廁所。」葉如欣站起來，聲音懶洋洋的，柯晴伊眼尖注意到學姊的臉色有些蒼白。

「好，交給我吧。」蕭亦呈將桌上的宣傳單遞給柯晴伊，「這是每學期天文社會舉辦的活動，像是天文觀測營、Star Party都很好玩，有時候還會跟別校一起合辦活動！」

蕭亦呈熱心地爲晴伊詳細介紹，幾分鐘後葉如欣回來了。

臉色依舊蒼白的她，把蕭亦呈從座位上趕開：「別讓學妹站在這裡曬太陽，你直接帶她去社辦走走吧。」

「可是社辦離這裡很遠耶。」

「我的腳踏車借你，你直接騎過去。」葉如欣擺擺手，眉頭微微皺起，像是已經快沒力氣說話。

「好。」蕭亦呈從攤子後面牽出一輛白色腳踏車，「學妹，上來吧，我載妳去社辦。」

蕭亦呈之後載著柯晴伊離開時，她的目光一直停留在葉如欣身上。

騎了十分鐘的路程，兩人抵達目的地。

柯晴伊站在階梯前，看著眼前一整排外觀老舊的教室，屋頂幾乎被蓊鬱的樹木給蓋住，四周也長滿了草，這裡除了此起彼落的蟬鳴，沒有其他聲音。

「走吧！」蕭亦呈跨上階梯，來到走廊上，指向那一整排教室，「這些老教室有三十幾年歷史，大部分都沒有使用，只有少數幾間給學生辦活動，或拿來設立社辦，除了天文社，還有其他社辦設在這裡。」

深咖啡色的屋簷和白色的牆壁布滿斑駁的痕跡，空氣中充滿老屋子的味道。他們此刻站的長廊是由木頭建搭建而成，每走一步，就能清楚聽見木頭吱吱作響。

這時手機鈴聲響起，蕭亦呈掏出手機接聽，不久後表情緊繃地結束通話，「學妹，抱歉，我臨時有急事，必須離開一下，妳先到社辦等我吧，走到底後右轉，最後一間教室就是天文社了！」

「好，你先去忙吧。」

「真的不好意思，我馬上就回來！」蕭亦呈急急忙忙跑下階梯，跳上腳踏車後就迅速離開。

柯晴伊獨自走到走廊盡頭，然後右轉，順利看到最後一間教室外頭掛著一塊木板，上頭寫著「天文社」三個字。

發現天文社的門沒關，她準備走進去，卻在踏進教室的那一刻，驟然停住腳步。

教室裡有一名身材高䠷的男子，他獨自站在鐵灰色的兩層書櫃前，低頭專心看著手裡的書，絲毫沒注意到附近有人。

柯晴伊將已踏進教室的一隻腳緩緩收回去，腳一落地，木頭地板就發出清晰聲響，男子立刻從書中抬頭，發現了她。

兩人靜靜對望，男子揚起一抹微笑，用穩重低沉的嗓音問她：「妳是新生？」

柯晴伊一凜，情不自禁點下頭。

男子將書放進書櫃，走到她面前，「妳是來參觀的嗎？」

她再頷首。

「歡迎，請進。」男子臉上笑意更深，直接讓她進去。

這間社團教室擺設簡單，只有黑板、白板、書櫃、置物櫃、兩張辦公桌，以及一張有些破舊的米色沙發，書櫃裡放滿天文期刊及相關書籍。

男子走到她身邊，「妳對天文有興趣嗎？」

柯晴伊老實回：「其實我沒有特別接觸這個領域，是有人跟我推薦這裡，所以我來看一看。」

「這樣啊，那妳有研究星座嗎？」柯晴伊搖頭，又換來他的一抹笑，「這就稀奇了，我認識的女生幾乎都對星座有興趣，社團裡也有不少女社員專門研究這個。妳可以隨意翻閱櫃子裡的書，不用客氣。」

聞言，柯晴伊走到書櫃前，挑了一本天文雜誌，封面上的圖片是土星，這張圖片勾起了她的回憶。

小二的時候，父親買下一組會發光的太陽系模型玩具，給她當作生日禮物，卻在某次與姊姊的玩鬧中，土星模型被弄壞，土星環也斷成好幾片。

父親沒有生氣，還笑著安慰她，柯晴伊卻自責難過了許久，此後只要看見那組少了土星的太陽系模型，她的心裡就會湧起淡淡的失落與愧疚。

男子注意到她盯著雜誌封面出神，「妳喜歡土星？妳對太陽系有興趣嗎？」

她一時啞口，男子以為她默認，逕自走到黑板前，陷入沉思。

「太陽系啊……」他拿起白色粉筆，在黑板中央畫了一個大圓圈。

柯晴伊見狀，忍不住走到他身旁，安靜看他作畫。

男子爲圓圈的側邊及底部打上陰影，畫出一顆球體。接著，他以球體爲中心，在外圍畫上一圈扁扁的橢圓線條，又在那條橢圓線上畫一顆體積較小的球。

重複幾次同樣的畫法，橢圓線條之間的間隔越來越寬，距離中心也越來越遠。而且每一條橢圓線上的球體，位置和大小都不一樣，柯晴伊這才驚覺男子在畫太陽系。

男子繪製的手法順暢且熟練，畫出來的線條乾淨俐落，不僅將圓形畫得完美，連空間距離也拿捏得宜，彷彿他的手就是一副圓規、一把尺。親眼見到有人可以用粉筆畫出如此工整的圖，柯晴伊不禁看呆了。

「妳是哪個科系的新生？」男子冷不防開口。

柯晴伊回神，「日文系。」

「難得可以碰到日文系的學妹。」他笑意淺淺，眼睛仍盯著黑板，「不介意的話，可以告訴我妳的日文名字嗎？」

柯晴伊停頓，用中文回答：「春。」

「Haru……」他低喃，嘴角揚起，「很美的名字。」

柯晴伊有點意外，沒想到他知道這個名字的日文念法。

「妳爲什麼會想取這個名字？」

柯晴伊看著他畫畫的那雙手，猶豫片刻後回答：「因爲我媽媽。」

「妳媽媽？」

「對，她從前也是讀日文系的，名叫春子（Haruko），所以我想取一個相像的名字。」

「原來如此，妳和妳的母親，感情一定很好吧。」

柯晴伊沒有答話，目光停在他的臉上，她深感詫異，想不到自己會將這些事告訴一個陌生人。

十分鐘後，男子放下粉筆，退後幾步望著黑板。

太陽和太陽系裡的九大行星，幾乎占滿整片黑板。明明只是簡單的白色線條，卻能構成如此震撼人心的畫面，柯晴伊久久無法移開視線。

「來。」他將一根藍色粉筆遞給柯晴伊，「一起畫吧，隨妳怎麼畫都可以，開心就好。」

柯晴伊伸手接過粉筆，看見男子用黃色粉筆爲太陽上色，她也在太陽系第三顆行星塗上地球的顏色。

男子替土星上完色後，出聲說：「土星的環，妳來畫吧。」

「咦？」

「這顆行星的最後一部分，就交給妳完成。」他唇角勾起。

柯晴伊遲疑半晌，從他手上接過黃色粉筆，在土星外圍畫上圓環，她畫得小心謹慎，深怕一不小心就毀了整幅圖。

待她放下粉筆，男子讚美道：「妳畫得很好啊。」

柯晴伊鬆了一口氣，胸口的一片溫熱，令她難以言喻。

「剩天王星和海王星就大功告成了，加油。」

兩人繼續作畫時，柯晴伊的動作漸漸變慢，不由得再將視線移往男子身上。

窗外灑進的和煦陽光照亮了他的側臉，無論是他的笑容還是嗓音，都給她如沐春風的感受，讓她情不自禁卸下心防，這是她第一次有這樣的感覺。

「好，完成了。」他放下粉筆，將手上的粉筆灰拍掉，「這幅畫就先留著，這樣也有天文社的感覺，明天再擦掉就好。」

柯晴伊盯著黑板片刻，開口：「請問我可以把你的畫拍下來嗎？」

似乎沒想到她會這麼要求，他莞爾一笑：「當然可以。」

「謝謝。」柯晴伊馬上拿出手機，男子這時也退到辦公桌旁。

抓好鏡頭，她拍下整幅畫作，當她退到教室後方，男子也入了鏡。

他半坐在辦公桌上，面向著黑板，瀏海被微風吹起，沐浴在陽光下的身影閃閃發亮。

柯晴伊被眼前這一幕深深吸引，輕輕按下快門。

「第一次有人想拍我的畫，眞感動。」男子笑容可掬，「莫名其妙被抓來畫畫，希望不會讓妳對天文社留下壞印象。」

「當然不會。」柯晴伊鄭重回答，忍不住想多問他一些事，「那個……」

「大樹學長！」

滿頭大汗的蕭亦呈出現在門邊，他氣喘吁吁道：「謝天謝地，終於找到你了，原來你就在社辦，害我還跑去教室找你，你的手機怎麼打不通？」

「抱歉，我的手機剛剛沒電了，我沒帶充電器來學校。」男子歉然，「怎麼了，找我有事嗎？」

「皓然學長打給我，說如欣學姊身體不舒服，必須回去休息，他要你去幫忙顧一下天文社的攤子。」

「如欣哪裡不舒服？」

「這個……聽說是生理痛。」

「好，我現在過去。不好意思，還讓你到處找我。」

「不會啦，能找到你就好，其他人都要上課，沒人顧攤子就麻煩了。」蕭亦呈看著兩人，「學長，你已經跟晴伊打過招呼了？」

聞言，男子問她：「妳叫晴伊？」

「對啊，柯晴伊，晴天的晴，秋水伊人的伊，她是我的直系學妹，我特地帶她來參觀社團。」蕭亦呈即刻接話，也爲柯晴伊介紹：「這位是天文社的副社長，孫黎，孫子的孫，黎明的黎，我們都叫他大樹，他是資管系四年級。」

兩人再度對視時，孫黎一笑，「晴伊學妹應該參觀得差不多了，等會兒我鎖個門就走，亦呈，你先帶她離開吧。」

「好。」蕭亦呈率先步出教室。

柯晴伊想再跟孫黎道謝，他卻把那本封面印有土星的雜誌給了她，將食指抵在唇上，輕聲低語：「誰にも言わないでください。」

柯晴伊愣住，接著又聽他再說一句：「也請幫我向雪乃老師問好。」

儘管還聽不懂那句日文的意思，但孫黎的眼神和動作，仍讓她很快就會意過來，他似乎要她別把那本雜誌的事說出去。

晚上柯晴伊回到宿舍，接到柯苡芯打來的電話：「大學生活好玩嗎？」

「還不錯呀，活動很多。姊呢，幼稚園的工作忙嗎？」

「老樣子嘍，我越來越懂得如何應付這些小鬼頭了。」她哈哈笑，「對了，妳沒跑去打工吧？」

「沒有。」

「那就好，大一這段期間，妳好好念書、好好去玩，不要想著減少我的負擔，偷偷跑去打工。妳偶爾也要點任性，不要每次都這麼懂事，這樣會讓我覺得我這個姊姊很沒用！」

「好，我會乖乖聽話。」柯晴伊輕笑出聲，手邊翻到孫黎送她的那本天文雜誌，她一陣靜默後開口：「姊，我問妳，妳記不記得我們以前把爸送的太陽系模型弄壞？」

「當然記得，妳當時難過得吃不下飯，害我這個共犯也很愧疚，怎麼突然提起這件事？」

「沒什麼，突然想到而已。週末有空，我就回彰化看妳。」

結束這通電話，柯晴伊點進手機相簿，觀看今天拍下的照片，最後她直接把在天文社拍下的一張照片設成手機桌布。

滑到孫黎入鏡的那張照片，她的手指停住了，對方的溫柔笑顏還留在她的腦海裡。

今日遇到的一切，都令她無比難忘。

得知柯晴伊決定加入天文社，蕭亦呈非常開心，隔天下午五點拉著她去社辦。

當時天文社裡有另外四個成員，兩男兩女，其中一名綁馬尾的女生，正是昨天顧攤子的葉如欣，她拿著一本簿子站在書櫃前，像是在檢查著什麼。

「亦呈，這你女朋友？」坐在沙發上吃魷魚絲的男子問話，他銳利的眸光給人不好惹的印象。

「不是，她是我學妹，柯晴伊，她也要加入天文社。」

「眞的？」男子身旁的斯文男子，立刻起身向柯晴伊伸出友誼的手，「學妹妳好，我叫許英杰，天文社的社長，歡迎妳加入！」

蕭亦呈接著跟她介紹那名看起來凶神惡煞的男子，還有站在沙發後方的嬌小女子：

「他是陳皓然學長，統計研究所二年級學生，平時除了關在研究室裡，就是跟我們一起混；然後這位是三年級的趙雅芬學姊，在社裡擔任美宣；站在書櫃前的那一位，則是我們的總務，葉如欣學姊，大四。」

「喂。」葉如欣忽然出聲，「是不是有人擅自拿走這裡的書？」

「怎麼了？」陳皓然問。

「雜誌少了一本。」

「怎麼會，櫃子不是都會上鎖，少了哪一本？」許英杰納悶。

「二〇〇六年國家地理雜誌十二月號。」

「十二月……啊，我知道，是介紹土星的那一本。」蕭亦呈說。

「對，就那本，我這裡沒有借閱紀錄。」葉如欣蹙起眉頭，「搞什麼東西，是誰拿走雜誌卻不講？」

柯晴伊一陣心慌，正要上前解釋，肩膀卻被一股力量拉住，孫黎出現在他身後，比手勢要她噤聲。

「抱歉，如欣，那一本是我拿走的。」孫黎告訴她。

「原來是你，你拿去哪了？」

「我送給別人了。」

「送給別人？那是天文社的財產，你幹麼隨便拿去送人？」葉如欣瞪大眼睛。

「當然是因爲對方值得送，我才會這麼做。」孫黎保持一貫的從容，「抱歉，我擅自不告而取，我帶了點東西跟妳賠罪。」

看到孫黎手裡提的一袋雜誌，蕭亦呈驚喜喊道：「哇，是這幾期的新雜誌！」

「這算哪門子賠罪？你擅自把雜誌給別人，再送來更多雜誌，分明是在增加我的負擔！」葉如欣仍不給他好臉色。

「學姊，沒差吧？反正天文社的書，有一半以上都是大樹學長提供的，拿走一本應該沒什麼關係。」蕭亦呈說。

「臭小子，那以後社內的書籍和器材都給你保管，若有東西不見或損壞，你就全部賠償！」葉如欣大吼一聲，嚇得蕭亦呈躲到孫黎身後，不敢再吭聲。

「如欣，是我的錯，妳別再生氣了。」孫黎又從另一個紙袋取出一杯熱可可給她。

葉如欣一見到熱可可，氣焰立刻消了不少，瞪孫黎一眼後，就拿走熱可可坐到沙發上喝了起來。

孫黎回頭對柯晴伊偷偷眨眼，告訴她已經沒事了，結果這一幕正好被陳皓然看進眼裡。

「大樹，天文社的迎新活動是在幾號？」陳皓然開口問。

「二十號，晚上七點在R402教室。怎麼，你要參加嗎？」

「只是想再確認一下，順便讓她知道這消息，亦呈說這位學妹要加入天文社。」陳皓然指指柯晴伊。

「眞的？太好了。歡迎妳，晴伊。」孫黎唇角深深勾起。

「謝謝。」她雙頰微微一熱，忽然有點難以直視他的笑容。

眾人在社辦裡吃零食聊天，趙雅芬突然把蕭亦呈從柯晴伊身邊擠開，秀出一副牌，「可愛的晴伊學妹，這是我親手設計製作的戀愛心測牌，有沒有興趣來測一下？我測牌挺準的唷。」

「好呀。」

趙雅芬將四張牌放到桌上，要她選一張，每張牌的圖案都不一樣，第一張是一顆佇立在荒涼沙漠中的大樹；第二張是朵朵白雲飄浮在藍空中；第三張是遍地鮮豔的小花，最後一張是一望無際的綠色草地。

柯晴伊選了最後一張牌。

趙雅芬看她一眼，笑著說：「妳是第二位選了這張牌的人。」
「這是在測什麼？」蕭亦呈滿臉好奇，連陳皓然和葉如欣都湊過來看。
「這四張牌主要在測兩件事，第一是測妳現在置身的環境，會爲妳的生活帶來什麼影響。晴伊學妹選的這張，代表她會認識很多人，會碰上很多快樂的事，基本上，算是不錯的牌啦。」
「那另一件事是什麼？」蕭亦呈再問。
「祕密，晴伊學妹想知道，再私下問我。」
「要什麼神祕啊？」葉如欣皺眉。
「欸，雖然這只是占卜遊戲，但測的第二件事比較私密，我怎麼能在大家面前說出來？這個占卜我只給十個人測過，包括天文社的其他兩人。」
「誰？」葉如欣歪頭。
「一個是已經畢業的上任社長，另一個就是那位了，去年我幫他測的。」趙雅芬指向講臺，所有人同時轉頭，望向正在跟許英杰說話的人。
「原來是大樹學長，那他選了哪張牌？」蕭亦呈問。
「祕密。」
「又是祕密，小氣耶妳，那我也要測！」葉如欣不耐煩。
「沒問題，一百塊，謝謝。」趙雅芬笑嘻嘻向她伸手。
葉如欣用力拍開，「一百個頭啦，哪有人這樣趁機搶錢的！」
「人家最近很窮，體諒我一下嘛！」

「我看妳是念會計念到走火入魔了。」葉如欣白她一眼，轉身走掉。

「我挺好奇大樹學長選哪張牌耶。」蕭亦呈和柯晴伊相視一笑。

發現陳皓然拿起桌上的第一張牌跟第四張牌，露出意味深長的笑，趙雅芬悄聲問他：「你在想什麼？」

「沒什麼。」他深深看了柯晴伊一眼，聳聳肩，沒有多說。

不久孫黎走過來，「各位，我有事，要先走一步了。」

「你今天到幾點？」陳皓然問。

「大概十一點。」孫黎看向柯晴伊，「晴伊學妹，禮拜四的天文社迎新茶會，記得跟亦呈一起過來哦。」

「好。」孫黎離開後，柯晴伊才後知後覺發現，本來畫在黑板上的太陽系被擦掉了，取而代之的是天文社的活動行程。

她驀地想起一件事，以要去廁所爲由，跟著離開社辦，急急追了上去，「大樹學長！」

坐在腳踏車上的孫黎按下煞車，回頭看著柯晴伊三步併作兩步跑下階梯。

「怎麼了？」他好奇地問。

「那本雜誌，我想還是還給社團吧！」

「妳不喜歡那本雜誌嗎？」

「我喜歡，但要是給如欣學姊帶來麻煩就不好了。」柯晴伊從包包裡找出昨天那本雜誌，恭敬地遞給他。

孫黎似乎沒想到她會隨身帶著雜誌，沉默半晌，他伸出左手，柯晴伊以為他要接過雜誌，然而他卻將雜誌推回來。

「妳這麼說，身為學長的我都覺得愧疚了。不過，東西送出去之後，除非對方確實不喜歡，否則我不會收回。」

柯晴伊微微一愣。

「相信我，我也是第一次這麼做，以後我也沒那個膽再去惹如欣了，妳可以跟我一起守住這個祕密嗎？」

看著孫黎的笑，晴伊無法再拒絕，只好點頭。

「大樹學長。」

「嗯？」

「我很喜歡你昨天畫的那幅太陽系，你真的畫得非常漂亮。」

這是從昨天開始，她就很想對他說的話。

面對她真摯的讚美，孫黎望著她良久，「謝謝。」

最後一個字的尾音，牽起他的嘴角，黑色的眼眸裡有一抹微光在閃爍，宛如夏夜裡的星星。

天文社迎新茶會當晚，除了向新生介紹天文社及幹部成員，還舉辦了團康活動，準備了飲料和披薩供社員享用。

柯晴伊注意到葉如欣一手托著下巴，面無表情坐在角落，手邊還放著一杯在超商買來的熱飲，走過去對她說：「如欣學姊，妳是不是還是不太舒服？」

迎上葉如欣的目光，她匆匆解釋：「前幾天在攤位看到學姊，我就發現妳的氣色不太好，後來聽說妳因爲生理痛回去休息……妳現在是不是還覺得痛？」

「沒事，老毛病了。」葉如欣撇撇嘴角，輕描淡寫，「我到外頭吹吹風，妳去吃披薩吧，否則很快就會被亦呈那小子吃光喔。」

幾分鐘後，柯晴伊帶了一樣東西離開教室，發現葉如欣坐在花臺前，頭靠在一個男人的肩膀上。

發現是孫黎時，柯晴伊呆站原地，看出現在不方便過去打擾他們，她打算偷偷轉身走掉。

孫黎卻眼尖發現了她，揚聲呼喚：「晴伊！」

柯晴伊硬著頭皮走過去，在兩人的目光下，囁嚅道：「那個……我想拿個東西給如欣學姊。」

「好，那我先離開。」孫黎說完便起身，還溫柔拍拍葉如欣的肩膀。

「妳要給我什麼東西？」葉如欣淡淡問。

「這是月見草，女生吃這個很好。希望學姊吃了，可以舒緩身體的不適。」柯晴伊給她一顆茶色膠囊，還爲她準備一杯溫開水。

見狀，葉如欣笑了聲，接過膠囊和水，一口氣服下。

「謝謝。」讓柯晴伊一起坐下來後，她開口：「學妹，我問妳，妳有喜歡的人嗎？」

柯晴伊馬上搖頭。

「那有過喜歡的人嗎？」

「沒有。」

「眞的？妳長得這麼可愛，居然還沒有戀愛經驗？」

柯晴伊一時不知如何回應，只能回：「如欣學姊發生什麼事了嗎？」

「沒事，只是深深覺得，談戀愛眞的很累。」她說出這句話時，像是快要哭出來了。想到她跟孫黎親密的那一幕，柯晴伊不禁猜測，莫非葉如欣跟孫黎在交往？

「妳是不是以為我跟孫黎在一起？」

柯晴伊嚇一跳，以為自己不小心把心裡的話說出來。

「就知道妳誤會了，我跟孫黎是高中同學，認識七年了，彼此完全不來電。」葉如欣靜靜看她，「妳該不會喜歡上孫黎了吧？」

「沒有。」柯晴伊馬上否認。

「那就好，喜歡誰都可以，就是孫黎不行，要是妳無法保證自己不會喜歡上他，就絕對要離他遠一點，明白嗎？」葉如欣將杯裡的水一飲而盡。

「大樹學長……很壞嗎？」

柯晴伊的問話，惹得葉如欣一陣笑：「某種程度來說算吧，但妳別知道太多比較好，看在妳關心我的分上，學姊認眞勸妳，不要被那傢伙的笑容給迷惑，別對他產生朋友以外的感情。孫黎這個人，是愛不得的。」

天文社的迎新活動結束後，趙雅芬陪同身體不適的葉如欣回宿舍休息，從頭到尾未在場的陳皓然，直到最後才現身。

「學妹，迎新無不無聊，會不會想退出了？」

「學長，哪有人這樣問的啦？」蕭亦呈無奈一笑。

柯晴伊搖頭：「不會，很有趣，聽完社長的介紹，我覺得之後可以學到很多東西。」

「眞是個好孩子。」陳皓然呵呵笑起來。

「晴伊，可以借一步說話嗎？」

當孫黎忽然提出這個要求時，三人同時望向他。

最後孫黎領著柯晴伊到靠近樓梯口的陽臺，方便隱密說話。

「剛才如欣有跟妳說什麼嗎？她有沒有罵妳？」

她詫異，「學姊沒有罵我，爲什麼學長要這麼問？」

「如欣今天的情緒不太穩定，我擔心妳是不是挨罵了。」

「沒這回事，學姊這幾天不太舒服，我只是拿些藥給她吃。」柯晴伊解釋。

「是嗎？原來如此，如欣其實心腸很軟，妳這麼關心她，她一定很感動。」他露出放心的笑容，見她盯著他看，好奇問，「怎麼了？」

「剛才……我聽如欣學姊說，你們是高中同學，認識很久了。」

「喔？」孫黎語調微揚，似乎對葉如欣會跟她說這些而略感訝異，「是啊，所以我們對彼此都還挺了解的。她會把這件事告訴妳，代表她對妳有某種程度的信任了吧，她還有說什麼嗎？」

這次柯晴伊不敢吐實，只得搖頭，「沒有了。」

「嗯，那沒事了，今天謝謝妳還抽出時間過來，早點回去休息吧，晚安。」

孫黎回去找陳皓然後，蕭亦呈也走到柯晴伊的身邊。

陳皓然跟她揮手道別時，臉上那滿是喜悅的笑容，讓柯晴伊不禁有些困惑。

「大樹學長剛剛跟妳說了什麼？」回宿舍的路途中，蕭亦呈好奇地問。

「學長說，謝謝我今晚抽出時間參加迎新活動。」

「就這樣？看他特地把妳叫走，我以爲他要說什麼重要的事。」

柯晴伊沒有接話，只是安靜地邁開步伐，忍不住又想起葉如欣剛才說的話。

在她看來，孫黎是一個個性好、善解人意，又有點神祕的學長，無論怎麼想，他都不像葉如欣說的那樣，是個「危險人物」。

不知不覺，柯晴伊發現自己對孫黎的好奇越來越深。

週六上午十點，柯晴伊前往學校附近的大賣場添購生活用品。

站在文具區專心挑選筆袋時，她遇到陳皓然，對方推著推車走過來，熱情跟她打招呼：「小草學妹，來買東西啊？」

柯晴伊先是訝異地看著他，接著環顧四周。

「別懷疑，我是在叫妳。」

「請問學長爲什麼要這麼叫我？」她眞心不解。

「妳不喜歡別人這樣叫妳嗎？」

「不是，我只是不懂爲什麼學長要叫我小草？」

「因爲我覺得妳很適合啊。」

「第一次有人幫我取這樣的綽號，有點驚訝。」

「眞的？」他眨眨眼，似乎很開心，「不介意我這麼叫妳吧？」

柯晴伊想了想，「嗯，沒關係。」

「太好了。」他瞧瞧她手上拿的商品，「妳要買筆袋嗎？」

「對，之前用的筆袋拉鍊斷掉了，想要換新的。」

聞言，陳皓然將架上的筆袋看過一遍，突然伸手取下一個粉色筆袋，「選這個吧，非常符合妳的氣質。」

發現那個筆袋要價三百多塊，柯晴伊嚇一跳，「這太貴了，我不需要用這麼好的，普通價格的就行了。」

「中秋節快到了吧？」

「咦？」

「這個筆袋就當作是我送妳的中秋節禮物，妳不會堅持拒絕學長的好意吧？」

柯晴伊答不出話，只能看著陳皓然拿著那個筆袋去結帳。

離開賣場後，陳皓然往停在附近的一輛白色轎車走去，把兩袋東西放進後車廂，接著對柯晴伊說：「小草學妹，妳等等還有事嗎？」

今天並沒有其他行程，她很快搖頭。

「那要不要去附近走走？妳剛入學，應該還有很多地方沒有逛過吧？放心，學長不會吃掉妳的。」

柯晴伊依舊無法拒絕，只好跟著他到附近走走逛逛，聽他介紹這附近的環境與店家。

當他們走進超商，柯晴伊問：「學長，你要買什麼嗎？」

「我想買瓶可樂，還有一包辣味洋芋片，這種大熱天喝冰可樂最痛快了！」陳皓然話才說完，就看見柯晴伊迅速從冰箱及商品陳列架上拿下一瓶可樂跟一包辣味洋芋片，前去櫃檯結帳，最後拿到他面前。

「學長，這些請你。」

兩人留在超商裡吹冷氣，見陳皓然零食吃完了，柯晴伊馬上說：「學長還想吃什麼嗎？」

陳皓然噗哧一笑，「小草學妹是打算一直請我吃東西，直到足以抵銷筆袋的價錢為止嗎？」

她臉發燙，啞口無言。

「妳不必這麼客氣，我送妳那個筆袋，不是為了讓妳覺得欠我一個人情。只是如果能看到妳使用這個筆袋，我會很高興。」他意味深長地說。

透過閒聊，柯晴伊得知陳皓然已經二十七歲，他在工作幾年後回來考研究所。由於熱愛天文，即使課業繁忙，還得打工支付生活費，他還是會抽空參與天文社的活動。

「學長今天不用打工嗎？」

「我下午才有班，所以趁上午出來買東西。」喝完可樂，陳皓然打了個嗝，心滿意足地站起身，「時間差不多了，我送妳回學校。」

傍晚，楊佳妤和柯晴伊去逛夜市，回到學校時，柯晴伊接到一通陌生電話，對方竟是陳皓然。

「小草學妹，我向亦呈要了妳的電話，想請妳幫我一個忙，我把皮夾忘在今天早上帶妳去的那家超商，但我沒辦法立刻回去領，妳可不可以過去幫我拿回來呢？」

「沒問題，我現在就去幫你領回來。」結束通話，柯晴伊向楊佳妤解釋後，即刻獨自趕往那間超商。

「歡迎光臨。」

一進超商，柯晴伊和櫃檯的店員四目交接，兩個人都愣住了。

「晴伊？」孫黎看著氣喘吁吁的她，忍不住問：「妳怎麼了？」

柯晴伊沒料到會在這裡遇見孫黎，原來他是這家店的店員。

「皓然學長說，他把皮夾忘在這裡，請我來幫他領取。」

「但我沒聽輪上個時段的同事說有客人遺落皮夾啊。」

「奇怪，那我跟學長說一下。」晴伊掏出手機準備撥打。

孫黎沉默看著她，揚起嘴角：「晴伊，我來跟他說。」

柯晴伊把手機遞給孫黎，孫黎悠悠向對方開口：「皓然學長，你確定你的皮夾不見了？要不要找一下你的背包，說不定放在那了。」

說完，孫黎把手機還給柯晴伊，要她接聽，柯晴伊一出聲，就聽到陳皓然慌張地跟她賠不是：「小草學妹，不好意思啦，學長老糊塗了，居然忘記自己把皮夾放在背包裡，眞的對不起，害妳白跑一趟！」

「沒、沒關係，皮夾沒掉就好了。」滿頭問號的她，不禁看孫黎一眼，只見他離開櫃檯，從商品架上取下一罐冰奶茶，在她通完電話之後交給她。

「我替皓然學長向妳賠罪，下次碰到他，妳再叫他補償妳。」

「沒關係，皮夾順利找回來就好。」單純的她說得認眞。

孫黎輕哂，無奈地說：「以後皓然學長說的話，妳不必全部相信。」

「什麼？」

「如果哪一天，他又有什麼東西不見了，需要妳幫忙找，妳就先告訴我，我會幫他找到，就像今天。」語落，孫黎低頭看看手錶，「晴伊，妳可以等我一下嗎？再十五分鐘我就下班了，妳去找位子坐，我等會兒送妳回宿舍。」

「大樹學長，我可以自己回去的。」

「不行，現在很晚了，我必須確保妳的平安，畢竟妳會出現在這裡，我也有責任。」

「咦？」

「喝杯奶茶休息一會吧，架上的雜誌隨便妳看。」孫黎微笑說完，門鈴就響了，有兩個客人走進店裡。

孫黎下班時，已經是深夜十一點，孫黎騎腳踏車載她，天邊懸掛著幾顆發亮的星星，吸引兩人的目光。

「要是沒有光害，就可以看見更多星星了。」孫黎說，「妳來這邊還習慣嗎？有沒有不適應的地方？」

「沒有，我本來就想來這裡唸書，所以不會有不適應的問題。」她不假思索道。

「為什麼妳會想來這裡唸書？」

「因為這裡……對我有特別的意義。」她坦然回應。

孫黎停頓半晌，「跟妳的母親有關嗎？第一次在社辦見到妳的時候，妳告訴我，妳母親以前也是日文系的學生，而妳想取一個與妳母親相近的日文名字，莫非妳母親就是從這裡畢業的？」

「對。」柯晴伊驚訝他的敏銳，更沒想到他還記得那天她說過的話。

「能和重要的人待在同個地方，看著對方曾經看過的風景，是一件很幸福的事。」他語帶笑意，話聲溫柔，「希望妳可以在這裡開心度過四年。」

一股難言的情緒從心底湧上，柯晴伊啞聲說：「謝謝大樹學長。」

「不客氣。」

雖然來到這裡的時間還不長，柯晴伊卻已經有很多事情想要與母親分享。

這裡的天空，以及風的味道，都深深刻印在她的心裡。

大樹學長的笑容，也在不知不覺間，悄悄地停留在這片景色裡，只要想起這個夜晚，她就會同時想起此刻的這個背影。

是這個夏末，最明亮的一道風景。

第二章

風。

wind

他第一次這樣看著她，時間彷彿在那雙眼睛裡靜止了。

「妳說得對。」他的聲音伴風而來，「妳的話，我很贊同。」

說完後，原本掛在他嘴角的笑意消失了。

「先生，さようなら（再見）！」

週一的日語聽講課結束後，所有學生和雪乃老師道再見，陸續走出教室。

柯晴伊準備和楊佳妤離開時，注意到老師的東西有些多，主動走上前詢問：「先生，要不要幫忙？」

「啊，謝謝！」雪乃老師抬起頭，露出大大的笑容。

來台灣教書多年的她，能用流暢的中文與學生溝通，只是腔調依舊十分明顯。

幫忙把東西搬到辦公室後，雪乃老師拿出日式甜點和冰涼的茶水招待她們，楊佳妤開心得發出歡呼。

這是兩人第一次來雪乃老師的辦公室，陳設充滿淡雅的日式風格。柯晴伊走到書櫃前，注意到一個木製的盒子，上面印著一幅精緻唯美的畫，大阪城被包圍在一簇簇櫻花樹之間，色彩明亮鮮豔。

雪乃老師走到她旁邊：「可以拿起來看看喔。」

「好。」柯晴伊小心翼翼地拿起盒子仔細端詳。

「Haru醬喜歡這個盒子嗎？」

「嗯。」她點頭，很快就把盒子輕輕放回去，深怕弄壞這美麗的木盒。

雪乃老師微微一笑：「妳去過日本嗎？」

「很久以前跟家人去過北海道，但大阪還沒去過。」

「那Aki醬和Haru醬有機會去大阪玩吧，還可以來我家住喔。」

「可以去先生家嗎？晴伊，我們要趕快存旅費！」楊佳妤興奮地說。

雪乃老師晚點還有課，她們待了半小時就離開了，走進系辦晃晃，主任辦公室裡傳來十分熱鬧的聲音。門沒有關，兩人經過時往裡頭一瞥，意外看見熟人。

「晴伊！」蕭亦呈跟她打招呼，他身旁還有六個男生，全是他的同學。

柯晴伊的班導「老大」吩咐蕭亦呈倒桌上的某種飲料給她們喝。

楊佳妤啜了一口，五官瞬間皺在一起：「好酸喔，這是什麼？」

「梅子酒啊，老大請我們喝的！」蕭亦呈哈哈大笑。

老大的本名叫王言東，由於外型像黑社會老大，被學生暱稱為「老大」，他本人也不以為忤，年屆五十歲的他，外貌卻像只有四十歲。王言東幽默風趣，和年輕人也可以毫無隔閡地處在一塊。

一群人在主任辦公室裡喝酒吃零食，最後王言東還慷慨塞不少點心給大家帶回去。

當柯晴伊跟著大家踏出辦公室，王言東叫住她，「柯晴伊，妳現在有在打工嗎？」

「沒有。」

「那妳平時忙碌嗎？」

她頓了下，搖搖頭，不懂對方這麼問的用意。

王言東笑了笑，「我知道了，沒事了。」

一頭霧水的她走出系辦，就見蕭亦呈走過來。

「晴伊，妳們下午三點才有課對吧？接下來要幹麼？」

「我跟佳妤剛才說好去後門那邊喝點東西。」她回。

「一起走吧，我也正想去買喝的。」

「哎呀，我突然想到，我得去圖書館還一本書，你們兩個去吧，我先走一步了！」楊佳妤說完就匆匆跑走，了解好友的個性後，柯晴伊便清楚她是故意讓他們單獨相處。

不久後，柯晴伊和蕭亦呈站在人潮洶湧的飲料店前，柯晴伊的肩膀被人輕點一下。

「兩位感情這麼好，一起來買飲料啊？」陳皓然笑吟吟地站在他們身後。

「學長，你怎麼在這裡？」蕭亦呈瞠目。

「當然是來買飲料啊，不然來觀光嗎？」陳皓然白他一眼，望向柯晴伊，「小草學妹，前天晚上眞是對不起。」

「不會，沒關係。」

陳皓然俯下身，在她耳邊低聲問：「那天晚上大樹有沒有送妳回去？」

柯晴伊一頓，點點頭。

「那就好。」陳皓然滿臉笑意。

「你們在說什麼悄悄話？還有，爲什麼學長要叫晴伊小草？」

「幹麼告訴你？這是我們兩個的祕密。飲料我請客吧。」

「眞的？謝謝學長！」蕭亦呈歡呼。

「你謝個屁啊？我請小草學妹又不是請你，你的自己付。」

「哪有這樣的！」蕭亦呈抗議，一臉懷疑，「學長你怪怪的，突然對晴伊這麼大方，該不會做了什麼對不起人家的事情吧？」

「你這臭小鬼胡說八道什麼？我平常也對你很好不是嗎？」

看著他們打鬧，柯晴伊的腦海再度浮現那天看到的星空，以及那個人所說的話……

某天上完王言東的初級日語課，他忽然要柯晴伊去他的辦公室一趟。

「妳之前說妳現在沒有打工對吧，那妳願不願意接下一份工作？」

她眨眨眼，「請問是什麼工作？」

「我想請妳擔任中村老師的助教，幫她處理一些工作上的事，或是指導學生的課業。」

柯晴伊很意外，「主任，我才大一，指導學生課業的部分，我恐怕沒辦法勝任。」

「我知道，不過那是以後的事，現階段我希望妳能爲中村老師分擔一些簡單的行政事務。」

「爲什麼主任會找我呢？」

「因爲妳個性謹慎、做事細心，課業表現也很出色，由妳來幫忙中村老師，我覺得很合適。妳可以在她身邊多學點東西，等妳升大二，就能幫忙指導一年級的學弟妹了。」王言東微笑，「中村老師身體其實不太好，她又常忙到沒時間休息，如果有一個性情沉穩、頭腦冷靜的助手從旁協助她，我會比較放心。」

「雪乃先生的身體怎麼了？」

「她有心臟病。」

柯晴伊很吃驚，她從不知道這件事，「主任幫雪乃先生找助教的事，她知道嗎？」

「我跟她提過，但她沒放在心上。她心腸很軟，如果跟她說，有學生需要這份工作，她應該會接受，只要別讓她知道我是因爲這個理由幫她請助教就好了。」

柯晴伊思索半晌，做下決定，「好，如果雪乃先生同意，我願意。」

「ありがとう（謝謝）。這件事妳先別跟任何人提，確定後我再通知妳。」

「好。」

據柯晴伊所知，王言東和雪乃老師是學長跟學妹的關係，王言東在日本攻讀博士，雪乃老師也在同一所學校念碩士。後來王言東回台灣，引薦雪乃老師過來教書，兩人的好交情可見一斑。

隔天下午，蕭亦呈帶著柯晴伊到天文社社辦。

陳皓然、葉如欣及趙雅芬三人正坐在沙發上吃東西聊天，陳皓然一見到柯晴伊，立刻舉手大喊：「小草學妹！」

葉如欣納悶，「你叫她什麼？」

「小草學妹啊。」

「爲什麼這樣叫？」

「有什麼關係，這名字很可愛不是嗎？」

「誰問你這個，我是問你幹麼突然叫她小草？」

趙雅芬冷不防噗嗤一聲，葉如欣的眉頭皺得更深，「妳笑什麼？」

「沒有啦。」趙雅芬嘴角笑意仍在。

葉如欣白他們兩人一眼，挪出一個空位，拍拍沙發：「來，坐這裡吧。」

「學姊妳眞好，謝謝學姊！」蕭亦呈受寵若驚，開心地坐下，立刻被葉如欣重重拍了下頭，「誰說要給你坐的？這是晴伊的位子，你自己搬椅子！」

後來他們的話題都在「小草」這個綽號上打轉，唯獨趙雅芬不問理由，直接跟著陳皓然這麼叫。

蕭亦呈說：「這讓我想到，大樹學長的綽號好像也是皓然學長取的，這次你又幫晴伊取了個『小草』，是不是有什麼關聯？」

「是不是跟戀愛心測牌有關？」葉如欣敏銳猜到，「晴伊第一次來的時候，雅芬妳幫她測過戀愛心測牌，妳說妳在天文社除了晴伊，就只有幫上任社長和孫黎測過。」

蕭亦呈拍手大喊：「對，我想起來了，晴伊選的是有很多小草的那張牌，所以叫小草，那麼大樹學長會叫大樹，是因爲他選了第一張牌。皓然學長，我沒說錯吧？」

陳皓然讚道：「我們如欣果然冰雪聰明。」

「你眞的好無聊，成天只想一些奇奇怪怪的事，沒看過這麼閒的研究生，到底能不能畢業啊你？」葉如欣又賞他一個大白眼。

「雅芬學姊，妳有沒有帶那副戀愛心測牌，可不可以借我看一下？」蕭亦呈說。

「沒有耶，我今天沒帶那一副。」

「是喔。」蕭亦呈失望嘀咕，之後眾人便換了個話題。

離開社辦後，趁著那三人走在前面，趙雅芬拉住柯晴伊，「小草，妳想不想知道那副心測牌測的第二件事？」

被她這麼一問，柯晴伊也好奇起來，點點頭。

「妳抽的那張牌，是一片遼闊的草地，每一株草都短短小小的，放眼望去並不顯眼，這代表妳不容易讓別人看出妳的感情；牌裡的草地綿延至遠方，代表妳喜歡上的那個人，會停留在妳心裡很久很久，也許過了好幾年，妳都沒辦法將對方忘懷，對方會是妳生命中難以抹滅的存在。」

柯晴伊呆了好一會兒，沒想到她所選的那張牌會是這樣的意義。

這讓她想起了孫黎選的那張牌，她也想知道他的選擇意味什麼，但她沒有問出口。

某天午後，柯晴伊和楊佳妤在系辦外寫習題，寫到一半，楊佳妤的手機響了，她讀完訊息後激動尖叫：「晴伊，Umi學長問我，晚上要不要去吃義大利麵！」

「眞的？只有你們兩人嗎？」

「我的兩位直系學姊也會去，但可以跟Umi學長吃飯，我就很滿足了！」楊佳妤興奮不已，馬上回傳訊息答應對方，「話說回來，晴伊妳跟蕭亦呈到底如何呀？」

「什麼如何？」

「別裝傻啦，妳知道我在我問什麼，妳對蕭亦呈到底有沒有意思？」

「我……只把他當朋友。」

「眞的？」再三確定柯晴伊沒說謊，楊佳妤滿臉失望，「什麼嘛，虧我之前還找機會讓你們獨處，我看蕭亦呈對妳很好，還以爲你們有機會在一起。」

「妳想太多了，我們趕快把練習做完，不然妳會來不及跟Umi學長吃飯。」柯晴伊匆匆轉開話題。

「啊，對，我得抓緊時間了。」楊佳妤這才將注意力轉回，卻在解題時碰到瓶頸，正想開口請教柯晴伊，身後就傳來一道乾淨的男嗓。

「現在已經念到五段動詞了嗎？」

孫黎忽然出現在這裡，讓柯晴伊嚇了一跳。

「這是第二類動詞，妳寫對了。」孫黎莞爾，告訴一臉呆住的楊佳妤，「這部分剛開始很容易搞混，只要多看文章、多做練習，就能漸漸運用自如了，不必被那些規則嚇到，加油。」

「謝、謝謝。」楊佳妤有點緊張，「請問你是日文系的學長嗎？」

「不是，我是資管系的。」孫黎態度親切，隨後看向柯晴伊，「學習還可以嗎？如果有不懂的地方，或許我可以幫上忙。」

「那……我想請大樹學長幫我看一個問題。」她吶吶道。

「好。」孫黎卸下背包，目光忽而定格在柯晴伊的筆袋，接著也拿出自己的筆袋。

「咦？你們的筆袋一樣耶。」楊佳妤眨眨眼睛。

他們的筆袋款式相同，只有顏色不一樣，柯晴伊的是粉色，孫黎則是淺藍色。

想起這個筆袋是陳皓然堅持送她的，柯晴伊不免愣住，不確定這是不是巧合。一迎上孫黎等待的視線，她暫時將此事拋到腦後，開始說明她不懂的問題。

孫黎的教法簡單易懂，讓柯晴伊和楊佳妤聽得恍然大悟，兩人最後順利寫完習題。

楊佳妤開心向孫黎道謝，起身去了洗手間。

「大樹學長，你怎麼會來我們系辦呢？」柯晴伊這時才開口問他。

「我來找雪乃先生，開學到現在都還沒見到她，今天特地過來跟她打招呼。」

「大樹學長認識雪乃先生？」柯晴伊想起初次見到孫黎時，他跟她提過雪乃老師。

「我大一時有選修過她的課，後來繼續跟她保持聯繫，有空會來找她聊天。」

聞言，柯晴伊終於明白孫黎的日語會這麼好的原因。

「這個筆袋是妳自己買的嗎？」

「咦？」看著自己的粉色筆袋，柯晴伊心虛道：「不是，別人送的。」

「沒想到我們會用同一款筆袋，眞巧。」他深深一笑。

忽然，柯晴伊開始懷疑，陳皓然會不會知道孫黎是用這種款式的筆袋，才會堅持送她一模一樣的？

那天晚上，陳皓然拜託她去便利商店找皮夾，結果發現孫黎在那間店打工。以他跟孫黎的好交情，應該會知道這件事，也知道孫黎就在那個時段上班，但他不直接打給孫黎確認，而是要她親自過去一趟，實在不太合理。

「以後皓然學長說的話，妳不必全部相信。」

楊佳妤從洗手間回來後，就與他們道別，跑去跟Umi學長會合，這時孫黎也邀請柯晴伊一起吃飯。

兩人來到位於小巷裡的一間麵館，柯晴伊發現是陳皓然之前推薦給她的餐廳，孫黎告訴他，自己跟陳皓然已經來光顧這裡許多次了。

「大樹學長，我想請問你一件事。」湯麵吃到一半，柯晴伊鼓起勇氣啓口。

「什麼事？」

「皓然學長是什麼樣的人呢？」

迎上孫黎變得專注的目光，她有些尷尬，她只是想知道陳皓然究竟是怎麼想的，但不好意思直接開口。

「他是一個怪咖。」

「什麼？」她傻住。

「面惡心善的怪咖，別看他總是嬉皮笑臉的，我剛認識他的時候，他的個性比如欣還火爆，老是跟別人起衝突。他的女朋友能跟他在一起這麼多年，眞的很了不起。」

「皓然學長有女朋友了？」

「嗯，是個溫柔婉約的女生，他們在一起七年，一直很甜蜜。」他輕輕放下餐具，話聲平淡，「妳怎麼忽然想問皓然學長的事？」

她呑呑吐吐：「因爲……皓然學長做的事，有時讓我不是很懂，所以……」

「我深有同感。」孫黎再次翹起嘴角，「妳覺得他是怎麼樣的人？」

柯晴伊思考片刻，「跟大樹學長你想的一樣吧。」

「什麼？」

「就、就是……怪咖。」她將那二字說得極小聲。

孫黎噗嗤一聲，柯晴伊第一次見他笑得如此開心。

晚餐過後，他們到附近公園散步，有幾個小孩在玩耍，嬉鬧聲不絕於耳。坐在涼亭乘涼時，有三個約莫八歲的小男孩手裡拿著畫具，跑來涼亭前畫畫，孫黎發現他們在畫月亮，決定上前搭話：「你們在做作業嗎？」

似是感覺到他不是壞人，男孩們便沒什麼戒心，靦腆地說：「對，中秋節快到了，老師叫我們畫月亮。」

「你們畫得很漂亮。」孫黎讚美，抬頭看了眼天上的明月，不久後提出問題：「你們知道月亮是怎麼來的嗎？」

三人面面相覷，同時搖頭。

「我給你們三個選項，你們猜猜看。」孫黎豎起一根食指，「第一個，很久很久以前，地球在轉動的時候，由於轉得太快，不小心把自己的一部分給甩了出去，被甩出去的部分就變成了月亮。」語落，他再豎起一根手指，「第二個，有天月亮在太空到處玩耍，不斷搗蛋，跑到地球附近的時候，地球為了教訓它，就把月亮吸過去，從此月亮只能在地球周圍轉，再也去不了其他地方搗亂。」

男孩們被他生動的說法逗笑。

「最後一個選項，有一天，地球被另一顆星球撞到，那顆星球把地球撞出許多塊碎片，那些碎片就在地球四周轉啊轉，一塊塊撞在一起，最後變成一顆月球。你們猜，哪一個是最有可能的答案？」

「我猜第一！」兩個男孩異口同聲。

「我猜第三！」戴眼鏡的另一個男孩說。

「賓果，答案是三，你答對了。」孫黎笑容可掬。

他們就這麼和樂融融地聊天，聊到三個男孩順利完成作業，準備回家。

看著孫黎跟三個男孩揮手道別，柯晴伊心裡生出微妙的感受，「大樹學長似乎很喜歡小孩子。」

「嗯，跟小孩子溝通，可以發現很多不一樣的事，他們偶爾會說出讓大人預料不到的話，有時反而能從他們身上得到一些啟示呢。」

「沒錯，我姊姊是幼稚園老師，她說現在的小孩越來越聰明，有時會有很成熟的想法。」她深感認同。

「原來妳姊姊是幼稚園老師，很辛苦吧。」

「確實，不過我姊姊很喜歡小孩，所以她甘之如飴，她的夢想是將來開設一所幼稚園。如果可以的話，我想幫助姊姊早點實現夢想，所以想打工賺取自己的生活費，減輕她的負擔，但她堅決反對，她希望我毫無後顧之憂地專心念書。」她情不自禁脫口說出。

「妳姊姊是眞心爲妳著想，我覺得這對她來說，不一定是負擔，要是知道妳這麼想，說不定她反而會難過呢，畢竟姊姊愛護妹妹是理所當然的事，不是嗎？」

「其實……我並不這麼想。」柯晴伊緩慢輕語：「我從不覺得誰對誰好，是一件理所當然的事，也不曾認爲誰喜歡著自己、愛著自己，是天經地義。在這世上，沒有任何一個人應該要對誰好，無論手足、朋友，還是情人之間，都不該將其視爲理所當然，包括父母對自己的親生孩子。」

孫黎陷入沉默。

他第一次這樣看著她，時間彷彿在那雙眼睛裡靜止了。

「妳說得對。」他的聲音伴風而來，「妳的話，我很贊同。」

說完後，原本掛在他嘴角的笑意消失了。

柯晴伊察覺自己把氣氛弄僵，連忙想轉移話題，卻發現笑容已重回孫黎的臉上。

之後，孫黎主動送她回宿舍，並從背包裡拿出一張紙給她，「這是天文社第一學期的行事曆，之後會再發電子檔給大家。中秋節前一晚，我們會舉辦烤肉活動，歡迎妳來玩。」

柯晴伊看了眼行事曆上的日期，中秋節正好是這週日。

「活動是自由參加，不方便來也沒關係，妳應該會想回去陪家人過節，這種日子本來就是要和家人團聚。」

柯晴伊怔然，覺得孫黎看出了她的遲疑，因此馬上補上這一句。

跟孫黎分開後，她才發覺，過去從沒想過對任何人說的眞實心聲，這天她卻都對孫黎說了。

和Umi學長吃完晚餐的楊佳妤，回宿舍後就跑去晴伊的寢室，卻不是跟她聊Umi學長，而是聊孫黎的事。

她對孫黎產生濃厚的好奇，聽完柯晴伊的說明，她恍然大悟：「原來他是天文社的副社長，我就覺得奇怪，怎麼從來沒看過這個學長，果然是別系的。他的笑容眞的很好看，我差點就被他迷住了，妳身邊有這麼優質的學長，居然不跟我說。」

「莫非妳移情別戀，不要Umi學長了？」柯晴伊啼笑皆非。

「才沒有，我的心還是向著Umi學長的。孫黎學長是很不錯，但給我一種太過完美的感覺，反而有莫名的距離感，可能是第一次見面，我才會有這種感受吧。」說完這句，楊佳妤話鋒一轉，開始聊起Umi學長。

聽到楊佳妤說孫黎「太過完美」時，柯晴伊陷入沉思。

與孫黎相處的這些日子，她確實找不出他的缺點，卻也沒想過用這樣的詞彙形容他。每次看到孫黎的笑容，總有種難言的感覺浮上心頭，她始終無法釐清那種感覺。

柯晴伊不願深想，畢竟才剛認識不久，就這樣對他的事下評論，有違她的個性。

幾天後，中秋節假期到來，柯晴伊回到彰化老家，一下客運，就看見柯苡芯在車站等她。

「姊，妳怎麼來了，我不是說我自己坐公車回去就好嗎？」

「我想早點看到我妹妹不行嗎？」柯苡芯笑著用食指推她的額頭，語氣寵溺。

坐了二十分鐘的車回到家，柯晴伊連背包都沒放下，就直接走入一間房間。從房間出來後，她回到客廳，坐到柯苡芯的身邊，「最近工作還好吧？」

「很好，不過有點累，我現在好想喝我妹泡的蜂蜜柚子茶，撫慰一下疲憊的身心。」

她笑起來，「沒問題，我去幫妳泡。」

幾分鐘後，柯晴伊從廚房端著一壺熱騰騰的柚子茶出來。

柯苡芯喝一口，滿足地閉上眼睛，「呼，好幸福，果然還是妳泡的茶最好喝！」

「妳平時也可以泡來喝呀。」

「我知道，但不管我怎麼泡，就是泡不出妳的那種味道。對了，阿公一直寄茶葉過來，我喝不完，妳帶去學校給朋友喝吧？只要他們喝過妳泡茶的茶，一定也會上癮！」

一段日子不見，姊妹倆聊到三更半夜才回房，隔天上午九點，她們一塊前去爺爺家。

當她們提著兩袋食材走到門口，柯苡芯抬頭嗅了嗅，衝進屋內大喊：「阿公，你又抽菸！」

坐在客廳喝茶的柯爺爺，嚇得手抖了一下，連忙否認：「沒有，阿公沒有抽啦！」

「我在外頭都聞到菸味了，你還說沒有。」

「那是隔壁的青仔伯抽的，是他來找阿公的時候抽的！」

聽到這熟悉的對談，晴伊開心一笑，跟著進到屋裡，「阿公。」

「喔，我的寶貝孫女回來了！」一改方才的慌亂，柯爺爺臉上堆滿笑。

「你身體還好嗎？腰還會不會痛？」

「沒事，早就不痛了，芯芯有帶阿公去看醫生。有沒有跟妳爸爸媽媽說妳回來了？」

「有。」柯晴伊乖巧點頭。

「阿公，醬油用完了。」柯苡芯的聲音從廚房傳來。

「好，阿公去買。」柯爺爺回道。

柯晴伊聞言馬上說要一起去，於是祖孫倆一塊出門。

買醬油的途中，遇到不少柯爺爺的鄰居朋友，他們邀柯晴伊晚上和他們一起烤肉。

年屆七十的柯爺爺，興趣是喝茶跟種茶，認識他的人都叫他「茶伯」，對茶講究的柯爺爺，泡一手好茶，而柯晴伊是家裡唯一習得他泡茶技巧的人。

「大學好玩嗎？開不開心？」由於碰到太多朋友，直到買完醬油返家，柯爺爺才有時間關心她。

「很開心。」

「有沒有交到朋友？」

「有。」

「那就好。」柯爺爺笑得心滿意足，似乎把她當年幼的孩子對待。

這天由柯苡芯下廚烹煮中餐，祖孫三人吃完飯後，隔壁的青仔伯跑來找柯爺爺泡茶聊天，柯爺爺便要她們姊妹出去走一走，在晚上烤肉前回來。

姐妹倆去到一間開業二十多年的冰店，柯苡芯從手機裡找出一張照片給妹妹看：「晴伊，妳覺得這個人怎麼樣？」

照片上的男子看起來與柯苡芯年齡相近，笑容可親，柯晴伊好奇，「他是誰？」

「我同事的哥哥，上個月認識的，常邀我出去，個性不錯，挺會照顧人。」

「他在追妳？妳喜歡他嗎？」柯晴伊驚喜。

「是挺有好感的啦。」

「哇，姊，恭喜妳！」

「恭喜什麼？八字都還沒一撇呢，三八！」柯苡芯笑罵，眼中透出害羞。

姐妹倆開心聊了兩小時，回到家後，發現柯爺爺在跟幾個鄰居打麻將，柯苡芯氣得大罵：「阿公，我不是說這幾天不准打麻將？」

沒想到她們會這麼快回來，一群長輩全驚得從座位上跳起來，柯爺爺趕緊辯解：「沒有，阿公才打一下下而已！」

「之前醫生說你打麻將坐太久，手跟腰才會痛，叫你暫時不要打，要是腰痛變得更嚴重怎麼辦？」

「好好好，阿公不打！」柯爺爺收拾桌上的麻將牌，跟鄰居們說悄悄話：「今天就先收著吧，晚上我孫女就回去了，明天早上我們再……」

「阿公！」柯苡芯氣炸了。

到了晚上烤肉時間，她們在鄰居家烤肉，陪鄰居的幾個小孫子玩樂，氣氛熱鬧。

動手撥柚子給小朋友吃的柯苡芯，冷不防問妹妹：「我今天忘記問妳了，妳在學校有物色到不錯的男生嗎？」

「姊，妳在說什麼啦？」柯晴伊失笑。

「我只是想到，老爸老媽是在妳那所學校相遇並結婚的，搞不好妳也會在那裡遇到陪伴一生的對象。」柯苡芯邊說邊笑。

「我沒想過這種事。」

「我知道，但我希望妳遇到眞正懂妳的人，我不在妳身邊的時候，有其他人對妳好、替我保護妳，我就放心了。」說完，柯苡芯將撥好的柚子分給孩子們吃，接著道：「我進屋裡看一下阿公，看他有沒有瞞著我偷抽菸。」

留在院子的柯晴伊，不久便接到蕭亦呈的電話，她立刻走到安靜處接聽。

「晴伊，方便講電話嗎？」

「可以，你找我有事嗎？」她注意到另一端有許多人的說話聲，非常熱鬧。

「我只是想跟妳說一聲中秋快樂，我跟社長他們在烤肉，晚點準備放煙火。皓然學長喝醉了，正在發酒瘋，等等，他要跟妳說話……」

下一秒，陳皓然帶著醉意的聲音就岔了進來：「親愛的小草學妹，中秋節快樂，學長很想妳。妳回來的時候，記得一定把高中制服帶過來喔。」

柯晴伊聽不懂他的語無論次，再來就聽到葉如欣罵他的聲音，另一頭漸漸變得安靜，彷彿有人正在把手機拿遠。

「晴伊嗎？」

孫黎的嗓音乍然響起，柯晴伊的心臟瞬間漏跳一拍。

「皓然學長發酒瘋，差點把亦呈的手機拆了，暫時由我保護手機。」他帶笑的聲音清晰地傳入她耳裡，「妳人在家嗎？」

「我在我爺爺的朋友家，和鄰居們烤肉。」

「這樣啊？晴伊，我先掛斷，妳等我一下。」

很快的，她的手機再度響起，螢幕上顯示一串陌生號碼。

「我不想增加亦呈的通話費，改用自己的手機打給妳。」孫黎說。

「我知道了，學長沒有回家跟家人過節？」

「我家人都挺忙的，妳和妳媽媽感情那麼好，她一定很高興看到妳回家吧？」

聞言，柯晴伊抿著唇，小小聲地開口，「有一件事，之前我沒有跟學長說，我爸媽在我國中時就去世了。」

另一頭陷入沉默，孫黎低聲說：「對不起。」

「大樹學長不必道歉，是我讓你誤會，我還有姊姊跟爺爺，過得很開心！」

孫黎沒有接話，半晌後再開口：「晴伊，妳有聽到煙火聲嗎？亦呈他們開始放煙火了。」

經他一提，柯晴伊果真隱約聽見耳邊傳來煙火爆炸的聲響。

「我這邊看到的月亮，四周都是漂亮的煙火，我想妳父母也看得到。」他語氣溫柔，「中秋節快樂，晴伊。」

柯晴伊喉嚨乾澀，胸口微微發熱。

通完電話，柯晴伊繼續站在原地，感受從田邊吹來的微風，不久收到孫黎傳來的一張照片，明亮潔白的滿月，四周有七彩煙火簇擁，並附上一段文字：

這裡的月亮，很熱鬧。

柯晴伊盯著手機螢幕片刻，仰頭望向頭頂的月亮。她這邊天空裡的月亮，四周沒有煙火，只有幾顆星星點綴。

開啓手機相機功能，她將鏡頭對準明月，讓被月光照亮的田園風光一同入鏡。把這張照片傳給孫黎後，她也打上一句話給他：

這裡的月亮，很寧靜。

第三章

花。

flower

她露出了笑顏。

孫黎的臉和月光下的花海，因為淚水而變得模糊起來。

整理好行李回學校前，柯晴伊走進平常總是緊閉門扉的房間。小小的空間裡，窗外的陽光灑落進來，照亮了貼在牆壁上的照片，全都是一家人過去的合照。

柯晴伊走到櫃子前，長久凝視著父親與母親的遺照，縱使有千言萬語想說，卻時常只能沉默。那是她在這世上最思念的兩個人，無論歲月如何更迭，父母離開的那一日，仍深刻地印在她的腦海裡。

聽到姊姊在門外叫她出發去搭車的呼喚，柯晴伊才輕聲對父母道別，拎著行李走出去。

鐘聲響起前，柯晴伊交給楊佳妤一份禮物。

得知是柯爺爺種的紅茶，楊佳妤很驚喜，捧著那罐茶葉開心說：「謝謝，我最喜歡喝紅茶了，回宿舍我就泡來喝。」慎重將禮物收好，楊佳妤問她：「妳有沒有把妳的高中制服帶來？」

她心生納悶，「我有帶……不過爲什麼要帶制服呢？」

「妳不知道？這週三是制服日，是可以穿高中制服來上課的日子。」楊佳妤解釋。

柯晴伊這才恍然大悟。

陳皓然前天在電話裡特別叮囑過她，要她把高中制服帶過來，縱使不明緣由，她還是乖乖聽了他的話。而制服日那天，正好也是天文社這學期第一次社課的日子。

上午的課程結束，柯晴伊跟楊佳妤走出教室，就接到蕭亦呈的電話。

「晴伊，他們說皓然學長買了披薩到社辦，妳要不要一塊來吃？我可以載妳過去。」

「現在嗎？」柯晴伊遲疑地看向楊佳妤，楊佳妤也猜到了狀況，對她比出同意的手勢，「好，我在一樓學餐門口的電梯前等你。」

之後楊佳妤決定回宿舍睡午覺，柯晴伊直接前往學校餐廳，跟蕭亦呈會合。去社辦的路上，他問：「妳有收到社團這學期的行事曆嗎？」

「有，大樹學長之前給了我一份。」

「那妳應該知道這個禮拜三晚上有社課吧？主講人是社長，講題是『探討宇宙及星系的誕生』，下週就輪到大樹學長講課了。」

「大樹學長也要講課嗎？」

「對啊，聽他講課會有很大的收穫，他每次都能把複雜艱澀的知識，講解到連外行人都聽得懂。」他又想到什麼似的飛快補充，「還有還有，妳知道嗎？大樹學長他非常擅長畫畫，甚至也會說日語，是不是超厲害？」

「嗯，眞的很厲害。」她情不自禁點頭，輕聲低應。

兩人進到社辦，陳皓然跟葉如欣，以及趙雅三人已經在裡頭大快朵頤。

趙雅芬對他們招手：「亦呈、小草，快點來吃！」

「發生什麼事，皓然學長怎麼這麼慷慨？」蕭亦呈訝異看著擺在桌上的三份大披薩以及一大袋手搖飲。

「我今天心情好，想要請客不行啊？不想吃就拉倒，沒人逼你！」陳皓然沒好氣。

「哎唷，皓然學長最帥了啦！」蕭亦呈馬上跑過去為他按摩捶背，「還有其他人會來嗎？這麼多分量，我們吃不完吧，你有找大樹學長嗎？」

「大樹臨時接了一份工，沒辦法來。」

「是喔，我怎麼感覺大樹學長每天都在打工，他不累嗎？」蕭亦呈納悶。

「為生活奔波，哪有不累的？不過這小子確實有點把自己逼太緊了。」陳皓然語氣無奈，把披薩盒推到柯晴伊面前，親切道：「小草學妹，吃吧，吃飽了才有力氣應付下午的課。」

「謝謝學長。」

「不客氣。」陳皓然笑咪咪盯著她看，「小草學妹，妳有帶高中制服回來嗎？」

「有。」

陳皓然馬上用力合掌，露出小狗般可憐兮兮的眼神，「小草學妹，這是學長一生一世的請求，星期三那天，請妳穿上高中制服來上社課。如果可以的話，希望妳能綁個小馬尾，我好想看小草學妹綁馬尾的樣子。」

柯晴伊傻住，半晌後點頭答應，陳皓然興奮到當場放聲歡呼。

「陳皓然，你這個變態，居然要求小草滿足你的噁心癖好！」葉如欣不可置信地當場飆罵，趙雅芬則笑彎了腰。

蕭亦呈舉手插話：「學長，那天我也會穿高中制服！」

「我看你穿制服幹麼？你就算什麼都不穿，老子對你也不會有興趣。」陳皓然賞他一記白眼，嫌惡地擺擺手。

週三那日，大學校園裡出現另一種風景，許多學生換上各式各樣的高中制服，充滿著青春氣息。

穿著白襯衫、黑百褶裙，紮起許久未綁的馬尾，柯晴伊覺得今日的心情特別不同。

「晴伊，妳今天會跟蕭亦呈見面對吧？」穿著水藍色制服的楊佳妤問她。

「對，晚上有社課。」

「哈哈，太好了，看到妳這麼清純可愛的樣子，蕭亦呈一定會招架不住。」楊佳妤一臉曖昧地對她擠眉弄眼。

「妳想太多了啦。」兩人笑鬧幾句，一起走進教室。

天文社課程晚間七點開始，上課前，陳皓然頻頻拿起單眼相機，朝柯晴伊按下快門，還叫葉如欣幫他們合照。

「陳皓然，我拜託你不要一副快哭出來的樣子，有夠可悲的，你這樣真的很像變態！」葉如欣毒舌奚落。

「變態就變態，小草學妹願意完成學長的心願，我已經沒有遺憾了！」陳皓然興高采烈，滿足地看著葉如欣幫他拍的照片。

「哈哈，皓然學長真的超開心的。」蕭亦呈笑看這一幕，他不僅穿上制服，連高中書包都一塊背來。

「沒辦法，這傢伙是制服控，還特別喜歡看女生綁馬尾。願意滿足他的需求，並讓他拍照的人，我看就只有小草了。」葉如欣摸摸柯晴伊的頭，莞爾一笑，「不過，小草穿制服確實很可愛，我能稍微理解陳皓然的心情，剛才有一堆男生都在偷看她呢。」

「聽如欣學姊這麼說，我突然也想跟晴伊拍照了。皓然學長，換我跟晴伊拍了啦！」蕭亦呈喊道。

陳皓然嘀咕幾聲，終於放過柯晴伊，滿足地拿著相機去到一旁。

看著蕭亦呈跟柯晴伊和樂融融合照的景象，趙雅芬好奇問葉如欣：「妳覺得亦呈喜歡晴伊嗎？」

「我哪知道，可就我觀察，亦呈應該還沒開竅，這方面他意外地挺遲鈍的。」

「好像是這樣，不過他特別照顧晴伊，我想應該是喜歡的吧？亦呈的個性很開朗，跟他在一起，晴伊應該會很開心。」發現葉如欣擰眉盯著她瞧，她眨眨眼，「怎麼啦？」

「我才想問，別以爲我不曉得妳跟陳皓然在打什麼主意，現在又突然這樣說，妳想怎樣？」

「唉唷，我才沒有跟著皓然學長胡鬧。皓然學長有時確實挺衝動，但不至於眞的什麼都不考慮。他對大樹這麼好，他會這麼做，必然有他的理由。」趙雅芬笑呵呵地挽住她的手。

葉如欣沒有接話，陷入沉思。

「妳在想什麼？」

「沒什麼，只是忽然間想起孫黎高中時的事。」

「喔？有什麼特別的回憶嗎？」

葉如欣默然片刻，淡淡回了句「沒有」，然後轉身走掉。

到了七點，社長許英杰在臺上爲大家上課，站在走廊的陳皓然，繼續從窗外朝教室裡按下相機快門。

「你是拍完了沒，手指都不會抽筋嗎？」葉如欣走到他身旁。

「怎麼會抽筋？我還覺得拍不夠多呢。」陳皓然語氣愉快。

葉如欣嘖了一聲，隨他的鏡頭往教室內看去，柯晴伊正聚精會神地聽課，不時低頭做筆記，與其他神態輕鬆的社員相比，她的認眞顯得格外突兀。

「這孩子眞的很得人疼。」陳皓然嘴角勾起。

「就是啊。」葉如欣低應。

「哇，眞稀奇，難得聽到我們如欣如此滿意一個人。」

葉如欣沒有理會他的調侃，低聲問：「孫黎今天沒來嗎？」

「這傢伙忙著打工，晚點還是會過來看看吧？我有叫他一定要來。」

「爲什麼是小草？」

「什麼？」

「別裝傻，你懂我的意思，爲什麼選擇小草？」

「我沒有選擇什麼人啊。」陳皓然神態輕鬆。

葉如欣瞪他，「你最好適可而止一點，不要隨便亂來。」

「怎麼了，妳在擔心誰，大樹？還是小草學妹？」

她被問得噎住了話，沒有正面回答，「你不了解孫黎。」

「這是當然，誰能完全了解自己以外的人？就算妳認識大樹最久，也不能保證妳一直以來看到的他，就是眞正的他。嚴格來說，我們都只看見大樹的一部分，妳看到的是以前的他，而我看到的是現在的他，不管這兩者有多不同，都依舊是他。」

陳皓然放下相機，微笑迎上她的眼，「哪怕是我，也很清楚一件事，假如當事人沒有半點意願，無論旁人如何煽動，也不會有結果。所以，我不會毫無根據就做出這些事。」

葉如欣怔住了，目光轉回教室，看見柯晴伊跟蕭亦呈在小聲交談，兩個人都笑了起來。

陳皓然動手將這一幕拍下，繼續說：「妳爲什麼那麼在意這件事，難道妳跟大樹高中時怎麼了？還是他從前發生過什麼事？」

「你不會想知道的。」葉如欣漠然回道，直接掉頭離去。

社課結束後，柯晴伊和蕭亦呈離開教室，陳皓然走過去找他們：「小草學妹，怎麼樣，社長講得好不好？」

「非常好，我覺得很有趣，而且受益良多。」

「那就好，我也差不多要走了，原本想等大樹，但我看他今天是來不及過來了。」

「大樹學長還忙著打工嗎？」

「是啊，可惜他看不到我們小草學妹穿制服的可愛模樣，算他沒眼福。」陳皓然笑笑說完，就跟他們道別了。

回宿舍的途中，柯晴伊獨自走在夜晚寧靜的大道上，低頭看著手機裡的幾條新訊息，不久耳邊傳來鈴鐺清脆的聲響，有腳踏車從她身邊經過。

「晴伊！」

她停下腳步，扭頭一看，孫黎騎著腳踏車停在不遠處的路燈下。

「果然是妳。」孫黎折回來，把車騎到她面前，「怎麼只有妳一個，其他人呢？」

「皓然學長回去了，亦呈學長、如欣學姊，還有雅芬學姊一起去吃宵夜了。」

「妳怎麼沒一起去？」

「我不怎麼餓，所以打算直接回宿舍。」

「這樣啊，我送妳回宿舍吧，不然妳還要走一段路，剛剛騎來的路上我聽見了雷聲，可能會下雨。我去社辦拿個東西，馬上送妳回宿舍。」

柯晴伊不想讓他這麼辛苦，當下卻說不出拒絕的話，而且她覺得孫黎不會接受她回絕的理由。

她已經四天沒有見到孫黎了，那張溫柔笑顏映入眼簾，讓她胸口一緊，心中湧起不同於以往的感受，甚至有些不知道該怎麼像之前一樣和他應對。

許是她第一次主動將心裡的話說給孫黎知道，因此不免難爲情，然而即便如此，她也發現自己沒有一絲絲後悔的心情。

「等我一下，馬上就好。」進到社辦，孫黎快步走到辦公桌前，開始翻找東西。

柯晴伊這才注意到，孫黎似乎變瘦了，可以想見他平時打工有多辛苦。

看著他忙碌的背影，外頭這時傳來淅瀝瀝的雨聲。

孫黎大驚，「糟糕，我還以爲不會那麼快下雨。對不起，晴伊，妳再等我一下。」

「沒關係。」柯晴伊心生一念，「大樹學長，你想不想喝杯柚子茶，順便等雨停呢？」

「柚子茶？」他一臉好奇。

「對，我家是種茶的，這次的中秋假期，我有帶一些茶來，包括我爺爺製作的柚子茶醬。如欣學姊建議我把茶醬放在社辦裡，以便大家可以隨時泡來喝。」

「是嗎？當然好，我正好有些渴。」他高興地答應。

柯晴伊立刻動手為孫黎泡茶，很快便送上一杯熱騰騰的柚子茶給他。

孫黎淺嚐後，眼睛發亮，一口氣將柚子茶全部喝光，迫不及待道：「晴伊，我可不可以再喝一杯？這柚子茶太好喝，我的精神全來了！」

「好。」柯晴伊內心感到喜悅，馬上再倒一杯給他。

很快的，孫黎將茶壺裡的柚子茶全部喝完了。

「謝謝妳，這是我喝過最好喝的柚子茶。我現在的心情變得好輕鬆，原本的疲憊也消失不見了。」孫黎心滿意足地微笑。

「太好了。」柯晴伊有些害羞，同時清楚聽見自己的心跳聲，「大樹學長，你剛剛才結束打工嗎？」

「是啊，我盡快趕過來了，可惜還是來不及，決定來社辦拿個東西就回家。」語落，他定睛看著柯晴伊身上的裝扮，露出深深笑意，「能看見晴伊妳穿高中制服的模樣，讓我覺得今天很幸運。我剛才差點認不出妳，第一次看見妳綁馬尾，該不會是皓然學長要求的吧？」

「你怎麼知道？」柯晴伊訝異。

「他最喜歡看綁馬尾的制服女孩了。去年的制服日，他拜託如欣和雅芬這麼做，結果被狠狠打槍；今年妳實現皓然學長的心願，我能想像他有多高興。」他笑著說完，注意到外頭的雨已經停了，「幸好只是陣雨，我們東西收收就走吧。」

「好。」她準備收拾茶杯跟茶壺，卻被對方一把拿走，孫黎堅持由他負責清洗。

整理完畢，兩人一同離開教室。

這一區路燈稀疏，晚上視線不良，柯晴伊走沒幾步，就不慎一腳踩進水窪裡，孫黎注意到後，馬上朝她伸出手：「來。」

柯晴伊的腦袋空白幾秒，將右手放在孫黎溫暖的掌心上，心跳一度增快。

「不知道為什麼，這樣牽穿著制服的妳，感覺像是在牽著妹妹。」孫黎笑言。

「大樹學長有妹妹嗎？」

「沒有，我只有一個姊姊。」

兩人一路聊到腳踏車前，最後在宿舍門口互相道別，直至再也看不見孫黎的身影，柯晴伊才依依不捨地走進宿舍，而孫黎掌心的溫度，久久無法從她心裡消退。

隔天課程結束，柯晴伊被王言東叫進辦公室。

「上次討論的事，我已經找中村老師談過，她同意了，我告訴她，妳出於家中因素，需要一份打工，所以推薦妳去她那裡做事。主任這麼說，妳不會介意吧？」

「不會。」她也認為這個解釋，比較能讓雪乃老師接受。

「太好了，妳等一下就過去跟她打聲招呼吧。以後若有任何問題，妳再私下跟我說，拜託妳了。」

「好的。」

離開系辦後，柯晴伊就去見雪乃老師，對方熱烈歡迎她，開心地跟她聊不停。

雪乃老師給她的工作時間非常彈性，幾乎可說是沒有任何要求，然而只要沒課，柯晴伊還是會直接過去幫忙，完全沒有因爲雪乃老師的放任就懶惰懈怠。

在雪乃老師的身邊工作短短幾天，柯晴伊就注意到一件事，一些學生偏愛在用餐時間跑來找雪乃老師聊天。雪乃老師個性體貼，不忍心拒絕學生，導致她每天中午都無法好好休息。

爲了改善這個情況，柯晴伊擬了一份會客時間表，要求那些學生在特定時間來訪，中午更是一律謝絕訪客；碰到有意見的學生，柯晴伊會私下跟對方耐心溝通，直到對方理解。

某日中午，王言東經過雪乃老師的辦公室，以往這個時間，她的辦公室裡都充滿熱鬧的嬉笑聲，今天卻是一片安靜，辦公室裡也是暗的。

門上貼著一張表格，表格上有「上課中」、「午休」、「返家」三個框框，一塊蝴蝶圖案的磁鐵，就落在「午休」的框框裡。

看著那隻蝴蝶，王言東露出滿意的微笑，繼續邁開步伐。

天文社的第二堂社課，是由孫黎擔任講師，而第三堂社課，則將前往山上進行，這讓幾個一年級新生滿懷期待。

「這次是去哪裡呀？」趙雅芬問。

「大坑，永遠的大坑。」橫躺在沙發上的葉如欣懶懶回應，臉上蓋著一本雜誌。

「好吧，就當作是出去走走囉，反正我們也很久沒有上山看夜景了。」趙雅芬同樣興致不大，啜一口手上拿的茶，露出陶醉的笑容，「這玫瑰花茶眞的好好喝哦，味道超級香，謝謝小草送了這麼多的好茶來。」

「不客氣，學姊喜歡就好。」柯晴伊將加好水的茶壺放回桌上。

「小草學妹，我要一杯高山青茶，謝謝！」背著包包的陳皓然踏進社辦，直接大聲點單。

葉如欣摘掉蓋在臉上的雜誌，扭頭瞪他：「你沒手嗎？不會自己去泡？少隨意使喚小草！」

「如欣學姊，沒關係，我正好要再沖一壺。」柯晴伊趕緊說。

「嘿嘿，小草學妹果然最好了！」看到柯晴伊從櫃子裡取出另一個茶壺，將高山青茶的茶葉放進去，準備到位於走廊的飲水機前，他跟了過去：「我來幫忙吧。」

「沒關係，我來就可以了。」

「就讓我幫吧，今天如欣的心情似乎不太好，我還是少惹她爲妙。」陳皓然從她手中接過茶壺，按下飲水機上的注水鈕，「後天晚上的夜遊，妳會去嗎？」

「會。」

「那就好，我挺喜歡大坑，大家一起上山看夜景看星星、吹吹晚風，是很棒的事。」

不知為何，聽到陳皓然說「大家」，會讓她不自覺想到孫黎。

孫黎今天沒有出現在社辦，上週的社課結束後，她就沒再見到他，也沒聽說他有去找雪乃老師。

「大樹學長……也會參加週三的活動嗎？」

陳皓然看著她，燦然一笑：「當然會囉，雖然那小子忙得要命，但社課還是會盡量參與。他可是副社長，怎麼能不來？」

聞言，柯晴伊忍不住說：「皓然學長和大樹學長感情眞好，對彼此也很了解。」

「怎麼說？難道大樹偷偷跟妳說過我的壞話？」

「不是，之前你拜託我到大樹學長打工的便利商店找錢包，當時大樹學長有對我說，如果你哪一天又有東西不見，就直接告訴他，他會幫你找出來。」

「他眞的這麼跟妳說？」

「嗯。」

「眞是的。」他深深笑起來，感覺很開心，「小草學妹，偷偷告訴妳，我其實欠大樹一輩子也還不完的債。因為我的命，是他幫我撿回來的。」

陳皓然說完這句話，就提著裝滿熱水的茶壺走回社辦，留下一臉呆愣的柯晴伊。

隔天中午，柯晴伊處理完手邊的工作，便與雪乃老師道別，準備買午餐到教室吃，卻在前往學校餐廳的途中，發現葉如欣獨自坐在涼亭裡的石椅上玩手機，於是走過去打招呼：「如欣學姊，妳在這裡做什麼？」

「等趙雅芬小姐啊，她還在電腦教室印報告，有夠會摸的。」葉如欣一臉無奈，「妳吃過飯了嗎？」

「我正要去吃。」

「一起去吧，再等下去，我就要餓扁了！」葉如欣說完就起身。

吃完學校的自助餐，葉如欣再去買兩瓶飲料回來，一瓶給柯晴伊。

喝下一口冰涼的可樂，葉如欣滿足地打了一個大大的嗝，看見柯晴伊嘴邊的笑意，她說：「妳一定在想，這個學姊不止脾氣壞，還超級沒氣質，對吧？」

「我沒有這麼想。」

柯晴伊認眞澄清的模樣，讓葉如欣又想再逗逗她：「那妳在笑什麼？說來聽聽。」

柯晴伊謹愼地斟酌用詞，「我會笑是因爲……我覺得這樣眞性情的如欣學姊，非常可愛。」

「眞的？會說我可愛的人，這世上除了我男友跟孫黎，就只有妳了吧。」見柯晴伊有些不知所措，葉如欣噗嗤一聲，「好啦，我相信妳在讚美我。我幫妳買了果汁，可以吧？」

「可以，我很喜歡喝果汁，謝謝如欣學姊。」柯晴伊拿起吸管，插進鋁箔包裡，小口小口喝起果汁。

葉如欣一手撐著下巴，專注凝視她，而後再度開口：「小草，妳記得迎新茶會那天晚上，我跟妳說過不要喜歡上孫黎這句話嗎？」

柯晴伊停頓，點點頭。

「這有影響到妳對孫黎的看法嗎？」

半晌，她作出回答：「我覺得沒有。」

「眞的？」

「嗯，坦白說，我還不是很了解大樹學長，我也思考過學姊對我說的那些話。大樹學長確實人很好，對我很親切，但是我覺得並沒有發生如欣學姊所擔憂的事。」

「妳是說，妳對孫黎的感覺，自始至終都沒有改變？」

她又停了兩秒，「嗯。」

葉如欣重重倒抽一口氣，一手蓋在眼皮上，忍不住爆粗口：「靠，原來陳皓然是這個意思，不敢相信！」

「如欣學姊，妳怎麼了？」柯晴伊緊張，以爲自己說錯話。

「我沒事。」葉如欣深吸口氣，接著一本正經地盯著她，口氣肅穆：「小草，我現在跟妳說的事，妳要永遠記住。孫黎這個人表面和善，沒有脾氣，實際上還是有不能碰的地雷。不管你們之後會變得多親近，也絕對不要跟他聊關於『死』的話題。」

柯晴伊呆住了，一知半解，「這是什麼意思呢？」

「意思就是，妳千萬不能在孫黎的面前說『我好想死』、『我不想活了』之類的話，就算那只是妳一時情緒發洩，不是眞的要去死，還是不可以在他面前說，明白嗎？」

「大樹學長聽了這些話，會很生氣嗎？」柯晴伊不禁意外。

「正好相反，他還是會先溫柔地安慰妳。」

柯晴伊越聽越困惑了。

「妳知道這件事就好，深入追究對妳沒好處。只要妳想繼續跟大樹好好相處，就一定要將我說的話銘記在心，不要告訴任何人。」

柯晴伊心中茫然，「這是大樹學長告訴妳的嗎？」

「不是，高中和他同班的那三年裡，我自己發現的。」

「那爲什麼如欣學姊要告訴我呢？」

「不知道，可能一時興起。」葉如欣淺笑，「妳不會說的，對吧？」

「嗯，妳放心，我不會對任何人——」

葉如欣舉起手，打斷她的話：「我是指，不管發生什麼事，妳都不會對孫黎說出那些話吧？」

柯晴伊想也不想就頷首，「當然，我沒有過這種念頭，也從來沒說過這樣的話！」

「眞的嗎？」看到柯晴伊更堅定地點了下頭，葉如欣從意外轉爲欣慰，眼底浮上一片笑意。

桌上的手機響起來，葉如欣接起電話說了幾句，就結束通話，並翻了個白眼，「眞的幸好沒繼續等她，不然現在我已經變成木乃伊了。小草，上課前我們去散個步吧，順便去接我們的戀愛心測牌大師。」

走出學校餐廳，柯晴伊發現葉如欣突然變得心情極好，不僅親暱搭著她的肩膀哼歌，臉上還一直掛著笑容，與平時的清冷截然不同。

坑。

週三晚上七點，參與夜遊觀測活動的二十名天文社社員在校門口集合，出發前往大

九台機車浩浩蕩蕩上山，孫黎載著葉如欣騎在前面，爲不熟悉路況的學弟妹帶路，陳皓然和社長許英杰開車跟在最後。

月光清朗，一到山上，一群人就在涼亭下動手烹煮食物。吃完晚餐後，許英杰和孫黎再帶大家到望高寮，幾個老社員，包括葉如欣和趙雅芬，則留在涼亭繼續聊天。

望高寮景觀園區是台中著名的觀高景點，天空的月亮與繁星點點，遠方那如鑽石般璀璨的美麗夜景，引得眾人紛紛拍照留念，其中也包括柯晴伊。

「晴伊，要不要喝水？」孫黎走過來遞上一瓶礦泉水給她。

「好，謝謝。」接過礦泉水，柯晴伊悄悄注意著他，發現他今天精神挺不錯，不像上次在社辦時面露疲態。

兩人聊一會兒，柯晴伊才後知後覺發覺，先前站在她身邊的某個人不見蹤影，不禁四處張望：「奇怪，亦呈學長怎麼不見了？」

「亦呈現在正在忙。」孫黎回答，嘴角有掩不住的笑意。

看著他的笑，柯晴伊驀地想起昨天和葉如欣的對談。

葉如欣問她對孫黎的感覺，是不是一直都沒有改變？她給了肯定的回答，認爲自己沒

有弄錯。

但對上孫黎眼眸的這一刻，她卻突然間沒了把握，發現有些事似乎在她毫無所覺的情況下，早已悄悄改變。

她開始變得在意孫黎，目光總是追逐著他。不知從何時開始，自己總是忍不住關心起孫黎的事，甚至在每次踏進社辦的時候，也都會不自覺留意他有沒有過來。

「看見月亮，我忽然想跟晴伊妳道歉。」孫黎望著高懸夜空的月亮。

她好奇，「爲什麼呢？」

「中秋節那晚，我勾起妳的傷心往事了吧？對不起。」

柯晴伊不一會兒便明白，他指的是她父母的事情，更沒想到他會對這件事耿耿於懷。

「大樹學長，那件事你不用在意的。」她連忙道。

「我猜到妳會這麼說，可我還是會介懷，畢竟我也和妳一樣，雙親都已經不在了。」他溫聲說出這句話。

柯晴伊怔怔然，艱澀地吐出一句：「學長也一定很難過吧？」

孫黎勾勾唇，露出在柯晴伊看來有些謎樣的笑，「其實還好，我父母是在我很小的時候離開的。我們明明是流著相同血液的親人，卻從不像一般親子那樣親密，所以看到妳和妳母親感情好，我很替妳高興，慶幸妳沒有和我一樣。」

柯晴伊動也不動，感覺內心深處有個盒子被悄然打開。

「大樹學長，我覺得所謂的親人……不一定要建立在血緣關係上。」她聽見自己的聲音變得不穩。

「什麼？」

「我和我的家人，其實沒有血緣關係。」她看著他的眼睛，緩聲說：「我是被領養的。」

幾個小時後，大家收拾東西準備下山。

葉如欣向孫黎索要安全帽，孫黎卻對她說：「如欣，回程可以讓亦呈載妳嗎？我想帶晴伊去個地方。」

柯晴伊愣住的同時，葉如欣定睛瞧瞧兩人，二話不說走到蕭亦呈身邊，拍他的肩膀，「小子，聽到了吧？換你載我下山。」

「喔，好、好啊。」蕭亦呈彷彿如夢初醒，將安全帽給她。

「你的臉怎麼這麼紅，難道你剛才喝酒了？」葉如欣說完，一旁的陳皓然跟許英杰忽然發出爆笑聲，引得她皺眉看過去。

「我沒有喝酒啦，如欣學姊，我們可以走了。」蕭亦呈的臉變得更紅了。

「算了，我坐陳皓然的車，看你這副失神的樣子，我有一百條命也不敢給你載。」葉如欣白他一眼，掉頭走向陳皓然他們。

等到所有人陸續騎車離開，孫黎才準備出發。

他對她開口：「晴伊，妳可以抱著我的腰嗎？」

「咦？」她愕然。

「從望高寮下來後，妳就一直在發抖，騎這種山路，要是沒抓穩，很容易出意外。」

他給出合理的解釋。

柯晴伊遲疑幾秒，最後雙手環抱住他的腰。

下山途中，柯晴伊沒問孫黎想帶她去哪裡，放心地把自己交給他。

她沒有想到，只是對孫黎說出自己的身世秘密，竟然就讓她感覺全身力量耗盡，四肢不由自主微微顫抖，心跳聲也久久無法平息。

她其實不認爲讓別人知道這件事有什麼，卻也沒想過主動告訴他人。此刻她心中茫然，不曉得自己是怎麼回事，忽然就有一股衝動，讓她想對這個男人傾訴出口。

最後孫黎將機車停在一處也能看見夜景，開滿美麗花卉的空地前。

「這是我偶然發現的地方，想讓妳也看看。」他微微一笑，「我們在這裡休息一下，再繼續下山吧？」

「好。」

花海被月光照得閃閃發光，柯晴伊情不自禁走到開著白晶菊的地方，蹲下來靜靜欣賞。

「妳喜歡白晶菊嗎？」孫黎也蹲到她身邊。

「嗯。我媽媽以前說過，她覺得白晶菊跟我很搭襯，以前還『小晶菊』、『小晶菊』地叫我。」她不好意思道。

「原來如此。」孫黎沉吟片刻，「我可以問妳父母是怎麼過世的嗎？」

柯晴伊抬頭看她一眼，點點頭，「我國一時，爸媽有天晚上出門吃飯，回程時被闖紅燈的砂石車撞上，那天是他們的結婚紀念日。」

孫黎沉默，伸手輕觸眼前的一朵白晶菊，「妳媽媽很有眼光，白晶菊小巧可愛，給人純潔的美麗的印象，確實符合妳給我的感覺。」

柯晴伊轉頭，迎上孫黎帶著笑意的溫柔眼睛。

嗅到一股酸楚的同時，她終於知道自己爲何會願意對孫黎開口。

因爲她覺得，無論孫黎從她口中聽見了什麼，他都會一直用這樣的眼神注視著她，僅僅如此，她就感覺內心被撫慰，所有的傷心全被溫柔接住。

他會帶她來到這裡，是因爲察覺到她心中的悲傷，想要安慰她。

「謝謝大樹學長。」她啞聲道。

「不客氣，我說的是實話。」

孫黎摘下一朵白晶菊，輕輕放在她耳邊的頭髮上，「嗯，眞的非常適合妳。」

她露出了笑顏。

孫黎的臉和月光下的花海，因爲淚水而變得模糊起來。

上完課的午後，柯晴伊巧遇趙雅芬，兩人決定到社辦走走，發現社辦裡熱鬧非凡。

趙雅芬走進去，來到社長跟陳皓然的身邊，滿臉好奇，「你們在聊什麼呀？」

許英杰無奈笑答：「我們在聊一年級的小諾學妹，今天跟帶她的兩個同學退社了。」

「咦，爲什麼？」

「因爲這個傢伙。」葉如欣指了指坐在沙發上的蕭亦呈，撇撇嘴角。

蕭亦呈滿臉尷尬，懊惱地說：「各位學長姊，拜託你們別再糗我了，我也不曉得事情會變成這樣。」

見柯晴伊一頭霧水，陳皓然跟她解釋：「小草學妹，我跟妳說，事情是這樣的，昨天晚上……」

「喂，皓然學長，你不要告訴晴伊啦！」

「誰理你，我偏要說，昨天晚上在望高寮，小諾學妹跑去跟亦呈告白，還強吻亦呈，結果亦呈狠狠把對方推到地上，害得人家大哭，超過分的！」

「皓然學長，你別故意用這種會引起誤會的說法啦！」蕭亦呈看著柯晴伊，慌張辯解，「我不是故意推倒她的，她跟我告白，我拒絕她，她卻突然衝上來抱住我，還企圖親我，我是一時嚇到，才不小心推倒了她。」

葉如欣不客氣地說：「隨便啦，反正你動手是事實，總之，那個學妹惱羞成怒，今天跟另外兩個學妹離開天文社了。反正她本來就是爲了亦呈才入社，不是眞的對天文有興趣，走了也沒差。」

當他們繼續揶揄蕭亦呈時，柯晴伊默默走到櫃子前拿出茶葉罐，準備泡茶。

許英杰走到她身旁：「小草，不好意思每次都讓妳泡茶給我們喝。」

「社長不用客氣，是我自己想要幫大家泡茶的，我本身就喜歡泡茶，所以沒關係。」

「謝謝妳，妳等等要不要跟我們一起去吃晚餐？」

「我現在還不餓，我打算等會兒去書店，到時再買晚餐。」

「妳是說靠近大賣場的那間書局嗎？」見她點頭，許英杰笑起來，「太好了，那妳可以順便幫我帶一樣東西給大樹嗎？他今天在那條街的便利商店打工。」

柯晴伊二話不說答應了，當所有人都去吃飯後，她離開學校，走到了孫黎打工的超商。

超商自動門打開的那一刻，忽然一名年輕女子從旁邊急急跑來，撞到柯晴伊的肩膀。

「哎呀，對不起！」女子慌張地向她道歉，柯晴伊還來不及回應，她就已經衝進店裡，對站在櫃檯的店員喊：「孫黎，我今天又忘記帶鑰匙，你鑰匙給我，我得趕快回家餵鈴鈴，不然牠會餓死的！」

「鈴鈴不會餓死，早上出門前，我就幫妳把飼料裝好了。」神態淡定的孫黎溫聲安撫她，從褲子口袋拿出一串鑰匙給女子，接著注意到門邊的柯晴伊，表情有些意外，「嗨，晴伊。」

女子這時也扭頭看向柯晴伊，慎重對她道歉：「妳是孫黎的朋友？剛剛眞是對不起，我沒害妳受傷吧？」

「怎麼了？妳不會因爲心裡焦急，結果又走路不看路，撞到路人了吧？」孫黎敏銳質問，見女子表情心虛，他深深嘆一口氣，「晴伊，我替我姊向妳道歉，她個性就是這樣，一慌就什麼也顧不得了，妳有受傷嗎？」

「沒有，我完全沒事。」柯晴伊搖頭，不禁多看女子幾眼，原來她就是孫黎的姊姊。

現在還沒有要結帳的客人，孫黎趁勢幫她們介紹彼此，女子名叫孫彤，笑起來的樣子和孫黎很相似。

孫彤離開後，柯晴伊將手中的紙袋交給孫黎：「大樹學長，這是社長託我拿給你的，他說這些書等你看完再還他，不用急。」

「謝謝，不好意思還麻煩妳送來。」

「不會。」他眼底下清晰的黑眼圈，讓她忍不住關心，「你還好嗎？感覺學長很疲倦。」

「的確有點累，昨晚打完工，回家繼續熬夜趕報告，所以沒睡幾小時。」他揉揉僵硬的肩膀，無奈坦言。

「有什麼我可以幫忙學長的嗎？」

孫黎望著她，不久輕輕一笑，「那我想請妳為我做一件事。」

深夜十一點，柯晴伊和結束工作的孫黎在宿舍大樓前會合，然後一起去到社辦。

柯晴伊動作俐落地拿出茶具，準備為他泡一壺柚子茶。

孫黎一邊看她動作，一邊好奇問：「這罐柚子茶醬是在哪裡買的？」

「是我阿公親手製作的，他知道我跟我姊都喜歡喝柚子茶，於是做了好幾罐。」

「妳爺爺好厲害，我記得妳說過妳爺爺是種茶的，所以你們家有茶園嗎？」

「有啊，我爺爺不只會種茶，也很會泡茶，對茶葉品質及水溫非常講究，所以很多人都喜歡喝他泡的茶。」她侃侃而談。

「原來如此，妳的泡茶技巧就是跟妳爺爺學的吧？怪不得這麼好喝。」

孫黎由衷的讚美，讓柯晴伊有些害羞。

茶一泡好，她馬上倒一杯給孫黎享用，同時好奇確認，「真的只要泡柚子茶給你喝就好了嗎？」

「嗯，不曉得爲什麼，每次累得快睜不開眼睛，我就會想起妳泡的柚子茶，還自己買柚子茶來喝，但味道完全無法跟妳泡的相比，現在我終於知道原因了。希望有一天能見到晴伊的爺爺，當面跟他說聲謝謝，畢竟有他，我才能喝到這麼好喝的茶，我也想看一看晴伊的家鄉。」

柯晴伊怔怔然，「大樹學長說的是眞的嗎？」

「當然是眞的，到時妳願意當我的導遊嗎？」他翹起唇角。

「願意！大樹學長來彰化玩，請一定要告訴我。我阿公種的茶葉很有口碑，只要提到『茶伯』，當地人幾乎都知道！」

「好，那就這麼說定了，只要有機會去彰化，我就去見晴伊的爺爺。」

「嗯。」她露出喜悅的笑。

時序進入十一月，柯晴伊的生活變得忙碌，除了參與社團活動、擔任雪乃老師的助理，也要開始準備期中考試。

期中考前一週，有流星雨出現，以陳皓然爲首的天文社六人組，特地跑到山上看流星，祈禱期中考可以順利All Pass。孫黎也在拜訪雪乃老師後，留了一袋歐趴糖和一張小卡片給柯晴伊。

期中考讓社團活動暫時停擺，柯晴伊一段時間沒見到天文社的成員；期中考結束後，她也得忙著幫雪乃老師處理後續的作業，沒時間放鬆玩樂。

雪乃老師爲了感謝她的辛勞，在工作告一個段落後，請她去學校附近的餐廳吃晚餐。

兩人走出電梯，柯晴伊就在一群學生中發現熟悉的身影，下一秒雪乃老師揚聲對那人大喊：「孫桑！」

正在看手機的孫黎發現她們，立刻來到二人面前，他先跟雪乃老師打招呼，再看向柯晴伊，「好久不見，期中考還順利嗎？」

「嗯。」十多天沒見到孫黎，讓柯晴伊情不自禁多看他幾眼，「大樹學長今天有打工嗎？」

「今天沒有，我剛剛下課。」

雪乃老師開心地邀請：「那你要不要跟我們一起去吃義大利麵？」

「我可以同行嗎？會不會打擾到妳們？」

「當然不會！」

她們異口同聲，接著三個人都笑了。

到餐廳後，孫黎和柯晴伊坐一起，雪乃老師坐在兩人對面。

「幸好有晴伊幫先生的忙，您才不像過去那麼忙碌，精神比以前好很多。」孫黎說。

「就是呀，因爲我現在都可以睡午覺嘛！」雪乃老師這句話令他們忍俊不住。

「晴伊做事非常細心，當我知道是她在您身邊，就知道她對您一定會有很大的幫助。」

一迎上孫黎的眼眸，柯晴伊感覺臉頰有些熱，靦腆道：「謝謝大樹學長。」

雪乃老師看著他們，雙眼因爲微笑而瞇起，她對柯晴伊說：「Haru醬，我們來幫孫桑做一件事好嗎？」

「什麼事？」

「我幫其他科系的學生上課時，無法記住每一個人的名字，所以都用他們的姓叫他們，不如我們現在就來幫孫桑取個日文名字，妳心裡有沒有適合他的名字？」

聞言，柯晴伊靜靜看著孫黎一會兒，腦中眞的想出一個名字，小聲唸了出來：「Haru……ki。」

「Haruki？妳是說村上春樹的春樹嗎？」孫黎好奇。

「這個名字不錯呀，跟Haru醬一樣，都有個春字呢。」雪乃老師很開心。

柯晴伊的雙頰再度升溫，結結巴巴解釋：「我、我不是因爲自己的名字才這麼取的，我是想到學長的綽號叫大樹，結果就不自覺想出這個名字……我再想想其他的名字！」

「妳不用再想了，我已經決定就是春樹這個名字了，我跟雪乃先生一樣，都覺得妳取得很好。」孫黎眼底滿是笑意。

三人愉快的互動，被正好經過餐廳門口的蕭亦呈看進眼底。

柯晴伊在孫黎身邊露出的燦爛笑容，讓蕭亦呈片刻過去才聽見前方同學叫他的聲音，而後匆匆跟了上去。

聖誕節來臨前，雪乃老師送了柯晴伊一份禮，就是她放在辦公室裡，印有大阪城圖案的那只精緻木盒。看出柯晴伊很喜歡，她便大方送給對方當聖誕禮物。

某天楊佳妤家中臨時有急事，必須回家一趟，柯晴伊特地陪她去搭車。回程途中天空下起大雨，她拿出隨身傘撐起，走到孫黎打工的那間超商，發現一名身材纖細的女子站在店外的摩托車旁邊，看起來手忙腳亂且模樣狼狽。

柯晴伊發現她的衣角被摩托車的椅墊夾住，此時天空又正好下起雨，於是立刻想上前幫忙，卻在看清那人的面容時愣了一下，原來是孫黎的姊姊孫彤。

聽到柯晴伊說要幫忙，孫彤一臉感激，卻沒有認出她。孫彤解釋她方才把車鑰匙放進置物箱的包包裡，結果一時手滑，沒抓好椅墊，就這麼讓衣襬被夾住。

柯晴伊彎身察看，發現衣襬只被夾住一小角，她用雙手扣住椅墊，往上抬了幾下，「椅墊滿鬆的，我用力往上拉，妳試著同時把衣服拉出來。」

孫彤依言照做，嘗試幾次後，終於順利拉出衣服，「成功了，謝謝妳！」

「不用客氣，但妳的車鑰匙跟包包還在置物箱裡，怎麼辦？」

「沒關係，我弟就在這間超商打工，他那裡有一把備鑰，我去找他拿！」孫彤興沖沖地奔進店裡，然而她很快便一臉頹喪地走出來，懊惱道：「我搞錯了，他今天上夜班，我剛剛打給他，他沒接，只好拜託他下班後把車騎回家。幸好，我把家裡鑰匙放在外套口袋裡，不然我連家都回不得。」

「妳家離這裡遠嗎？」

「還好，走路大概半小時。」

孫彤瘦削的身子被雨淋得濕透，柯晴伊不忍她在這樣的大冷天徒步回去，於是提議，「不然我借妳搭計程車的錢，妳先坐車回去吧。」

「可以嗎？這怎麼好意思？」

「不用介意，妳還是快點回家換衣服比較好，要不然會感冒。」

孫彤感激不已，「謝謝妳，妳眞是太好心了，居然對一個陌生人這麼親切。」

「這個……其實妳對我來說，並不算是陌生人，我曾經在這裡見過妳。」

「眞的？什麼時候？」經柯晴伊提示，孫彤才恍然大悟，「啊，我想起來了，妳是我弟的學妹，妳叫……」

「我叫晴伊，柯晴伊。」

「對，晴伊，太巧了，我們眞有緣，我一定要好好謝謝妳！」

結果孫彤硬拉著她坐上計程車，十分鐘後，她們抵達一棟舊公寓，柯晴伊隨著孫彤的腳步來到位於三樓的一間住家。

這間目測約莫二十五坪大的屋子，傢俱擺設簡單，環境也挺整潔，客廳掛著一個鳥籠，裡頭有一隻白色小鳥。

「牠叫鈴鈴，是我養的文鳥。妳坐一下，我換件衣服就給妳泡杯熱茶。」

沒想到孫彤如此熱情好客，柯晴伊無法拒絕她，只好規矩地坐在客廳，等到對方換上輕便的居家服出來，柯晴伊忍不住又多瞧她幾眼。

孫彤實在太瘦了，尤其四肢纖細到彷彿一折就會斷裂，要是她沒有臨時決定去那間超商繞繞，不知道孫彤還會被困在大雨中多久。

「晴伊，等一下妳回學校的計程車費由我來付，不可以拒絕唷。」彷彿已經猜到她的回應，孫彤態度頗爲強硬，而後莞爾道：「如果是我弟，他一定也會這麼做的。不過我的錢包在機車置物箱裡，所以就先請我弟付，我去看看他房間裡有沒有錢。」

當孫彤跑去其中一間房間，柯晴伊也忍不住離開沙發，緩緩跟上去，最後她站在門口，沒有進去。

她從門外觀察孫黎的房間，發現一架放滿書冊的書櫃上，放著不少動漫人物及行星的模型。

孫彤走出來時，注意到她的視線，笑笑問：「怎麼啦？」

「喔，沒有，我看到學長書櫃上的動漫人物模型，有點意外他喜歡這個。」她不好意思地說明。

「呵呵，我弟從小就是動漫迷跟天文迷，最喜歡蒐集這些模型了。」說完，孫彤遞給她兩張百元鈔，「我在他的存錢筒裡找到兩百元，之後我會偷偷把錢還回去，所以妳不必擔心。我想再請妳再幫我一個忙，別讓孫黎知道今天妳幫我的事，上次我在超商門口撞到妳，就被他唸了好久，要是他發現我又給妳添麻煩，恐怕會被他嘮叨一個禮拜，拜託妳了。」

「好，我不會跟學長說的。」她認眞應允。

「謝謝妳，晴伊，妳眞是個好女孩！」

孫彤熱情地張開雙臂擁抱她，臉上笑容和跟孫黎一樣溫暖可親。

砰！

突如其來的一陣巨響，讓社辦裡的人全嚇了一大跳。

正要端茶給孫黎的柯晴伊，這時發現正在看書的孫黎，臉色一瞬間變得僵硬，甚至有些蒼白。

「大樹學長，你怎麼了？」她開口關心。

孫黎扭頭看向她，神態從容，「嗯？什麼？」

他那一秒間的轉變，讓柯晴伊以爲他前一刻的不對勁，是她看錯了。

「幹，哪個白目關門這麼大聲？」葉如欣氣得破口大罵。

「隔壁登山社的啦，眞的嚇死我了，趕快喝小草學妹泡的茶壓壓驚。」陳皓然馬上拿起桌上的茶杯，接著笑著看向孫黎，「大樹，需要幫你教訓登山社嗎？」

聞言，柯晴伊難掩好奇，開口問：「爲什麼要幫大樹學長教訓登山社？」

「喔，這件事小草學妹還不知道，大樹當上天文社副社長時，社長問他對社員有什麼要求，結果他只要求大家溫柔使用社辦的門窗，尤其不要大力甩門。很妙吧？」

「那是因爲這裡的建築已經很老舊了，到了夏天風也很強，我才希望大家能盡量惜物，不然門壞了，就要再花一筆修繕的費用。」孫黎無奈解釋。

「有道理，我們社團的經費已經夠少了，再花這筆錢划不來，我現在就寫字條貼在門上，嚴禁大家用力關門，違者直接罰錢！」身爲總務的葉如欣即刻行動。

「晴伊，謝謝妳的茶。」孫黎從柯晴伊手中接過熱騰騰的柚子茶，溫和一笑。

「不客氣。」

不知道爲什麼，想到孫黎剛才的神情，柯晴伊忽然懷疑，孫黎之所以那樣要求社員，說不定另有原因。

幾天之後，發生了一件大事。

頭上包著白色繃帶的孫黎一踏進社辦，眾人大吃一驚，湧上前關心。

「大樹，你的頭怎麼搞的？」陳皓然神色緊繃。

「你們別緊張，我沒事。前幾天我打完工回家，不小心被掉落的木板砸到，受了一點傷。」他神態從容，輕描淡寫地解釋。

「這哪叫『一點傷』，你在哪裡被砸到的？」葉如欣追問。

「我打工的超商附近，當時工人在趕工，一塊木板直接掉落砸中我的後腦，他們馬上就把我送去醫院了，幸好檢查結果沒什麼大礙。醫生說用繃帶纏一圈比較能固定住傷口上的紗布，就把我包成這樣了。」

「沒大礙就好，但大樹學長你也太衰了，連走在路上都會被木板砸到。」蕭亦呈餘悸猶存。

「是啊，建築公司有賠償我，不僅全額支付醫藥費，昨天還送兩大盒水果來店裡。」

趙雅芬嘆道：「這算有良心的了，有些不負責任的廠商根本就不管受害者呢。」

眾人你一言我一語，唯有柯晴伊站在原地，一語不發望著孫黎。

察覺到她的視線，孫黎走過去摸摸她的頭，溫柔說：「晴伊，妳別擔心，只是小傷而已，很快就好了。」

柯晴伊深深看他，抿起嘴唇，輕輕頷首。

兩人這一刻的互動，被蕭亦呈清楚看見。

之後大家喝完茶，孫黎陪柯晴伊清洗茶具，社辦裡難得安靜了下來，大家很快發現問題所在，平時老是嘰嘰喳喳的蕭亦呈，忽然間默不作聲。

「小子，神遊啊，想什麼這麼認真？」陳皓然打趣問。

蕭亦呈回過神來，表情認真地看向他們，「我問你們一件事，你們會不會覺得大樹學長跟晴伊好像怪怪的？」

「怎麼個怪法？」陳皓然挑眉。

「就是……有時我看到大樹學長跟晴伊在一起，就覺得他們之間有種很微妙的氛圍，我也不知道該怎麼解釋清楚，你們能明白我的意思嗎？」

陳皓然、葉如欣、趙雅芬三人面面相覷。

葉如欣翻一頁手中的雜誌，慵懶回：「不就感情好嗎？怎麼，看到小草跟大樹親近，你吃醋？」

「我不是吃醋，只是覺得他們很奇怪……」

「聽起來就像是在吃醋啊。」陳皓然插嘴。

「對呀，幹麼不承認？」葉如欣接腔。

「吼唷，我不跟你們講了，我去隔壁找朋友！」蕭亦呈放棄辯解，離開社辦。

趙雅芬忍不住笑出來，「你們兩個幹麼故意鬧亦呈啦？」

「我有嗎？我只是提出合理懷疑而已。」葉如欣裝傻。

「終於連亦呈都察覺到小草跟大樹之間的曖昧了，但他遲鈍到這種程度，將來能交到女朋友嗎？我有時眞的懷疑他的天眞無邪是裝出來的，好擔心他的未來。」陳皓然搖搖頭。

「會不會亦呈喜歡的是男生？」葉如欣飛來一筆。

「什麼？怪不得他老愛纏著我，對我的態度也特別熱情，原來我才是他最在意的人？」陳皓然故作吃驚，雙手捧心，做出嬌羞貌。

趙雅芬笑到岔氣，「喂，你們這樣自顧自說亦呈，很過分耶！」

三人談笑風生的同時，在洗手臺前清洗茶具的柯晴伊，向孫黎提出問題：「大樹學長，你當初爲什麼會想學日文呢？」

「因爲我從小就喜歡看日本動漫，而且我姊也很喜歡日本，常說想去大阪看櫻花，或是去北海道賞雪。我答應她總有一天要帶去日本旅遊，她就要我把日語學好，這樣去買東西時可以殺價，只是她從前身體不太好，不適合出遠門，現在已經好多了。」

想起孫彤那給人孱弱印象的身軀，柯晴伊可以理解，「那你們打算什麼時候去日本玩？」

「預計今年寒假，我決定帶我姊在日本過年。旅費已經湊足了，不過我還想再加把勁，偏偏在這時受了傷……」

見孫黎突然止住話，閉上眼睛，眉頭緊皺，柯晴伊緊張問：「大樹學長，你怎麼了？」

「有點頭暈，雖然傷勢不嚴重，偶爾還是會突然感到不適。」孫黎張眼，深深吐出一口氣，自嘲：「看來今後得戴安全帽走路，比較安全。」

儘管孫黎臉色恢復自然，柯晴伊仍放心不下，準備勸他回社辦休息，卻聽他再度開口：「晴伊，妳覺得我還能撐下去嗎？」

以爲他是指工作的事，柯晴伊不假思索回答：「嗯，但學長你把自己逼得太緊了，賺錢固然重要，可是身體健康更重要，你一定要適時休息，才能做更多的事。」

「所以，妳相信我可以？」她看著他。

「我相信。」

孫黎露出溫柔無比的微笑，「好，只要晴伊相信我，我就相信自己可以堅持下去。」

聖誕夜當日是週三，天文社仍有安排社課。

社課結束後，蕭亦呈正要邀請柯晴伊去逛夜市，卻被葉如欣搶先一步，「抱歉，小草我訂走了，你去找別人吧，我們女人要聚會。」

「哪有這樣的，妳們要去哪？大家一起去呀！」

「老娘現在看到男人就想扁，你若不怕死就來！」葉如欣大吼，嚇得他噤若寒蟬。

陳皓然拉住蕭亦呈，小聲勸他：「不要跟如欣爭，今天雅芬和大樹都不在，沒人壓得住她。如欣剛才跟她男友大吵一架，你若想活命，千萬別忤逆她。」

「如欣學姊，我錯了，妳請吧！」蕭亦呈機警改口，不敢再有異議。

葉如欣哼了一聲，立刻把柯晴伊拉走。

「如欣學姊，發生什麼事了嗎？」柯晴伊擔心地問。

「我現在非常想找人喝酒。小草，妳就委屈點，陪我去喝一杯吧！」

葉如欣騎車載她到一間便利商店，直接買下一打啤酒，在戶外的座位上大口暢飲起來。

喝完第三罐，她才稍微歇息，晶瑩的淚珠撲簌簌滾落，不一會兒就淚流滿面。

第一次見她這樣，柯晴伊憂心不已，終於開口：「如欣學姊，是不是發生什麼事了？」

「我要結婚了。」

「什麼？」柯晴伊大吃一驚。

「就在剛才，我男友向我求婚了，要我大學一畢業，就馬上嫁給他。」葉如欣手拿著啤酒罐，聲音異常冷靜。

「所以妳答應他了？」她小心翼翼問。

「我當下沒答覆，不過現在已經做出決定。」

柯晴伊深深看著她，「妳男朋友是什麼樣的人？」

「他是個王八蛋。」葉如欣破涕爲笑，「我是在打工的場所認識他的，當年我高三，他大我整整九歲，在一起五年了，中間分分合合很多次，他向我求婚之前，我們才又鬧一次分手。」

「那……爲什麼妳還會答應跟他結婚呢？」她由衷不解。

「因爲我發現自己眞的很愛他吧。」葉如欣淚光閃爍，「不管之前怎麼吵，我都離不開他，明明前一秒還在吵架，下一秒他也可以直接向我求婚，當時我便想，這輩子我註定栽在這個人手上了。」

柯晴伊聽得懵懵懂懂，她從包包裡拿出一張乾淨面紙，主動爲葉如欣擦去眼淚。

「晴伊，妳是不是覺得我很蠢？」

「我雖然不完全明白如欣學姊的意思，但我知道妳此刻的心情一定很複雜，不管如欣學姊做出什麼決定，只要那是能讓妳幸福的決定，我都會支持。」柯晴伊眞心地說。

葉如欣之後抱著她號啕大哭，引來不少路人側目，冷靜下來後，她抽抽噎噎地說：「小草，妳說過我很可愛對吧？妳現在還是這麼認爲嗎？」

「嗯，即使看見如欣學姊哭花了臉的樣子，我仍然覺得妳非常可愛。」她毫無猶豫地回答。

葉如欣噗嗤一笑，看她的眼神充滿寵溺，「小草，謝謝妳，眞的謝謝。」

「別這麼說，我不像雅芬學姊那樣厲害，只能安靜聽妳說話，其他什麼也做不到。」

「我現在說的不是這個，我是指孫黎。」葉如欣笑容燦爛，「謝謝妳來到這裡念書……謝謝妳來到天文社，謝謝妳在這一年來到孫黎的身邊，這些話我很早之前就想對妳說了。」

來不及釐清葉如欣這段話的意思，葉如欣就繼續喝酒，最後趴在桌上沉沉睡去。這時陳皓然剛好打電話給柯晴伊，了解情況後，表示會開車過來接她們回去。

不確定葉如欣是否想讓其他人知曉這些事，當陳皓然問起，柯晴伊什麼也沒說，將兩人今晚的對話藏在心底。

天文社最後一次社課正好在年底，眾人索性辦了場火鍋聚會，陳皓然和蕭亦呈還模仿韓國男團的舞蹈，逗得大家笑聲不斷。

最熱鬧的時刻，孫黎悄悄把柯晴伊叫到安靜的走廊去，在那裡交給她一個畫筒。

小心翼翼將畫筒裡的畫抽出攤開，一朵朵水彩繪成的白晶菊綻開在紙上，畫面栩栩如生，宛如就在眼前盛開，柯晴伊當場驚訝到說不出話來。

「前天我在畫廊教一群小朋友畫畫，自己也畫了這一幅，我想送給妳當禮物。妳喜歡嗎？如果妳不滿意，直接拒絕也沒關係。」

柯晴伊用力搖頭，內心激動，「大樹學長，我非常喜歡，這幅畫實在太美了，我會好好珍惜的！」

「太好了，很高興妳喜歡。」孫黎面露喜悅，「我還有一樣禮物要給妳。」

他把一枚御守放在柯晴伊的掌心，御守上面用日文寫著「祝考試合格」。

「寒假我會帶我姊去大阪，到時再幫妳帶新的御守回來，祝妳期末考順利。」

孫黎的溫柔和體貼，令柯晴伊感動不已，啞聲向他道謝。

期末考結束後，很快便迎來寒假，柯晴伊也回到了彰化。

除夕上午，她收到孫黎的簡訊，除了祝她新年快樂，也告知她明天就要和孫彤出發去日本。

柯晴伊笑著回覆訊息，祝福他們姊弟在大阪玩得開心。

大年初三晚上，柯晴伊接到陳皓然打來的電話，得知了一個噩耗——孫黎並沒有出發去日本，除夕夜晚上，孫彤在家中自殺身亡。

第四章

落。

fall

光是想像，她覺得那個人彷彿真的就站在那裡。
那個人會回過頭，用最溫暖、最溫柔的笑容望著她，朝她揮揮手。
親口對她說一句：珍重再見。

寒流來襲的那天，細雨飄落，空氣充斥著刺骨的寒意。

柯晴伊和葉如欣及趙雅芬等在孫黎家樓下，陳皓然和蕭亦呈雙雙抵達後，陳皓然摁下孫黎家的門鈴。

孫黎掛著笑容應門，「不好意思，才剛過完年，還讓你們在這種天氣特地過來。」

「別盡說一些蠢話。」陳皓然白他一眼，沉聲問，「還好嗎？」

「嗯，葬禮的事處理得差不多了，謝謝你們來看我，我去倒熱茶給你們。」

孫黎去到廚房後，坐在客廳的五人沉默不語，柯晴伊很快發現，上次她來到這裡看見的鳥籠，竟是空蕩蕩的，那隻白文鳥不知去向。

陳皓然率先爲孫彤上香，其他人依序照做，輪到柯晴伊時，她看著孫彤的遺照，腦袋空白，依舊毫無眞實感。

「謝謝妳，晴伊，妳眞是個好女孩！」

爲什麼會發生這樣的事？

那樣開朗熱情的一個人，爲什麼會在美夢成眞的前一天，決定拋下孫黎，離開這個世界？

「你之前跟我說，葬禮的事是鄰居幫忙的，你沒有其他親戚嗎？」陳皓然開口問孫黎。

「沒有，我爸媽過世後，我跟我姊在小阿姨家短暫住過，後來我跟姊姊搬出去之後就沒再聯絡了。」他氣定神閒道。

「所以大樹學長不打算告訴他們？」蕭亦呈謹慎問。

「他們沒必要知道，況且，我早就沒有他們的聯絡方式了。」

眾人默然，葉如欣啓口：「你之後打算怎麼辦？」

「沒怎麼辦啊，就跟平常一樣，今晚我還是得去打工，畢竟日子還是得過下去。」

見孫黎的態度跟平常沒有兩樣，大家這才稍微放心。

得知孫黎晚上還有工作安排，他們便不久留，孫黎親自送他們到門口，再向他們道謝。

「別再客氣了，有什麼事立刻通知我，不許硬撐，聽到沒有？」陳皓然嚴肅叮嚀。

「聽到了啦。你們大家回去路上小心點，我們開學見。」

眾人緩步離去時，柯晴伊一時還停留在原地。

孫黎看著她，話聲溫柔，「對不起，晴伊，沒在第一時間告訴妳，說好的禮物沒辦法送妳了，不好意思。」

柯晴伊難過地搖搖頭，見他衣著單薄，連忙從外套口袋裡掏出一個已經暖起來的暖暖包，塞進他的手中，同時驚覺孫黎的手冷得像冰塊。

看見柯晴伊眼底的擔憂，孫黎握住暖暖包，同時握緊了她的手，在她耳邊低語：「謝謝妳，回家吧。」

和大家離開後，柯晴伊仍不時回頭，直到再也看不見孫黎的身影。

之後他們去咖啡廳，蕭亦呈握著咖啡杯，神色哀戚，「我都不知道大樹學長有一個姊姊。」

趙雅芬嘆息，「我也不知道，經過這件事，我才發現自己對大樹的事知道得非常少。」

陳皓然表情凝重，「你們不知道很正常，我認識他到現在，也從沒聽他主動說過自己的事，就算逼問他，他的回答也都是點到爲止。雖然我和如欣都知道他有個姊姊，但都沒見過對方，現在我也還沒能問出他姊姊自殺的原因，只知道她是趁著大樹出門打工，在房間裡燒炭輕生，是鄰居察覺報警的。」

葉如欣神色陰沉，「照他剛才的說法，他的身邊等於沒有任何親人了吧。」

「好爲大樹學長難過。」蕭亦呈輕咬下唇，「看到大樹學長還能像平常一樣跟我們相處，我眞的覺得他好堅強。如果我唯一的親人不在了，我一定會崩潰的。」

「那小子只是習慣逞強而已，這種時候任何安慰都沒有用，我們能做的，就是安靜地陪伴大樹，隨時給他支持，讓他有足夠的時間慢慢走出傷痛。」

陳皓然說完，眾人一致點點頭。

在車站和大家道別，柯晴伊搭上返回彰化的客運。她看著打在車窗上的雨絲，一顆心染成和天空一樣的灰色，不時微微抽痛，孫黎最後的笑顏至今仍在她腦中揮之不去。

無能爲力，原來是這種感覺。

過去面臨悲傷和沮喪的時刻，孫黎都能給她鼓勵與力量，此時她卻什麼也無法給他，連看著他的眼睛說出一句安慰的話都無法順利做到。

她眞的好想好想爲孫黎做些什麼。

開學第一天，燦爛陽光灑落在校園的每個角落，彷彿整個世界變得光明。

準備出發去上課，柯晴伊在宿舍門口聽見有人呼喚她，孫黎牽著腳踏車站在前方對她招手。

她的心臟重重一跳，立刻飛奔過去，心中激動，「大樹學長，你怎麼在這裡？」

「當然是來找妳的嘍。」孫黎眼睛彎彎，「我想來看看妳，也想當面對妳說一些話。」

「什麼話？」

「我想謝謝妳，曾經在我最需要鼓勵的時候，說妳相信我。雖然結果變成了這樣，我還是很感激，妳當時的話，真的給我非常大的力量。」

「好，只要晴伊相信我，我就相信自己可以堅持下去。」

一股酸楚驀地湧進鼻腔，柯晴伊喉嚨乾澀，眼眶微微濕潤起來。

孫黎這時伸出一隻手，用指尖撫摸她的髮絲，最後輕柔停留在她的臉頰上，像是在對待最珍惜的事物。

「抱歉，耽誤到妳上課，快出發吧。」

「好。大樹學長，你今天會來社辦嗎？」

「會。」

「那我會泡好柚子茶等你過來！」

孫黎深深微笑，「嗯，謝謝妳，我們社辦見。」

下午去到社辦，葉如欣、趙雅芬和蕭亦呈都已經在那裡。

柯晴伊說要幫他們泡茶，接著馬上放下包包，開始忙碌起來，讓他們不禁好奇。

「小草怎麼了？第一次見她這麼興致高昂的樣子。」趙雅芬說。

「可能發生了什麼好事吧。」葉如欣嘴角微掀。

就在柯晴伊分別泡好一壺玫瑰花茶及柚子茶時，急促的腳步聲從走廊上傳來，陳皓然臉色鐵青地衝進社辦。

蕭亦呈嚇一大跳，「皓然學長，怎麼了？你的表情好可怕。」

「我問你們，大樹他有沒有過來社辦？」他劈頭就問。

趙雅芬搖頭，「我跟如欣中午就過來了，沒看到大樹。」

「那個王八蛋……」陳皓然氣急敗壞，咬牙切齒。

葉如欣察覺不對，「孫黎他怎麼了？」

「大樹休學了。」他投下震撼彈，「剛才我收到那傢伙的簡訊，他要我代他向所有人道謝，我覺得不對勁，打給他卻已經打不通了。後來英杰聯繫我，說大樹今天也傳了訊息給他，我們才知道他今天辦理休學，我們剛剛直接到他家找人，結果他的房東說大樹已經搬走，不知去向。」

蕭亦呈不敢置信，「大樹學長眞的休學了？再過半年他就畢業了啊，他爲什麼要這麼做？」

眾人陷入混亂之際，柯晴伊整個人動也不動，目光最後落到桌上的那壺柚子茶。

孫黎休學一事，讓陳皓然他們陷入愁雲慘霧，即使柯晴伊泡的茶再香醇美味，眾人也無心享用。

聽到柯晴伊說出孫黎早上有到宿舍門口找她，他們才知道，孫黎離開的這一天，只見了柯晴伊一人。

陳皓然跟葉如欣二人神情複雜，久久未置一詞。

最後陳皓然將柯晴伊留了下來，帶她到社辦外放腳踏車的位置，柯晴伊才發現，孫黎的腳踏車竟然停在那裡。

「大樹給我的訊息裡還有說，要把他的腳踏車送給妳，讓妳使用。」對上柯晴伊愕然的眼神，陳皓然愼重說：「小草學妹，在我找到大樹之前，這台腳踏車能先交給妳保管嗎？」

柯晴伊答應了。

她沒有跟著陳皓然離開，而是回到社辦。

重新泡好一壺柚子茶，她坐著凝視眼前的茶壺和一只茶杯，滿心期盼下一秒那個人就會出現在眼前。

她默默等待，直至夜晚的第一顆星星出現。

幾天過去，眾人仍尋遍不著孫黎的消息。

五人在餐廳吃飯，蕭亦呈忽然想到了什麼，「皓然學長，大樹學長會不會去找他的小阿姨，他不是說他曾經跟小阿姨住過一段時間？」

葉如欣想也不想就否決，「我覺得不可能，當初孫黎說起他的小阿姨，我能看出他根本就不想跟對方有任何往來。」

趙雅芬這時也表示意見，「不過，大樹的小阿姨，是不是跟他老家住得近？說不定大樹決定回老家了。」

「不排除這個可能，但我還是相信孫黎不會這麼做。」葉如欣語氣肯定。

「我也覺得可能性不大，可這是我們現在唯一的線索了。」陳皓然看著大家，「你們有聽大樹說過他老家在哪裡嗎？」

大家紛紛搖頭，陳皓然看著身旁的人：「如欣，妳也不知道嗎？」

「我連他是哪裡人都不知道，他從不提自己的事，就算我主動問，他也不會正面回答。」

「奇怪，大樹學長到底爲什麼這麼神祕，這樣要怎麼找？」蕭亦呈一臉苦惱。

陳皓然靈光一閃，「我想到了，如欣跟大樹不是同所高中的嗎？我們就從那間高中打聽，循線找出大樹就讀的國中及小學。」

隔天眾人聚集在社辦，由陳皓然致電那所高中，最後問出孫黎的國中位於宜蘭，也順利查到孫黎在台東就讀小學。

儘管納悶孫黎從前的足跡為何如此分散？然而能得到這些訊息，就足以讓他們精神一振。

查出台東那間小學的電話號碼後，陳皓然馬上撥過去：「小姐妳好，我想找一位大概十年前在貴校就讀的男學生，名叫孫黎，孫子的孫，黎明的黎，可不可以請您幫我調查他當時登記的住址……是，我知道你們不能隨便提供學生的資料給別人，但我是孫黎的朋友，前陣子他失蹤了，完全連絡不到人，我們很擔心他會出事，能不能麻煩貴校幫幫忙？」說完沒多久，陳皓然面露喜悅，「好，非常謝謝妳！」

通話結束後，葉如欣焦急問：「怎麼樣？」

「對方說她去查，等會兒再打給我。」等了幾分鐘，陳皓然手機鈴聲大作，他一秒接起來，笑著道：「妳好，請問找到那位學生的住址了嗎？」

下一秒，陳皓然表情一變，整個人愣住。

再次切掉通話後，趙雅芬擔心地問他：「怎麼了嗎？」

「他們說，沒有孫黎這個人。」陳皓然語出驚人，「對方從十年前那一屆的學生名冊開始查，前後幾屆也幫忙找過了，就是沒有孫黎的名字。」

「這是什麼話，難道孫黎沒念小學？都找到這裡了，怎麼可能沒有？」葉如欣心急如焚。

「妳不要焦急，對方說如果我們確定孫黎真的是他們學校的學生，她會掃描那幾屆學生的畢業照給我，那時候再思考下一步吧。」陳皓然安撫她。

兩天後，校方將畢業照檔案寄給陳皓然，眾人再次聚集在社辦，就著陳皓然筆電螢幕把所有的照片瀏覽過一遍，的確沒看見孫黎的名字。

「眞的沒有。」

蕭亦呈頽喪說完，葉如欣跟趙雅芳落寞走開，陳皓然也失望地離開筆電前，到走廊吹吹風。

柯晴伊在筆電前坐下，再次瀏覽起那些照片，這次她不看名字，而是仔細望過每位學生的長相。沒過多久，她移動滑鼠的手指停住，愕然盯著其中一張照片。

「皓然學長，你可以來一下嗎？」當對方來到身邊，柯晴伊馬上指著螢幕說：「你看這個人，是不是很像大樹學長？」

陳皓然端詳她指出的一張大頭照，圓睜雙目，「沒錯，他就是大樹！」

這句話讓其他人再度湧至筆電前，看見照片裡的那張稚嫩面孔，所有人一致認定對方就是孫黎，然而照片下方出現的卻是一個陌生的名字——劉廷文。

「這個叫劉廷文的人，怎麼跟大樹長得這麼像，難不成大樹以前改過名？」趙雅芬一臉不可思議。

陳皓然恍然大悟，話聲激動，「沒錯，改名，這樣就說得通了。我馬上跟學校聯絡！」

透過校方協助，他們成功得到劉廷文的住址和家中電話，然而撥過去卻是空號。

儘管還不確定孫黎是否眞的改過名，不過他們不放棄任何一絲希望，決定這週末一起前往台東。

週六一大清早，五人坐上陳皓然的車，從台中前往台東。

柯晴伊將孫黎先前送她的御守握在手心，靜靜望著車窗外的藍天。

五個小時後，車子在一棟老舊民宅前停下，確定門牌上的地址正確，所有人立刻下車，站在緊閉的鐵門前觀察片刻，發現裡頭似乎沒有人在。

住在隔壁的老婦人發現一群年輕人站在那裡，主動上前問：「你們要找誰？」

陳皓然馬上說：「婆婆您好，請問一下，這棟房子目前有人住嗎？」

「沒有喔，已經沒人住了。」老婦人說完，又有一名年輕婦人抱著小孩走出來，「媽，怎麼了嗎？」

「他們好像要找住在隔壁的人。」

那名女子一聽，親切地對陳皓然說：「隔壁的屋主三年前就搬走嘍。」

「三年前是嗎？那請問一下，屋主是不是姓劉？」

「不是，是姓黃。」她停頓了下，「但十幾年前確實有姓劉的一戶人家也住在這裡。」

「那妳們最近有沒有看到那戶人家的人回來這裡？」

「沒有。」似是不忍見他們失望的神情，女子熱心開口：「不如告訴我你們要找的人，我們住在這裡很多年，也許能幫上忙。」

「喔，我們想要找一位名叫劉廷文的人，我們查到他以前住在這裡。」

「劉廷文……」女子漸漸想起了什麼，瞪大眼睛，「你們認識他？」

陳皓然把事情簡單說明一遍，還從手機裡找出劉廷文的大頭照給她看。

「你們是他的朋友？」

「其實我們現在還不能百分之百肯定劉廷文就是我們的那位朋友，但他們實在長得太像了，所以我才懷疑劉廷文可能改過名字。」陳皓然又找出一張他跟孫黎的合照，「這位就是我的朋友。」

看見照片中的孫黎，女子眼中布滿震驚，趕緊把手機拿到老婦人面前，「媽，妳看，這個人是不是廷文？以前常來家裡玩的小廷呀，妳很疼愛他的！」

老婦人看到照片，也是跟女子一樣的反應，堅信孫黎就是劉廷文。

他們再度燃起希望，陳皓然開心確認：「妳們確定他們真是同一人？」

「對，我記得小廷的笑容，你朋友笑起來的樣子，跟小廷一模一樣，我們絕不會認錯！」女子堅定點頭。

「他是不是還有一個姊姊？」

「是呀，他有一個大他四歲的姊姊，叫儀文，我們都叫她小儀，我跟我媽過去非常疼愛他們。可以看到廷文健康長大的樣子，真是太好了。」

這對母女感動到眼眶泛紅的模樣，看在他們眼裡，著實有些怪異。就算是見到多年不見的鄰居孩子，應該不至於有這樣的激烈反應。

「請問孫黎……不，小廷，他以前發生過什麼事嗎？」嗅出不對勁的葉如欣決定詢問。

彷彿不想讓年幼的孩子聽見接下來的話，女子把孩子交給母親，讓他們回到屋裡，接著神色凝重道：「以前小廷他們一家四口就住在隔壁這間屋子，姊弟倆常來我家玩，小廷非常乖巧，笑起來的樣子像個小天使，幾乎人見人愛。偏偏他的爸爸會對家人使用暴力，把妻兒打得鼻青臉腫，警察介入也沒用。小廷十歲那年，有天他爸爸又對他們施暴，還亮出刀子，威脅他們要全家同歸於盡。」

蕭亦呈聽得膽戰心驚，忍不住追問：「結果怎麼樣，難道小廷受傷了？」

「小廷沒受傷，他媽媽和姊姊也都沒事。」女子停頓片刻，沉痛地說，「可小廷當時爲了保護媽媽和姊姊，和他爸爸起了衝突，結果不小心誤殺了他爸爸。」

聞言，他們臉上都因震驚而呆滯住，說不出半句話。

女子主動往下說：「小廷當時不滿十四歲，所以不需要擔負刑事責任，而且在那種情況下，可以算正當防衛。我們聯合投書向法官求情，以人格保證小廷是個善良的好孩子，希望法官網開一面，後來法官判定小廷只需定期接受輔導。只是沒想到，小廷他爸爸去世後，他媽媽精神狀況就開始出現問題，經常半夜跑到外頭遊蕩，而且誰都不理，像是失了靈魂的空殼。差不多過了快一年，有一天，她又在半夜跑出去，闖紅燈衝到馬路上，結果發生車禍過世了。我們都認爲她是因爲承受不了兒子殺死丈夫的打擊，才會變成那樣。」

「後來是誰照顧小廷跟他姊姊，是不是他的小阿姨？」陳皓然冷靜詢問。

「沒有錯，不過我聽說後來又有人把他們姊弟倆接去別的地方。似乎是受不了輿論壓力，他們的小阿姨也在幾年之後搬走了。」女子深深吁一口氣，用期待的眼神望著他們，

「小廷跟小儀他們現在住在哪兒呢？他們姊弟現在應該過得很好，對吧？」

柯晴伊等人俱是低垂下頭，迴避女子的目光，也迴避回答女子的問題。

回程的路上，他們安靜地坐在座位上，各懷心事。

來到台東之前，柯晴伊非常希望劉廷文就是孫黎。然而這一刻，她卻在心裡不斷祈禱，希望那個孩子不是他，那個遭受命運如此殘忍對待的孩子，絕對不會是孫黎，也千萬不要是孫黎。

一回到台中，陳皓然立刻表示要去社辦把事情查清楚，其餘人一聽，也都要求跟著去。

在電腦裡輸入關鍵字，很快便搜尋到劉廷文失手誤殺親生父親的相關報導，他們一篇一篇讀過去，內容果然如那名女子所言。

陳皓然鬆開放在滑鼠上的手，趴倒在桌上；葉如欣和趙雅芬靜靜流淚，蕭亦呈也眼眶泛紅，坐在沙發上不發一語。

柯晴伊沒有哭，她只是繼續靜靜讀著那些報導，直到電腦螢幕暗下。

隔天是星期日，柯晴伊早上八點就醒了，卻遲遲沒有起床，直到九點才放輕腳步爬下床，盥洗完畢換好衣服後走出宿舍。

天色陰暗，細雨連綿，她撐著傘獨自往社辦的方向走去，走著走著，耳邊忽然傳來一聲熟悉的呼喚。

「晴伊！」

心臟重重一跳，她立刻轉身朝後方望去，以爲騎著腳踏車的孫黎，就站在那裡對她露出微笑，結果只看見一片空蕩蕩的大道。

「果然是妳。怎麼只有妳一個？其他人呢？」

「我送妳回宿舍吧，不然妳還要走一段路。剛剛騎來的路上我聽見了雷聲，可能會下雨。我去社辦拿個東西，馬上送妳回宿舍。」

明明孫黎已經不在這裡，柯晴伊的腦袋卻還是不斷響起他的聲音。

她注視著雨水落在地面的水窪，不自覺握緊了傘柄，繼續邁開步伐前行，來到社辦時，發現門竟是開著的。

葉如欣獨自坐在沙發上看著手機，柯晴伊走進去喚她一聲。

葉如欣一臉意外，「小草，妳怎麼來了？」

「我……突然想出來走一走，妳要不要喝點什麼？我來泡茶。」

「不用了，今天妳不必忙，坐吧。」

在葉如欣身邊坐下，柯晴伊發現她眼下掛著黑眼圈，不禁關心：「如欣學姊，妳沒睡好嗎？」

「對呀，昨晚失眠，天一亮就決定來這裡坐坐，順便碰碰運氣，看看孫黎那傢伙會不會突然跑回來。」她撇撇唇角。

柯晴伊沒有接話，低頭盯著自己的手指。

葉如欣將身子靠向椅背，悠悠說出：「我跟孫黎是在高二時變熟的，在此之前，我一直看他不順眼，覺得他這個人詭異到極點，不管發生什麼事都是笑笑的，一點脾氣也沒有，讓我覺得他實在很假。他跟我打招呼，我也不理他，整整一學期，我跟他交談的次數不超過五句。後來，孫黎交了女朋友，是一年級的學妹，外號叫公主，名副其實，她的公主病非常嚴重，加上爸爸是學校主任，氣焰就更加囂張，但孫黎對她很包容。自從他被公主纏上，我經常笑他，覺得這兩個做作的人在一起眞是絕配，物以類聚，活該孫黎遇到剋星。」

輕哂幾聲，葉如欣繼續說：「有一天，公主不知又吃錯什麼藥，把孫黎叫去校舍頂樓，還不許任何人靠近。當時非常剛好，我就坐在頂樓角落吃中飯，於是就聽到了，原來是公主和朋友吵架，跑去找孫黎哭訴，孫黎卻秉持公正的態度幫她的朋友說話，所以公主氣炸了，還懷疑孫黎跟朋友有一腿。

「公主哭著大鬧一場，說每個人接近她都是別有目的，沒人眞心喜歡她，所以她決定跳樓自殺，死給大家看。當時孫黎只要像平常一樣先認錯，再安撫美言幾句，公主就會息怒，我也聽得出公主其實只是在等孫黎主動道歉，但妳知道孫黎最後跟她說什麼嗎？」

對上葉如欣的眼睛，柯晴伊想了想，搖搖頭，表示不知道。

「孫黎叫公主從頂樓跳下去。」看著柯晴伊不可置信的眼神，葉如欣莞爾，「我當時的反應跟妳一樣。孫黎他是認眞的，他告訴公主，倘若她眞心想死，他會尊重她的決定。

公主氣到抓狂，竟然眞的衝動跳了下去，幸好那棟校舍只有四層樓，而且她爸早就通知消防隊準備氣墊，所以公主只受了點輕傷。後來她不斷放話，說孫黎叫她跳樓，可沒人信她，只有我知道她說的是眞的。」

柯晴伊啞口無言，不知道該做出什麼表情。

「直到那時候，我才開始覺得孫黎是個有血有肉的人，即便是他，也會有不容許別人踩到的地雷，所以我不再排斥他，願意跟他做朋友。我在他身邊觀察許久，最後確定一件事，就是千萬不能認眞跟他談自殺，所以先前我才會那樣告訴妳，如果小草妳眞的對他說出不該說的話，孫黎極可能會對妳展露最冷酷的一面，我不希望你們之間變成這樣。」

柯晴伊臉上神情複雜，依舊沒有打斷葉如欣的述說。

「知道孫黎的過去後，我才明白這一切是有原因的。在一個拚盡全力活下去的人面前，天天把死掛在嘴邊，甚至拿死亡作爲威脅手段，無理取鬧，孫黎當然會憤怒。對我們來說再正常不過的一切，對那傢伙而言，卻是用生命換來的。」

葉如欣眼角漸漸浮現淚光。

柯晴伊緊緊握住她的手，聽見葉如欣壓抑不住的啜泣聲，終於也跟著濕了眼眶。

「小草，怎麼辦？」葉如欣淚流滿面，話聲哽咽，「如果那傢伙這次再也撐不下去，決定做出傻事，該怎麼辦？」

葉如欣說出了他們每個人心中最害怕的事——孫黎會選擇這樣不告而別，代表他已經決定捨棄自己現在的生活，連同未來也一併捨棄。

轉眼間，孫黎已經消失了兩個禮拜。

有天柯晴伊無意間從雪乃老師口中得知，孫黎辦理休學那天，寫了一封信給她，信中感謝老師這些年來的照顧，要她好好保重身體。

明明有離學校更近的超商，柯晴伊卻還是會繼續去孫黎之前打工的那一間，在那裡特意停留一會；有時候，她也會到孫黎曾經帶她去過的麵館，一個人在那裡吃晚餐。

即便孫黎已經不在，她還是會在泡茶的時候，特意多沖一壺柚子茶。

她從未對任何人說出自己對孫黎真正的想法，面對楊佳妤關心的探詢，她也依舊沒有開口。

然而，她一直將孫黎送給她的物品，小心翼翼收藏在書桌的最後一層抽屜，包括初次見面時他贈送的天文雜誌、祝她考試合格的御守，以及白晶菊水彩畫。

孫黎離開後，她每一天都會將這些拿出來看。

有一天，她又靜靜看著這些物品，腦中冷不防閃過孫黎的聲音。

「晴伊，妳覺得我還能撐下去嗎？」

她在這句話中呆住了。

「所以，妳相信我可以？」

「我相信。」

「好，只要晴伊相信我，我就相信自己可以堅持下去。」

「我想謝謝妳，曾經在我最需要鼓勵的時候，說妳相信我。雖然結果變成了這樣，但我還是很感激，妳當時的話，眞的給我非常大的力量。」

柯晴伊拿起桌上的一疊便條紙，謹愼撕下一張，用筆在紙上輕輕寫下幾個字：

二月二十六日　第一天

大樹學長，我相信你。

寫好後，她看著這段話許久，將紙條摺好，收進雪乃老師送給她的木盒裡。看似無意義的舉動，卻是她最後想要緊握住的寄託。

她想要繼續相信那個人，相信此刻的他還在這世界的某個角落，就算他的心已經殘破不堪，就算他對這個世界只剩下絕望，她也想相信他還沒有選擇放棄。

她會相信他，也相信那個相信他的自己。

時間流逝，來到了鳳凰花盛開的初夏時節。

全校畢業生齊聚在廣場上，在名為離別的這個日子裡，相互擁抱，彼此祝福。

陳皓然、許英杰和葉如欣三人都在畢業生之列，許多天文社的社員都前來送上花束和祝福，歡送他們離開。

葉如欣拉著趙雅芬和柯晴伊合照，照片裡的她們卻全都雙眼泛紅。

趙雅芬忍不住失笑：「唉唷，怎麼每一張都這樣？超醜的！」

「煩死了，不拍了，我臉上的妝全花了！」葉如欣用面紙擦掉不斷湧出來的淚水。

「學姊放心，妳即使妝花了還是很正。」蕭亦呈拍她馬屁。

「謝謝喔，雖然你說的是事實，但我已經畢業了，你巴結我也拿不到什麼好處。」她不留情地潑了桶冷水。

「如欣，別這樣，妳下個月結婚時，可以叫亦呈幫妳收禮金，還能利用就盡量利用，別這麼快撕破臉。」陳皓然哈哈大笑。

「虧你說得出口。」葉如欣瞧瞧他身上的碩士服，嘖了一聲，「你這麼混，居然能準時畢業，我本來以為你鐵定會延畢。」

「妳太小看我了吧，人稱台中劉德華的我，不僅有顏值，又有腦袋，這種人間極品要去哪裡找？」他帥氣地撥了下瀏海。

「是自稱吧?你是台中劉德華，我就是台中林志玲了，不要侮辱我的偶像。」

「可是眞的有人說我很帥，側臉很像劉德華！」

「那一定是早餐店阿姨說的，你連實話跟假話都無法分辨嗎？」

趙雅芬勾住柯晴伊的手，笑笑看著那兩人，「想到以後很難再看到他們鬥嘴，就覺得好寂寞，對不對？」

「嗯。」她目光不動，「眞的……會很寂寞。」

趙雅芬拍拍她的肩膀，兩人繼續旁觀望陳皓然與葉如欣唇槍舌劍。

「小草學妹，我們再多拍幾張紀念照吧。」陳皓然興高采烈拿著相機跑向柯晴伊，搭著她的肩膀一連拍下多張照片，中間不斷做出扮鬼臉及挖鼻孔的滑稽動作，逗得柯晴伊笑聲不止。

「以後無法天天看到妳這張可愛笑容，還有喝妳泡的茶，眞的好捨不得，接下來的日子，小草學妹要繼續加油喔！」

「嗯，皓然學長也要好好保重，我眞的很高興可以認識學長。」

「我也是。」陳皓然深深微笑，「小草學妹，妳放心，我向妳保證，一定會找到那小子。」

陳皓然摸摸她的頭，轉身走向其他人。

將近半年的日子，柯晴伊幾乎沒再聽到誰談起那個人，如今聽陳皓然提及，她才知道陳皓然始終將這件事放在心上，不曾遺忘。

望著那些畢業的學長姊，柯晴伊不禁想，如果沒有發生那些事，那個人今天也會站在他們之中，穿戴一樣的學士服，和他們一起畢業。

光是想像，她覺得那個人彷彿眞的就站在那裡。

那個人會回過頭，用最溫暖、最溫柔的笑容望著她，朝她揮揮手。

親口對她說一句：珍重再見。

「小草學姊，那我先把天文儀搬出去了！」

「好，等等就請東揚教大家天文儀的使用方式和保養方法，小心一點。」柯晴伊說完，繼續和一群學弟妹整理器材，很快又有一名學弟跑來，告訴她副社長找她。

離開器材室，蕭亦呈興高采烈地朝她衝過來，「晴伊，借到場地了，Star Party可以如期舉行了！」

「太好了，但你直接傳訊息通知我就好，沒必要跑過來呀。」柯晴伊看著蕭亦呈額上的汗珠。

「我想當面跟妳說嘛，那我去處理後續了，拜拜！」

回到器材室後，日文系的學妹眞紀走到她身邊，「學姊，亦呈學長是特地過來找妳？」

「是啊，他來告訴我場地借到了，下週的社課可以順利舉行。」

「亦呈學長挺黏妳的耶，什麼事都會先來跟妳報告，像是把妳當女朋友。」眞紀打趣。

「他的性格就是這樣，對誰都很熱情，加上我是他的直系學妹，所以比較照顧我。」

柯晴伊仔細擦拭望遠鏡，給出合理的解釋。

「可映瑤也是他的學妹，他就沒對她這麼熱情，怪不得映瑤會這麼沮喪。」

「爲什麼沮喪？」

「映瑤很喜歡亦呈學長，新生入學就喜歡上他了。」眞紀彷彿驚訝她對此事毫不知情，索性全說出來，「大家私底下都在傳，說你跟學長在一起。」

「你們誤會了，我們沒有在一起。」她鄭重澄清。

「那學姊有沒有喜歡的人，有交過男朋友嗎？」見她連連搖首，眞紀再次詫異，「眞的？從以前到現在，沒有一個人曾經占據學姊的心？」

柯晴伊手上的動作慢了下來，她沒有回答，對學妹淺淺一笑，「整理得差不多了，我去洗手。眞紀，麻煩妳鎖門。」

「沒問題。」

離開器材室後，柯晴伊獨自走在長廊上，瞇著眼睛望向遠方的天空。

夕陽西下，風景全被染上了溫暖的顏色。

是名爲回憶的顏色。

「Haru學姊，求妳幫我跟雪乃先生求情！」

日文系系辦裡，一名一年級男學生向柯晴伊苦苦哀求，「報告明天我一定會交，求求妳幫我跟先生說！」

「雪乃先生在辦公室，你可以直接去拜託她，不然我陪你進去？」

「不行，我會被她死當的，妳就幫我跟她說一下嘛！」

「喂，你別太過分了。」系祕書小喬聽不下去，直接朝男學生開罵，「自己惹的麻煩自己善後，少為難你學姊，在這邊大吵大鬧像什麼樣子？」

男學生惱羞成怒，甩頭走出系辦。

柯晴伊莞爾：「好難得看到小喬姊動怒。」

「我早就想教訓那個小鬼，學分被當，還讓父母打電話來學校求情，一點責任心也沒有。他就是看妳好說話，下次再這樣，妳就好好罵他一頓！」

「我們的美女今天火氣很大喔。」

王言東從辦公室走過來，把一罐日本酒放到小喬的辦公桌上，「來罐這個消消氣，早點下班去跟男友約會。柯晴伊，妳今天會去雪乃老師那裡嗎？」

「會，等等就去，主任有什麼事需要我轉達嗎？」

「沒有，妳直接過去吧，雪乃老師有事告訴妳。」

聞言，柯晴伊頓了頓，隨即跟小喬道別，離開了系辦。

在雪乃老師的辦公室裡，她牢牢握住柯晴伊的手，害羞宣布她明年即將結婚，以及即將回日本的消息，讓柯晴伊震驚不已。

「所有學生我第一個告訴妳，這學期結束，我就會回大阪了。我一直沒跟妳說，我的心臟其實不太好，近幾年我的身體狀況每況愈下，不想讓在日本的家人更擔心，考慮到最後，我決定回去日本，跟我的未婚夫步入家庭。」

柯晴伊心中激盪，發自內心說道：「嗯，爲了先生的健康，我相信這對您是最好的決定，恭喜您要結婚了。」

雪乃老師給她一個溫暖眞摯的擁抱，「謝謝，這三年有妳，我眞的很感激，可惜我來不及看妳畢業，我也一直很遺憾無法再見Haruki一面，到現在我還是很想念他的笑容。雖然Haru妳從來不說，但我知道，妳跟我一樣很想念他。」

雪乃老師微紅的雙眼，讓柯晴伊喉嚨一乾，無言以對。

大三生活即將走向結尾的某一天，學校發生一起驚天動地的大事件。

午夜十二點，女生宿舍後方山上突然燃起大火，最後波及到女生宿舍，從睡夢中驚醒的學生們全部逃離宿舍。

柯晴伊打開房門，見走廊上濃煙瀰漫，尖叫聲此起彼落，她轉身奔回書桌前拿重要物品，被同寢室友阻止，硬是將她拉出房間。

成群逃出去的女學生，看著宿舍陷入火海，全嚇得臉色蒼白，紛紛哭著打電話向家人報平安。

去年搬出宿舍，在外租房的楊佳好，得知消息火速趕來，她一在人群中找到柯晴伊，衝上前抱住她，「謝天謝地，幸好妳沒事，我剛才接到朋友電話，她說女生宿舍發生火災，妳的手機卻一直打不通，快把我嚇死了！」

「我的手機在房間裡，來不及拿出來。」

柯晴伊竭力保持冷靜，顫抖的聲音卻還是洩漏了她的眞實情緒。

看見自己的寢室窗口不斷有火焰竄出，柯晴伊腦袋一片空白，雙手緊緊抱著唯一從寢室裡搶救出來的東西。

那是雪乃老師送她的木盒，裡頭裝的是這兩年半以來，她每晚親手寫給孫黎的字條。孫黎從前送給她的許多禮物，連同那半年的回憶，全在這場無情大火裡化爲灰燼。

這起火災事故沒有造成任何人傷亡，警方最後調查出有人跑到山上施放煙火，才引發這場意外。

女生宿舍的二、三樓，有一半區域慘遭火吻，包括柯晴伊的寢室，因此暑假前的這兩個星期，柯晴伊暫住在楊佳好的租屋處。

然而屋漏偏逢連夜雨，某日學妹眞紀有需求，向柯晴伊借用腳踏車。沒想到眞紀騎腳踏車出校門沒多久，就被闖紅燈的小客車撞上，最後眞紀僅受到皮肉傷，腳踏車卻被撞得支離破碎，再也修不好。

「學姊，眞的對不起，妳很珍惜那台腳踏車吧？我一定會補償妳。」在醫院裡的眞紀自責到快哭出來。

柯晴伊安慰：「妳不用在意，腳踏車沒關係，妳平安無事最重要。」

然而，當她親眼看到已成無數碎片的腳踏車，感覺心裡的某處也跟著破碎了。

孫黎留給她的東西，最後她一個也沒能守護住。

爲雪乃老師舉行歡送會那天，除了參與的學生，王言東和其他師長來到現場，氣氛熱鬧非凡。

雪乃老師與所有學生一一擁抱，許多女學生因不捨紛紛紅了眼眶。

「先生，您要保重喔。」蕭亦呈誠心獻上祝福。

「我會的，Yusuke今年就要畢業了，出社會之後，要繼續加油！」笑笑說完，她看著他身旁的柯晴伊，伸手握著了她，「Haru醬，約好了，妳以後一定要來大阪找我。」

「嗯，我會的。」當蕭亦呈被朋友叫走，柯晴伊小聲對她說：「先生，我有一件事想拜託您。」

她拿出當時對方贈送的木盒。

「能不能請您把這個一起帶回日本，暫時替我保管一段時間？」

「妳爲什麼不留在身邊保管呢？」雪乃老師好奇。

柯晴伊抿抿唇，啞聲坦言：「其實，這個盒子裡有我這幾年寫給Haruki學長的東西，過去和他有關的東西，如今已經一個都不剩，我很害怕有一天我會連這個都失去。只要放在身邊，我就無法心安。很抱歉給先生添麻煩，但除了您，我想不出誰能幫我。」

雪乃老師深深看她，最後答應下來，「沒問題，在妳來找我前，我一定替妳好好保管。」

「謝謝先生。」柯晴伊露出如釋重負的微笑，「還有一件事情，我想現在告訴先生，其實，我之所以會決定當妳的助教，並不是因爲迫切需要一份收入，而是因爲主任的請託。」

將事情的來龍去脈說一遍，柯晴伊慎重對她道歉：「主任猜到妳可能會拒絕，才請我隱瞞您，他是眞的關心您的身體才會這麼做，希望您不要生我們的氣。」

雪乃老師傻住了，轉頭望向正在和其他老師聊天的王言東，當他察覺到雪乃老師的視線，唇角揚起一抹優雅的笑，向她舉幾手中的酒杯，向她致意。

始終忍住不哭的雪乃老師，竟在這一刻瞬間掉下眼淚，無法控制情緒的她，慌得拿起面紙擦拭淚水，彷彿不想讓任何人發現她的失態，尤其是王言東。

柯晴伊從未見過雪乃老師這般激動地哭泣，忍不住往王言東望去，只見他已經開始跟學生們尬酒，氣氛歡騰。

有些事註定沒有辦法得到答案。

就像柯晴伊永遠也無法問，雪乃老師爲何爲王言東流淚？

「晴伊，快點來拍照！」

穿著學士服的楊佳妤把柯晴伊拉到身邊，和其他女同學一塊拍照。

和師長們拍完大合照，日文系全體畢業生齊聲倒數，將頭上的學士帽拋向天空，爲大學四年的生活畫下完美句點。

柯苡芯和柯爺爺沒有知會柯晴伊，帶著花束偷偷前來參加她的畢業典禮，讓她又驚又喜，感動到紅了眼眶。

「我的寶貝孫女畢業啦，阿公沒有遺憾了。」

「阿公，不准亂說話，你說過要親眼看我們兩人出嫁的！」柯苡芯笑罵道。

柯爺爺開心大笑，俏皮地將柯晴伊的學士帽載在頭上，「怎麼樣？阿公看起來有沒有變聰明？」

「阿公你本來就最聰明了。」柯晴伊脫下學士服，幫柯爺爺穿上，拿起手機就要幫他拍照，柯爺爺樂得擺出各種姿拍照，逗得姊妹倆笑得直不起腰。

由於柯晴伊在畢業之前，就聽柯苡芯說她任職的那間幼稚園有一位助理離職了，校方正急著找人遞補。她問柯晴伊願不願意做這份工作一陣子？柯晴伊很快就答應，因此她一畢業就回到彰化，開始在幼稚園擔任行政助理。

能在家鄉工作，還能時常與家人團聚，再加上每天都能見到一群可愛的小孩子，這樣單純平凡的小小幸福讓柯晴伊覺得很滿足。

偶爾有空的時候，她還會被姊姊拉去客串幫小朋友上課，有時教他們日文，有時教他們一些天文學的原理，讓他們可以動動腦筋，了解一些簡單的知識。

「晴伊老師，月亮是怎麼來的？」

有一天，柯晴伊正爲小朋友們講解有關月球的課程，一名小女孩舉手發問。

她沉吟片刻，揚起笑容說：「我給大家三個選項，你們來猜猜哪個是正確答案。首先第一個選項，以前地球在轉動的時候，轉得太快，不小心把自己身體的一部分甩了出去，最後被甩出去的部分就變成了月亮。

「第二個選項，月亮在太空中四處調皮搗蛋，跑到地球附近的時候，地球爲了教訓它，把它吸了過去，從此月亮只能在地球周圍轉，再也不能去其他地方。」

看著小朋友專注的臉，她說出最後一個選項：「某天，地球被別的星球撞到，結果地球受傷了，地球的碎片圍繞著自己身體不停轉啊轉，最後變成了一顆月亮。你們猜哪一個是正確答案？」

小朋友們十分踴躍搶答，公布解答後，柯晴伊對他們說：「你們回家後可以考考爸爸跟媽媽，看他們知不知道這個問題的答案，然後明天來跟苡芯老師分享。」

「好——」孩子們齊聲答應，柯晴伊和站在旁邊觀課的姊姊相視一笑。

她沒有想到，這份工作一做，一眨眼兩年時光就過去了。

這兩年，她經常跟蕭亦呈保持聯絡。

老家在桃園的蕭亦呈，畢業後也和柯晴伊一樣回到故鄉，目前在一家房屋仲介公司上班，兩人見面的機會不多，交情卻未曾眞正減退。

平靜的日子持續下去，半年後的某一天，柯晴伊下班時接到蕭亦呈的電話，發現對方聲音有些怪異，不禁關心：「你怎麼啦？」

「晴伊，這週末妳有空嗎？可不可以跟我去一趟高雄？」

「高雄？爲什麼？」

蕭亦呈停頓幾秒，壓低聲音回：「皓然學長最近出了點狀況，所以我想跟妳一起去找他。」

突然聽見久違的名字，加上蕭亦呈的話，讓柯晴伊莫名有股不好的預感，蕭亦呈堅持見面後再告訴她詳情，於是她同意了。

週六上午，兩人直接在高鐵左營站會合，乘坐計程車前往目的地的途中，蕭亦呈向她說明一切。

陳皓然畢業後的那幾個月，還會積極跟他們保持聯絡，後來次數越來越少，柯晴伊大二下後，她就再也沒有陳皓然的消息。

當計程車最後停在一棟醫院門前，柯晴伊仍不敢相信耳邊聽見的，腦中一片空白。進到醫院，蕭亦呈領著她來到一間獨立病房前，伸手敲門，聽到門內女子善意的回應，他壓下門把，輕輕推門而入。

病房裡站著一名個頭嬌小，慈眉善目的女子，而她身旁的病床上，則躺著一名骨瘦如柴的男人。

柯晴伊記憶裡的陳皓然，永遠充滿朝氣與活力，是像哥哥一樣的存在。然而，現在的他卻虛弱地躺在床上，形容憔悴，頭髮因爲化療而幾乎掉光，瘦得不成人形，讓她一度認不出來。

「嗨，小草學妹。」陳皓然露出她記憶中的陽光笑顏，對她開口。

看見陳皓然朝她伸出的手，柯晴伊猛地回神，三步併作兩步奔到病床旁，緊緊回握住他。

「多年不見，小草學妹還是一樣可愛，妳過得好不好？」

柯晴伊心中激動，喉嚨卻發不出半點聲音，只能用力點頭。

「小草學妹，這位大美女是我老婆，叫巧巧。」他介紹起身旁的女子。

「小草，妳好。皓然跟我說了很多妳的事，他一直很掛念妳，謝謝妳特地來探望他。」巧巧親切道。

「不用客氣，巧巧姊，妳好。」柯晴伊這才終於出聲，聲音卻沙啞到連自己都辨識不清。

「對不起，皓然學長，我還是決定告訴晴伊，無論如何，我都認爲她必須知道。」蕭亦呈面露愧疚。

「沒關係，我早猜到你守不住祕密，你一定也告訴其他人了吧？」

蕭亦呈抿唇不語，默認了。

「我就知道，算了，就算生你的氣，看到小草學妹的臉，氣也都消光光了。」陳皓然看著柯晴伊，「抱歉這幾年都沒跟妳連絡，生病之後，很多事都不曉得該不該做，能不能說，妳不會生學長的氣吧？」

「不會，我也很掛念學長，能再見到你，我眞的很高興。」

「我們的小草學妹，果然依舊善解人意。」陳皓然深深一笑，眼眸裡彷彿有星光在閃爍。

後來蕭亦呈留下跟陳皓然談話，柯晴伊和巧巧一起去到醫院附設的超商買東西，路上巧巧向她說明病情。

「妳聽亦呈說了吧？皓然他得的是鼻咽癌。初期症狀並不明顯，所以他本人也沒發現，結果三年前確診時，就已經是第四期了。」

柯晴伊思緒紊亂，「皓然學長一直都那麼健康，怎麼會……」

「我們也很震驚，皓然的身體向來很好，沒有抽菸習慣，生活也很正常規律，卻年紀輕輕就罹患這種病，我們都措手不及。」

「巧巧姊，我看過一篇醫學報導，有位也被醫生診斷鼻咽癌末期的病人，在經過治療後痊癒了。皓然學長是個堅強的人，我對他有信心，他一定也會痊癒！」

「謝謝妳，小草，聽妳這麼說，我稍微有點信心了。」巧巧含淚微笑。

兩個小時後，發現陳皓然從睡夢中醒來，柯晴伊即刻來到他身邊，「皓然學長，你醒了？要不要喝點水？」

他搖搖頭，虛弱問：「怎麼只有妳一個？」

「巧巧姊回家拿點東西，請我照看你，亦呈學長去外面講電話了。」

「小草，妳可以幫我把櫃子第一層抽屜裡的東西拿出來嗎？」

柯晴伊依言打開病床旁的櫃子抽屜，發現裡面有一張照片，伸手拿了出來。照片裡的小男孩濃眉大眼，看起來俏皮活潑，非常可愛。

「他是我兒子。」

柯晴伊驚喜，「皓然學長，你有兒子了？」

「是啊，快要四歲了。」

「他叫什麼名字？」

「陳黎。」

她愣住，呆望著陳皓然不動。

「我爲我兒子取名爲陳黎，與孫黎同名。」他唇角微掀，「對不起，小草，我終究沒能找到那小子。」

「皓然學長，你完全不用爲這件事跟我道歉。」她心頭一酸，話聲艱澀。

陳皓然望著天花板，而後閉上眼睛，緩緩說：「我跟大樹，是在去山上看日全食的時候認識的。以前我脾氣暴躁，動不動就跟別人起衝突，那次上山，我因爲車位跟一個陌生人打架，結果失足滑到了斜坡下，卡在山坳處，底下就是懸崖，我動彈不得，救難隊抵達之前，有人主動向我伸出援手，就是大樹。

「他跟路人借了好幾件外套，綁成一條繩子，冒著自己可能也會摔下去的危險，堅持要救我上去。當時我兩隻腳都受了傷，痛得要死，所以他一牽動到我的腳，我就氣得罵他，結果他冷靜問我是不是想死？我吼他『白癡才想死，老子這輩子的福還沒享夠，怎麼可以就這樣掛掉』，結果那小子就說，要是我想活命就忍耐一點，完全不把我的憤怒放在眼裡。

「後來我順利獲救，還被大樹叮囑以後脾氣別那麼壞。兩個月後，我考上研究所，有天閒來無事到學校的天文社看看，竟然再次遇見那小子。當時他剛升大三，我漸漸發覺這傢伙其實很有意思，加上我熱愛天文，於是就加入了天文社。那場意外讓我在鬼門關前走了一遭，因此脾氣收斂很多，也不再跟別人打架，所以說是大樹讓我脫胎換骨，一點也不爲過。可惜的是，有些人拯救得了別人，卻拯救不了自己。」

睜開眼睛，陳皓然將目光落向柯晴伊。

「小草學妹，妳以前告訴我，大樹曾說，如果哪天我有東西不見了，他會幫我找到。現在我最重要的朋友不見了，妳可不可以請那小子幫我找回來？」

柯晴伊眼眶濕潤，不知該如何回應。

「小草學妹，我要跟妳道歉。」

「爲什麼？」

「以前我常做出一些湊合妳跟大樹的舉動，應該給妳帶來不少困擾，請妳原諒我當時的行爲，因爲我眞的很希望那小子能夠幸福，和自己心儀的女孩在一起。」

迎上柯晴伊震驚的雙眸，陳皓然莞爾道：「在那半年裡，大樹是眞心喜歡妳的。」

聽到這個驚人消息的不止柯晴伊，還有講完電話，剛好走進病房的蕭亦呈。

翌日上午，其他人也千里迢迢來到醫院探望陳皓然。

「如欣學姊。」看見從醫院大門走進來的葉如欣，柯晴伊情不自禁上前與對方緊緊擁抱。

「小草，妳過得好嗎？」從前留著及腰長髮的葉如欣，如今已換了一頭俐落的短髮。

「我很好，雅芬學姊，好久不見了。」她看著葉如欣身旁的女子。

「嗯，眞的好久不見。」趙雅芬拍她的肩膀，眼眶微紅。

在葉如欣的要求下，蕭亦呈馬上帶她們前往陳皓然的病房。

躺坐在床上的陳皓然，看到她們，臉上不禁充滿開心，「兩位美女，好久不見，我想死妳們了！」

她們怔怔看著現在的陳皓然，很快葉如欣一個箭步上前，將肩上的包包用力砸到他身上，「你現在是怎樣？這幾年搞神隱，是因爲躺在這種地方嗎？如果亦呈不說，你是不是打算等最後一刻才讓我們知道？」

「我就是捨不得妳們露出這樣的表情嘛，但現在看到你們都在這兒，我眞的好高興。亦呈，多虧你雞婆，我才能再見到恰北北的如欣，還有我們的天才心測牌大師，我心中的遺憾又少一個了，謝啦！」

「你再烏鴉嘴試試看，信不信我現在就讓你去見老天爺？」葉如欣怒吼，恨不得痛揍他一頓。

「如欣寶貝別生氣，是我說錯話，我反省。」陳皓然馬上改口，臉上笑意依舊不減。

柯晴伊看得出能與老朋友重逢，的確讓他無比喜悅。

巧巧進病房後，葉如欣和趙雅芬便到樓下的咖啡廳，見蕭亦呈也出現，卻不見柯晴伊人影，葉如欣問：「小草呢？」

「她跟巧巧姊一起照顧學長。」

「看得出小草沒有睡好，黑眼圈都跑出來了。」趙雅芬嘆息，「對了，亦呈，你是怎麼知道皓然學長生病的？」

「我一個月前跟某個客戶聊天，偶然聊到我念的大學以及參加的社團，他說他有個朋友就是念我們學校的研究所，而且也熱愛天文。經過探問，我發現就是皓然學長，然後他就告訴我學長生病的消息。」蕭亦呈神情落寞，「當初皓然學長突然把電話號碼換掉，不跟我們聯絡，八成就是這個原因。我一來探望他，他就叫我千萬不能告訴你們，可是我實在辦不到。」

「你做得很好，要是你眞的隱瞞我們到最後，我絕對不會原諒你。」葉如欣肅穆道。

蕭亦呈低下頭，接著想起一件事，「話說回來，昨天我無意間聽見皓然學長告訴晴伊一件事，是關於大樹學長的。他居然說，大樹學長以前喜歡晴伊。」

發現她們兩人雙雙沉默，彷彿一點都不意外，蕭亦呈訝異不已，「難道皓然學長說的是眞的？學姊妳們也都知道？」

葉如欣大翻白眼，「你眞的遲鈍到讓我大開眼界，要不是陳皓然說出來，我看你這輩子都不會知道吧，你以前不是也有察覺到大樹跟小草之間的氣氛很微妙嗎？」

蕭亦呈呆了一呆，「這麼說，以前晴伊也喜歡大樹學長？」

「這我就不確定了，我們肯定大樹喜歡小草，卻不清楚小草眞實的想法。小草不是會輕易將自己的心事說出來的類型，這點跟孫黎很像。」

「所以大樹學長從沒有親口向晴伊表明心意？」

「我相信他沒有，孫黎的個性就是這樣，即使喜歡對方，也未必會讓對方知曉。我認爲，讓小草知道自己的心意，對孫黎而言根本不重要，重要的是小草會一直在他的身邊，這樣就足夠了。但就算孫黎什麼也沒說，把眞心藏得再隱密，他對待小草的態度終究騙不了人，所以連你都能稍微察覺到一些，不是嗎？」

聽完葉如欣的話，蕭亦呈陷入沉思，沒多久他放在桌上的手機響起，他向她們道歉，快步走出店裡接聽。

這時趙雅芬看著葉如欣，「當年妳就是從大樹的態度發現他對小草的感情嗎？」

「說來慚愧，一開始我完全沒看出來，我以爲陳皓然是基於好玩的心態，才把孫黎和小草湊對。可是過去喜歡孫黎的女孩不少，陳皓然也沒這麼做過，所以我開始覺得奇怪，親自去問陳皓然，結果他告訴我，他不會毫無根據就做出這樣的事。」拿起桌上的卡布奇諾喝一口，葉如欣淡淡說下去：「當時我心想，倘若不是小草喜歡孫黎，就是孫黎喜歡小草，於是我向小草確認過她對孫黎的感覺，她回答對孫黎沒有其他想法，我才猜是孫黎喜歡上了小草，有了這個假設，後來看到孫黎對待小草的樣子，我心裡就更確定了。唉，早知如此，當初我就不會警告小草，叫她不要喜歡上孫黎了。」

「妳叫小草不要喜歡上大樹？爲什麼？」趙雅芬大感意外。

「因爲我認識孫黎很久，從不認爲他曾眞心喜歡過誰，而且那傢伙的本性其實沒有大家想像的那麼美好。我覺得小草是個好女孩，不忍她跟其他單純的學妹一樣，被孫黎的假面具迷惑，徒增傷心難過。」葉如欣嘆一口氣，眼神黯然，「所以當我發現眞相，眞的很驚訝，沒想到最後動眞情的會是孫黎。但陳皓然能在一開始就觀察出來，才眞的是厲害。」

「確實，但我也沒想到皓然學長會在這時候對小草說出眞相，不知道小草聽了心裡作何感想？」趙雅芬心情複雜，「她心裡眞的對大樹一點感覺也沒有嗎？」

「不管有沒有，都已經不重要了，畢竟人早就不在了。」葉如欣沉聲應。

趙雅芬神色感傷，一時沒有再開口。

此時病房裡，柯晴伊將剛沖好的薄荷茶倒一杯給巧巧喝。

陳皓然看了立刻說：「老婆，妳知道嗎？小草學妹很擅長泡茶，從前在天文社，大家都搶著喝她泡的茶。」

「我知道，你說過很多次，我聽到耳朵都快長繭了。」巧巧笑得無奈。

「哈哈哈，我真的說過很多次了嗎？」

這時巧巧的手機響了，她接起來講了幾句，便看向陳皓然，「皓然，媽說小黎又哭鬧了，一直吵著要來找你。」

陳皓然一凜，伸手接過手機，請岳母將手機交給兒子，放軟了聲音說：「怎麼啦？小黎，怎麼又哭了呢？」

柯晴伊隱約聽見手機另一頭傳來小孩的大哭聲，陳皓然斂下眸，漸漸笑得有些勉強。

「爸爸也很想你呀。」他聲音低啞，眼眶微紅，「等爸爸身體好一點，我再叫媽媽帶你來，小黎最乖了，一定會很勇敢地等爸爸回家，對不對？爸爸會加油的，所以你也要幫爸爸加油，爸爸最愛小黎了！」

巧巧抬手拭去眼角的淚，轉身將用過的盤子拿去清洗。

結束通話後，陳皓然迎上柯晴伊的眼睛，苦澀一笑：「我已經兩週沒能見到兒子了，這陣子我的情況變得很差，小黎年紀太小，無論如何我都不想讓他看到我這副模樣，我怕他會難過，更怕會讓他心裡留下陰影。」

「可是他真的很思念你。」柯晴伊沙啞道。

「我知道，我也很思念他，非常想好好地抱抱他。」陳皓然忍住淚意，深吸一口氣，「小草學妹，學長想拜託妳一件事，希望妳能答應我。」

「好，你儘管說。」

「倘若最後，我眞的走了，請妳替我多關心我太太，還有我兒子。有妳陪伴他們，我會很放心。」

知道陳皓然是認眞地在託付她，柯晴伊便也想認眞回應他，最後卻只能聽到來自喉嚨深處的一聲破碎嗚咽，遲遲無法編織出一句完整的話語。

「小草學妹，請別露出這種表情，我喜歡妳笑起來的樣子，看到妳笑，學長才會開心。」

陳皓然抬起乾瘦的手，溫柔摸她的頭，唇角翹起。

後來，柯晴伊每個週末都會去高雄幫忙照顧陳皓然，減輕巧巧的負擔。

彷彿回到當年在天文社的歲月，一群人在陳皓然的病房裡，喝著柯晴伊泡的茶，盡情訴說往事，並且聊聊彼此的近況。

得知葉如欣已經有一個三歲的女兒，眾人大吃一驚。

蕭亦呈提議，「如欣學姊，有機會帶她來見見我們吧？」

「再說吧，我女兒眞的好皮，拿她一點辦法也沒有。」葉如欣略顯疲態。

「那妳老公呢？」

「我們離婚了。」

陳皓然和蕭亦呈當場被嘴裡的茶嗆到。

「離婚了？爲什麼？」蕭亦呈傻眼。

「他跟下屬亂搞，被我捉姦在床，他們的公司剛起步，所以非常注重形象，我一狀告到了高層去，鬧得眾所皆知，結果他跟小三都被資遣。順利離婚後，我也氣消了，由於孩子還是會想念父親，所以我們依舊有聯絡，偶爾讓他帶孩子出去玩，或是買玩具。」

葉如欣說得雲淡風輕，看起來眞的已經完全不在意。

大家瞠目結舌，只有陳皓然笑得岔氣：「葉如欣果然是葉如欣，妳實在太了不起了！」

多年後再聚首，所有人皆有成長，對許多事都能一笑置之，也不會再刻意避談孫黎的事。

「要是大樹也在，從前的閃亮六人組就全員到齊了，眞的好可惜。」陳皓然感慨。

「什麼閃亮六人組啦，你到底活在哪個年代，怎麼會取這麼俗氣的名字？」葉如欣吐槽，趙雅芬則笑出來。

「哪裡俗氣？明明就很酷！」他抗議，轉頭對柯晴伊說：「小草學妹，哪天妳若跟大樹重逢了，絕不能再讓他跑走，用綁的也要把他綁來見我，知道嗎？」

「綁來見你然後咧？」趙雅芬挑眉問。

「叫他先對我磕三個響頭，然後說『陳皓然大帥哥，對不起，我再也不會搞失蹤』，而且要連說十次，哈哈哈。」

「你眞的很白癡。」葉如欣唇角牽動。

蕭亦呈默默觀察柯晴伊的反應，聽了陳皓然的話，柯晴伊只是像平常一樣微笑，沒有回話。

儘管老朋友帶給陳皓然許多歡笑，他們仍清楚知道，陳皓然的病情每況愈下，然而他們仍努力祈禱會有奇蹟出現。

某天，柯晴伊獨自陪伴陳皓然，聽見他用虛弱的聲音說：「這次見到雅芬，我忽然想起一件事，妳記不記得，雅芬以前幫妳測過戀愛心測牌？妳抽到有草地的那張牌，之後我就開始叫妳小草；而我會叫孫黎大樹，也是因爲那副心測牌，他抽的那張是一棵大樹生長在沙漠之中。妳猜，那張牌代表著什麼？」

柯晴伊想了一下，茫然搖頭，「我不知道。」

「雅芬當時說，那棵大樹象徵別人對孫黎的印象：強壯，可靠，可以爲別人擋風遮雨，是值得讓人託付的對象。但沙漠意指孫黎內心乾涸，十分渴望他人的愛，看似堅強，其實內心很脆弱，而他不會讓任何人看見他這一面，若哪天被別人撞見他的脆弱，他很可能會選擇跟對方永遠保持距離。」

聽完他的敘述，柯晴伊一時之間有些怔住了。

「當時大樹聽完反應平常，彷彿沒當眞，可我現在回想起來，就覺得雅芬的占卜實在準得可怕。大樹之所以選擇不告而別，就是因爲他的內心已經千瘡百孔，無法在我們面前繼續撐下去了。當我看到妳選擇草地那張牌，我便突然萌生一個想法，如果你們兩人選出的牌可以結合在一起，讓大樹下的沙漠變成一片草地，畫面是不是就變得更生機盎然了？」

說完，他對上柯晴伊的眼睛，「妳一定在想，皓然學長簡直幼稚到無藥可救，對不對？」

柯晴伊沒有開口，壓下淡淡鼻酸，回他一個微笑。

「每次在小草學妹妳面前，我就會忍不住想提起那個小子，也會一直想起他離開前的那段日子。」陳皓然扯扯嘴角，氣若游絲道：「對不起。」

這些話像是耗盡了陳皓然的氣力，說完不久就疲憊地閉上眼睛，柯晴伊放輕動作，默默爲他蓋好被子。

五個月的日子就這麼過去。

某天清晨，睡夢中的柯晴伊，接到蕭亦呈打來的緊急電話，下一秒就起床準備出發前往高雄。

發出病危通知的陳皓然，在他們一行人抵達醫院的一個小時後，終究不敵病魔，在三十三歲這一年，與世長辭。

臨走前，陳皓然的面容已無半點血色，虛弱得連一根手指都無法動，然而他卻始終帶笑看著身邊的親人與朋友，直到閉上眼睛的那一刻，嘴角都還是上揚的。

那個總是爽朗大笑，像大哥哥給予眾人關懷和歡樂的皓然學長，就這麼永遠離開他們的身邊，再也不會睜開眼睛。

舉行告別式的那一天，所有來送陳皓然最後一程的人，幾乎都哭紅了雙眼，尤其是站在會場兩邊的家屬。

陳皓然的父母承受不住白髮人送黑髮人的悲傷，需要靠身旁親屬的攙扶才能站穩身子。而陳皓然的妻子巧巧，從頭到尾都站著，向前來哀悼的人一個個點頭致意。

她強忍淚水，面對他人的致哀與鼓勵，扯扯唇角輕輕言謝，看得出很努力地想要微笑。

當蕭亦呈走到靈堂前爲陳皓然上香，忍不住伸手抹了下布滿淚水的臉，葉如欣與趙雅芬兩人更是從頭到尾止不住傷心的眼淚。

輪到柯晴伊時，她拿著香，動也不動凝望陳皓然的照片，照片裡的他還很健康，是她記憶中最閃閃發亮的樣子。

「小草學妹，請別露出這種表情，我喜歡妳笑起來的樣子，看到妳笑，學長才會開心。」

她想要讓他開心地離去，想用他最喜歡的笑容送她，然而無論怎麼努力，她就是無法在那張燦爛笑顏面前，順利撐起一絲笑意。

那個最疼愛她的學長，眞的已經離她而去，不在這個地方了。

告別式進行到一半，現場忽然響起一陣孩子的哭聲，陳皓然的四歲兒子陳黎，似乎也知道自己的父親不在了，哭得聲嘶力竭，口中不斷喊著爸爸。讓原本一直忍住眼淚的巧巧終於潰堤，緊緊抱住兒子盡情哭泣。

幾個小時後，告別式會場的人群逐漸散去，柯晴伊坐在巧巧的身旁，握住她的手。

「小草，謝謝妳一直陪我。有你們在，皓然才不覺得寂寞，可以笑著離開，眞的很謝謝你們。」

柯晴伊給她一個安慰的擁抱，「巧巧姊，妳要保重身體，這樣皓然學長才能走得放心，以後我還是會常來看妳和小黎。」

陳皓然的告別式結束後，柯晴伊搭車返回彰化，到家時已經晚上十點多。

坐在客廳的柯苡芯起身相迎，「回來啦，很累吧，晚餐有沒有吃？」

發現妹妹沒有半點反應，柯苡芯又喚她一聲，柯晴伊這才走上前用力抱住了她。

柯苡芯撫摸妹妹的頭，柔聲說：「很難受吧？妳一定忍了很久。」

柯晴伊在姊姊懷裡靜靜流淚。

爲了讓陳皓然沒有遺憾地離開，這天她從頭到尾拚命忍住不哭，堅強地陪伴在巧巧的身邊。直到看見柯苡芯的這一刻，那些努力才終於瓦解，但她卻已經沒有力氣哭出聲音，只能任憑淚水不斷流淌。

「晴伊，我先去幼稚園嘍。」

隔天早上，柯苡芯走進妹妹的房間，看見她坐在床上動也不動，上前關心：「妳還好嗎？是不是哪裡不舒服？」

「沒有，姊，妳先走吧，我晚點自己搭公車過去。」

「妳的臉色好蒼白，乾脆今天妳就在家裡休息，我幫妳請假。」

在姊姊的堅持下，柯晴伊同意了。

等到姊姊離開後，她依然坐在床上。她感覺整個人很累，卻睡不著，只要閉上眼睛，她就會不斷想起陳皓然的臉，彷彿他這一去，同時將她一部分的靈魂帶走了。

她想要打起精神，就像當年爸媽走了之後，她在姊姊身邊支持著她，陪她度過那段悲痛的日子，只有那樣她才能繼續陪伴巧巧和陳黎。但每次獨處時，那些黑暗就會默默朝她襲來，令她痛苦不已，覺得快要撐不下去，隨時都會被吞噬。

看到一向堅強獨立的妹妹，這一次遲遲走不出傷痛，柯苡芯相當心疼。某天下班回家，她發現妹妹不在房裡，走去打開父母的房門，發現妹妹倚牆坐在地板上，腳邊放著幾本相簿，那些相簿裡收的都是她們父母的照片。

聽到姊姊的呼喚，柯晴伊從臂彎中抬起一雙空洞無神的眼，目光停在她臉上，「姊，妳回來啦？」

「是呀。」柯苡芯直接在她面前坐下，伸手輕撫她蒼白消瘦的臉頰，「晴伊，和我談談好嗎？我有重要的事想跟妳說。」

「什麼事？是不是……這段時間我沒去上班，給幼稚園還有妳造成困擾了？姊，對不起，明天我一定——」

柯苡芯搖頭，打斷她：「我不是要跟妳說這個，我是想問妳，妳有沒有意願離開彰化，到其他城市生活，轉換一下心情？我有一個好朋友，下個月要去巴西工作兩年，如果妳願意，我請她把台北的房子租給妳。我以前去她家看過，環境挺不錯，我覺得很適合妳居住，只要妳同意，對方會看在我的面子上，少算妳一些房租，我希望妳能認真考慮。」

柯晴伊傻住了，過一會兒才能反應，「可是，姊……」

「我知道，妳不放心我跟阿公，然而這種時候，我希望妳只擔心自己，看到妳這樣，我眞的很心痛。當初妳畢業，我就要妳來幼稚園幫忙，我一直對妳很過意不去，或許現在就是放手讓妳自由的最好時機，我不想繼續耽誤妳，我想讓妳去做妳眞正想做的事。」

「姊，妳不要這麼說，去幼稚園上班是我自己的決定，我從來沒有怪過妳。」柯晴伊鄭重澄清。

「我知道妳沒有怪我，也知道不管我說什麼，妳都不會拒絕，妳一向只懂得爲家人付出，不想讓我跟爸媽失望，可也因此，我才會覺得更愧疚。」

柯苡芯握緊她的手，眼眶浮現淚光，「晴伊，雖然妳不是我的親妹妹，但我眞的很感謝爸媽當年決定把妳帶回來，讓妳來到我的身邊。有妳陪伴我，我才能撐過爸媽離開時那段痛苦的日子，我能擁有妳這樣的妹妹，眞的很幸福。是妳讓我知道，即使沒有血緣關係，我們之間的感情也能比眞正的親姊妹還要更深厚。」

柯晴伊心中激盪，在柯苡芯的這番話中流下了淚水。

「我會好好照顧阿公，我都這麼大一個人了，若還繼續讓妹妹這樣操心，豈不是太丟人了？這一次，妳就好好地爲自己著想，就當作是放一個長假，給自己重新開始的機會。妳只要記住一件事，那就是無論發生何事，這個家永遠都會是妳的避風港，所以不要害怕，儘管放手去做。」

柯晴伊哭得說不出話，與姊姊緊緊相擁。

柯苡芯的建議，讓柯晴伊思考了好一段時間。

某天，她一邊坐在書桌前發呆，一邊聽著大雨落在屋簷上的聲音，沒多久目光緩緩落向一旁的相框。

裡面的照片是幾個月前，她和學長姊五人在陳皓然的病房裡，大家一起拍的大合照，照片裡的每個人都笑得無比開心。

她看著照片許久許久，最後打開筆電，開始上網尋找可以在台北做的工作。投了幾家履歷，不到一個禮拜，就有一家公司回覆她，請她下週一到公司面試。

柯晴伊決定聽取姊姊的提議，暫時離開這裡一段時間，到台北展開新的生活。雖然她不知道這場雨何時會停，心中的烏雲何時會散去，然而她相信，只要讓自己的心變得更堅強，這一天很快就會來臨。

總有一天，會雨過天晴。

第五章

春。

spring

那是他們第一次見面。

她站在他的身後，看著他拿起粉筆在黑板上畫下一顆顆星球。當時的陽光灑落在他的身上，讓他就算只是輕輕勾著唇角，她都覺得他很耀眼、很燦爛。

透過柯苡芯居中牽線，柯晴伊在八月時獨自北上，住進了柯苡芯朋友在台北的住處，離捷運站很近，生活機能很好。

得知柯晴伊搬去台北，並且應徵上一家日商貿易公司的業務助理，蕭亦呈很爲她高興，「我挺常去台北出差，這樣我們能經常碰面了。下週末我過去請妳吃飯，慶祝妳在台北找到工作！」

正式上班第一天，衣著端正的柯晴伊，走進有十五層樓高的綜合商業大樓，她所任職的日商公司位於六樓，同一層樓還有一間旅行社，平時有不少人進出。

柯晴伊優秀的做事效率以及機伶的反應，很快讓一名資深同事注意到她，對她頗爲欣賞。這名同事叫郭和怡，今年三十五歲，辦公室的年輕人都叫她怡姐。

公司裡與柯晴伊年紀相仿的職員不多，但有同樣來自彰化，長她一歲的女同事Miko。她活潑開朗的個性，讓柯晴伊想起大學時代的好友楊佳妤。

自從來到台北，她就一直想找時間與住在基隆的楊佳妤聚聚。

柯苡芯經常打電話關心妹妹，還替柯爺爺寄了好幾罐柚子茶醬及茶葉給她。兩人不斷叮囑柯晴伊好好照顧身體，讓柯晴伊無時無刻都能感受到家人的支持跟溫暖。

收到柯爺爺寄來的茶，柯晴伊在公司再次展現自己泡茶的好手藝，連主管都讚不絕口，每當有日本客戶來訪，泡茶的工作便落到柯晴伊的肩上。

週末傍晚，蕭亦呈來台北請柯晴伊吃飯，聽了這件事，不禁大笑：「我怎麼一點也不覺得意外？妳眞的很了不起，連日本客戶都被妳泡的茶征服了。」

「謝謝，你最近工作順利嗎？」柯晴伊莞爾。

「嗯，這兩天很順利地幫兩位客戶賣掉房子，手氣正旺呢！」蕭亦呈一臉喜色。

「太好了，恭喜你。」

「我也要恭喜妳，看到妳現在恢復了不少精神，我放心多了。我一直很擔心妳會繼續陷在失去皓然學長的悲慟裡，看來妳來台北是正確的選擇。」他真誠地說。

柯晴伊停頓，唇角輕勾，「對不起，亦呈學長，讓你這麼擔心，我已經沒事了。」

「嗯。」蕭亦呈放心頷首，舉起手中的高腳杯，與她對敲。

即使來到台北，柯晴伊依舊不忘在有空的時候，到高雄探視巧巧母子。照顧陳皓然的那些日子，她和巧巧早已建立起深厚的情誼，巧巧甚至還讓兒子直接認她爲乾媽。

某天來到陳皓然的家，陳黎第一個衝上前，朝她張開雙手：「乾媽！」

柯晴伊彎身將他抱起，笑容寵溺，「小黎，乾媽好想念你，你有沒有乖乖的？」

「有，我也想乾媽。」陳黎緊緊抱住她的脖子，對她撒嬌。

柯晴伊帶了一組火車玩具送給陳黎，男孩開心玩車之際，巧巧不禁擔心起她的身體，「小草，妳現在在台北工作，應該很忙碌吧？這樣繼續跑下來，會不會很累？」

「不會，看到小黎的臉，我就有精神了。我答應皓然學長會經常來看小黎還有妳，我不想讓小黎失望，只要巧巧姊妳不會覺得困擾就好。」

「當然不會，有妳在，我心裡就覺得安定許多。」巧巧感動一笑，伸手輕撥她的瀏海，「認識妳以後，我便明白皓然爲何會這麼疼妳了，妳真的是會帶給他人溫暖的女孩，皓然一定比誰都希望妳能得到幸福，當然我也是。」

「謝謝妳，巧巧姊，我現在就已經很幸福了。」

柯晴伊眼角彎彎，最後如此回答。

某日工作告一段落後，柯晴伊離開座位，起身走出辦公室，到走廊內側的洗手間，回辦公室時，口袋裡的手機響了起來，她看一眼來電名字，立刻接起：「喂，亦呈學長？」

「晴伊，對不起打擾妳上班，我臨時有事想拜託妳。我現在人在郵局，要寄東西到台中給如欣學姊，結果發現寫著地址的字條被我弄丟了，我打給她，但她沒接，所以想直接問妳知不知道她家的地址？」

「有，之前我寄一盒茶葉給她，地址我還記得，我傳給你。」

「謝謝，拜託妳了！」蕭亦呈開心說完就結束通話，柯晴伊正要用手機輸入地址，此時正好有人從隔壁旅行社走出來，那人站在兩間辦公室中間的電梯門前接起手機。

「喂，陶哥？」那人開口，聲音乾淨且淡然，「我已經跟那家廠商的老闆談好了，樣式也讓他確認過，沒什麼問題，可以定案了。」

柯晴伊正在打字的手指驟然停住，她思緒停滯，渾身僵直，緩緩抬起了眸。

「對啊，談了很久，對方不是普通的固執。」男人輕輕一笑，「跟你有得比了。」

柯晴伊清楚聽見自己心臟急遽跳動的聲響，注意力完全被對方的聲音奪去。

「沒有，我已經回來了，先到六樓的旅行社辦點事情。」當電梯響起「叮」的一聲，男人道：「要進電梯了，其他的等會兒再說，掛嘍。」

聞言，柯晴伊猛然回頭，看見一個穿著咖啡色外套的高眺人影步入電梯，還來不及看清對方的臉，電梯門就已經關上了。

柯晴伊呆立不動，心跳依舊快速跳動著。

是她弄錯了吧？應該不會有這種事，對方只是聲音很像的人吧？

好不容易鎮定下來後，她把葉如欣的地址傳給蕭亦呈，快步走進辦公室。

然而當她要回到位子上時，卻發現有一名陌生女子出現在辦公室裡。對方外型亮眼，打扮時髦，是會讓人忍不住多看幾眼的美女。

她站在後面的辦公桌旁與怡姊熱絡聊天，柯晴伊從未見過她，坐下時忍不住問身旁的人：「Miko，和怡姊說話的人是誰呀？」

Miko回頭一瞧，笑笑地回：「她是怡姊的朋友，叫Charice，她姓薛，所以也有很多人叫她薛姊。小春，妳知道OxygenMan'S嗎？」

「嗯，我知道。」

OxygenMan'S是近年在台灣十分火紅的設計團隊，曾經和美國、日本以及香港等地的國際知名品牌合作過。在台灣的設計界及玩具界相當有名，凡是他們設計的商品都會蔚爲潮流，就連柯晴伊也看過蕭亦呈穿這個團隊設計的T恤。

「薛姊就是OxygenMan'S的一員，他們的工作室就在這棟大樓的十一樓，託怡姊的福，我曾經去他們的工作室參觀過，也見過他們的設計總監和設計師。那位總監很有男人味，不過個性有點古怪，其中一個設計師，是我喜歡的型——」

「小春，不好意思，能麻煩妳來一下嗎？」

怡姊的呼喚打斷Miko興奮的敘述，柯晴伊馬上開口回應，起身走了過去。

她一到兩人面前，怡姊立刻對那位女子說：「就是她，柯晴伊，我們都叫她的日文名小春，這個月剛來上班的新人。」

「哎呀，她長得好可愛。小春妳好，我叫Charice，可不可以告訴我妳是用哪一家牌子的柚子醬？」薛姊迫不及待道。

「什麼？」柯晴伊一時沒反應過來，怡姊笑吟吟跟她解釋：「我剛才讓她喝了妳泡的柚子茶，結果她也非常喜歡，一直問我在哪裡可以購買。」

柯晴伊明白後，便告訴薛姊柚子茶的來歷。

得知這是特別調製的產品，市面上買不到，薛姊滿臉失望，無奈道：「好吧，那我可不可以另外拜託妳一件事呢？」

聽完薛姊的要求，柯晴伊看在怡姊的面子上，最後答應了下來。

薛姊拎著一瓶熱水壺回到位於十一樓的工作室，不久後端著四杯熱茶，從茶水間裡走出來，要大家快來喝茶。

工作室裡的四名男子聞言同時抬起頭看她。

「哇，好香，是柚子的味道！」

染了一頭金髮的男子，嗅嗅薛姊分給他的柚子茶，很快喝下一口，一臉驚豔：「媽呀，這超好喝的！」

另一個理著光頭的男子喝了也讚不絕口，「眞的好喝，這是我喝過最好喝的柚子茶。陶哥，你快點喝喝看！」

「大驚小怪，不就是柚子茶嗎？」陶哥不以爲然地從薛姊手中接過一杯，大口一喝，接著靜默下來，滿意點頭，「嗯，確實不錯。」

最後坐在窗邊的男子也舉杯淺啜了一口，他忽而入定，不發一語。

「春樹，如何？你覺得好喝嗎？」薛姊問他。

「嗯，很好喝。」

「咦？等一下，你怎麼會有這件西裝外套？難道是你買的？」她訝異盯著他身上穿著的外套。

「不是，是之前合作的廠商送給我的。」

「噢，眞的很好看，我好喜歡這種咖啡色，借我穿穿看，快快快！」

「薛姊，妳怎麼在妳男友面前穿別的男人的衣服，不怕陶哥發飆？」金髮男子調侃道。

陶哥故意手扠著腰，擺出一副嚴肅的樣子，眼睛直瞪著他們。

「可樂，你少惟恐天下不亂了，我就只是借穿一下而已。」薛姊將那件西裝外套穿上，走到連身鏡前轉一圈，面露惋惜，「這家牌子的西裝眞的好好看，可惜沒有女生的尺寸。」

「話說回來，薛姊，這柚子茶是誰泡的？」光頭男子發問。

「嘻嘻，我泡的呀！」

「薛姊，妳說謊也打個草稿，我剛才明明看到妳捧著一瓶熱水壺回來。而且自從喝過妳親手煮的湯，我能肯定這種高水準的柚子茶絕不是妳泡的！」

「沒錯，我也肯定不會是薛姊泡的。」可樂篤定地附和，連陶哥都默默點頭。

薛姊氣得立刻喊了一聲：「喂，你們很沒有禮貌，怎麼可以這麼瞧不起我？」

「所以這眞的是妳泡的？」可樂好奇。

「不是啦。」她不甘心地嘀咕，惹得他們大笑，直喊果然如此。

「那是誰泡的？」陶哥問。

「就六樓日商公司新來的一個小妹，聽說連他們董事長都很喜歡她泡的茶。」

「那個小妹長得正不正？」可樂眼睛發亮。

「很可愛唷，他們都說她是十分貼心的女孩，配你太可惜了。」薛姊拍拍他的肩，「這柚子茶市面上可是買不到的，非常珍貴，我覺得你們一定也會喜歡，所以特地請她幫我們泡一壺。你們今後若還想再喝，我就再請她幫忙。」

「太好了，我正覺得我有點喝上癮了，疲憊的時候來一杯，眞的是享受。」

當光頭男子向薛姊要第二杯時，春樹手持話筒，轉頭對他說：「Tommy，電話，有人找你。」

「喔，來了！」他立刻放下杯子起身過去接。

「春樹，你要不要也再來一杯呢？」見他茶杯空了，薛姊舉起水壺說。

「不用了，謝謝。」他搖搖頭，淡淡一笑。

在台北的生活即將滿一個月，柯晴伊的業務也變得繁重，好幾天都必須加班，很晚才能回去。

某個週五，她與客戶通完電話，忍不住輕輕乾咳幾聲。

Miko一聽見，馬上關心：「小春，妳今天的聲音聽起來很沙啞，還有鼻音，該不會是感冒了？最近事情很多，妳上週還去了高雄，應該沒時間休息吧？妳不要勉強自己喔。」

「好，我會照顧好自己的。」她莞爾。

剩十五分鐘就能下班，她起身去倒杯溫開水，白天還好好的，到了下午她就感覺意識越來越沉重，走起路來也輕飄飄的。

好不容易下班了，柯晴伊收拾好東西就要離開，薛姊卻在這時跑進辦公室，來到她面前，懇求耽誤她一點時間。

薛姊帶柯晴伊來到他們十一樓的工作室，當她打開電燈時，裡頭沒有半個人。

一整面的落地窗，大樓外的景色一覽無遺。左邊空間除了幾張辦公以及畫畫的桌子，牆上貼著不少海報，而右邊空間擺放了沙發、桌子，還有一整排書櫃，書櫃旁的架子上，至少陳列了上百種玩具公仔和模型。

這是柯晴伊第一次來到這裡，更是第一次看到這樣的工作室。

柯晴伊與薛姊在茶水間裡沖泡柚子茶，薛姊聞了聞她帶上來的柚子醬，心滿意足地閉起眼睛，「真的好香喔，味道又酸又甜，希望我們陶哥喝了後，心情真的會好一點。」

「陶哥？」

「喔，就是我們工作室的設計總監，今天他和客戶由於理念不同，起了很大的爭執，他的個性本來就硬，脾氣也火爆，要他在這方面讓步，根本是不可能的事。所以他現在滿腹怨氣，剛剛突然打來跟我說，想要喝妳泡的柚子茶消消火，我只好厚著臉皮來麻煩妳了，不然接下來幾天他都會擺臭臉，真的非常謝謝妳願意幫忙。」她語帶感激，覺得鬆一口氣。

「不用客氣。」柯晴伊正要將泡好的柚子茶倒進杯子裡，突然聽到外頭傳來一群男人的聲音。

「他們回來了！」薛姊走出茶水間，迎上前去，「怎麼樣，事情談妥了嗎？」

「唉，真的好累喔，一直意見分歧，簡直沒完沒了！」可樂抱怨。

Tommy也按按脖子說，「對方太善變了，上次明明說好了，這次又變卦，陶哥都快要跟他們打起來了。」

「別再讓我看到那個臭老頭，他根本就是個王八蛋，後面就交給妳跟春樹去談，我不管了！」陶哥怒氣沖沖地把背包甩到沙發上。

「好啦好啦，我請日商公司那位小妹過來幫我們泡茶了，你就消消氣吧！」薛姊溫聲安撫。

可樂歡呼：「真的？太好了，怪不得我聞到柚子的香味！」

「薛姊妳太棒了，我正好需要！」Tommy用哭腔說。

在裡頭的柯晴伊聞聲，立刻將倒好茶的杯子跟茶壺放到托盤上，小心翼翼地端著走出茶水間。

薛姊一見她出來，馬上把她帶到四人面前：「小春，跟妳介紹一下，這位看起來凶凶的就是我們總監陶哥，然後這位是可樂，那位是Tommy，最後面這一位是春樹，都是我們的設計師……」

柯晴伊無法聽清楚她後面說了什麼，當她看到站在最後方的那個人，渾身血液彷彿瞬間凝固，腦中同時一片空白，而那個人也一直沒有從她眼中移開視線。

「小草學妹，妳以前告訴我，大樹曾說，如果哪天我有東西不見了，他會幫我找到。現在我最重要的朋友不見了，妳可不可以請那小子幫我找回來？」

陳皓然的聲音這時在她耳邊清晰響起。

「在那半年裡，大樹是真心喜歡妳的。」

「小草學妹，哪天若妳跟大樹重逢了，絕不能再讓他跑走，用綁的也要把他綁來見我，知道嗎？」

薛姊發現柯晴伊的臉色不對，開口關心她：「小春，妳怎麼啦？」

柯晴伊全身發抖，心臟彷彿就要跳出胸口。

當她不由自主朝那個身影走近一步，下一秒就眼前一黑，整個人失去了意識。

「妳是新生？」

一抹溫柔的嗓音在黑暗中響起。

四周漸漸亮起柔和的光，當視線清明，她看見有人朝她走過來，對方臉上的笑容和春天裡的陽光一樣溫暖。

「妳是來參觀的嗎？歡迎，請進。」

那是他們第一次見面。

她站在他的身後，看著他拿起粉筆在黑板上畫下一顆顆星球。當時的陽光灑落在他的身上，讓他就算只是輕輕勾著唇角，她都覺得他很耀眼，很燦爛。

「春，很美的名字。」

「妳和妳的母親，感情一定很好吧。」

明明只是初次遇見的陌生人，他說出口的話卻深深觸動她的心。

他既像是太陽，又像是月亮，可以帶給許多人溫暖，也總是用溫柔靜謐的光芒包容著他人，爲身邊的人指引方向。

「從以前到現在，沒有一個人曾經占據學姊的心？」

曾幾何時，那個人就這麼不知不覺悄悄走進她的心，更走進她的生命。

無論發生什麼事，他都會陪在身邊給她鼓勵，爲她打氣。那怕是再辛苦痛苦的事，他也始終能堅強面對。當有人爲他的事而感到難過，他反而還會微笑地安慰對方。

而他們始終認爲，他會一直都在。

他離去後，柯晴伊數不清已經夢見過多少次，他最後與她道別的那道身影，心裡不由得浮起一個念頭：倘若那時她就抓住他的手，不讓他離開，未來是不是就會有所改變？陳皓然是不是就能眞正毫無遺憾地離開人世？

這六年來，她是如此希望那個人還在這個世界的某個角落，還沒有對人生絕望。

她想知道他過得好不好？現在在哪裡？是否別來無恙？

也曾想過，如果有一天還能再見到他，到那個時候，她要對他說什麼？

每個晚上的一張紙條，都是她給那個人的祝福。

她向上天祈禱，只要可以讓他得到幸福，不再遇到任何傷心痛苦，就算這一生都無法再見到他，也沒有關係。

只要那個人，還能夠再次重拾她記憶裡的笑顏……

「妳沒事吧？」

柯晴伊慢慢睜開眼睛，視線還沒對焦，就先聽到一道溫和的嗓音，也是她在回憶裡聽過無數次的嗓音。

她發現自己躺在沙發上，而那個聲音的主人，就坐在身邊靜靜凝視著她。

經過六年，孫黎已然變了。

然而他眼裡蘊藏的柔和光芒一如往昔，沉靜的氣質，配上過去沒有的黑色細框眼鏡，使他看起來更加穩重成熟了。

「小春，妳醒了嗎？」薛姊一見到她睜開眼睛，連忙跑到她身邊蹲下，「妳把我嚇壞了，剛才妳突然昏倒，還不斷冒冷汗，幫妳測量額溫，結果發現妳有點發燒，可樂已經去幫妳買退燒藥了。」

她撫摸柯晴伊溫熱的額頭，滿臉歉然，「小春，眞的很抱歉，我不知道妳身體不舒服，還硬要妳過來幫忙！」

柯晴伊這才恍惚憶起剛才發生的事，大驚失色，立刻就要起身，「薛姊，茶壺還有杯子，都被我摔破了吧？對不起，我會賠償你們的。」

「不用不用，妳別放在心上，妳現在先躺在這兒休息，如果身體還是很不舒服，我就請春樹送妳去醫院。」

「沒關係，我覺得好多了，很抱歉嚇到你們，我再去幫你們重泡一壺柚子茶。」柯晴

別來
Miss You
So Much
無恙

伊再度要動身，卻冷不防被孫黎用力抓住了手。

「聽話，不要忙了，乖乖躺著。」孫黎用不容她拒絕的堅定語氣說。

柯晴伊呆呆看著他，頓時發不出聲音。

這時Tommy拿了一個盒子跑來：「嘿，我這裡還有一片退熱貼，讓小春用吧。」

「給我。」孫黎伸手接過，從盒裡抽出退熱貼，一邊撕開膠膜，一邊對她說：「妳稍微把瀏海撥開，我來幫妳貼。」

柯晴伊依言照做，孫黎靠近她，動作輕柔地爲她貼上退熱貼，他的觸碰讓柯晴伊心跳加速，感覺體溫變得更高了。

當可樂把藥買回來了，柯晴伊服用過藥物後，就捧著水杯坐在沙發上休息，漸漸感覺到身體變得輕鬆一些，不再那麼沉重。

她抬眼對站在身旁的薛姊說：「薛姊，今天眞的很抱歉，下次我再過來泡柚子茶給你們。」

薛姊哭笑不得，眼中映著憐惜，「妳這孩子，怎麼還在想柚子茶？妳這樣我會更愧疚的。妳現在什麼也別想，立刻回家好好休息，知道嗎？」

柯晴伊點頭，接著就在他們關懷的眼神中拿起包包離開，並婉拒他們送她到樓下，遲遲沒有再看孫黎一眼。

進到空無一人的電梯，柯晴伊瞬間渾身虛脫，忍不住將額頭貼在冰冷的門上。

直至現在，她依舊不敢相信，孫黎竟然眞的重新出現在她的眼前。

即使閉上眼睛，孫黎的面孔仍在眼前揮之不去。

由於太過突然，柯晴伊在這份衝擊中陷入恐慌，覺得要是再多看他一眼，她的心就會徹底瓦解，於是只能落荒而逃。

她感覺孫黎方才觸碰到她的地方，至今都還在發燙。

這一刻，她完全不知道下一步要怎麼走。

「晴伊！」

當她走出大樓，準備過馬路到對面，身後的一聲呼喚讓她的呼吸霎時停滯。

她壓下心中忐忑，無措地回過頭，看到孫黎快步跑來，站在她的眼前。

「妳真的可以嗎？」他眼中透出真切的關心，「妳要怎麼回去？」

「我……坐捷運，只有幾站，很快就到了。」她聲音乾啞。

「但現在是尖峰時段，捷運裡一定人擠人，妳還是坐計程車回去比較好。」孫黎不等她回應，直接伸手招了一輛計程車，車子一在兩人面前停下，孫黎便幫她打開車門，「來，上車吧。」

柯晴伊拒絕不了他的好意，只好乖乖坐進車裡，接著孫黎從皮夾裡抽出一張千元大鈔對前座說：「司機大哥，請將這位小姐安全送回家，拜託您了。」

「大樹學長！」柯晴伊慌張抓住了他交出紙鈔的手。

孫黎停頓，對她淺淺一笑：「沒關係，不用跟我客氣，快回去休息吧。」

車子開始駛動，柯晴伊忍不住貼近門邊，看著孫黎的身影變得越來越遠，最後消失在視線裡。

當孫黎打開工作室大門，從茶水間出來的薛姊好奇問他：「春樹，你剛剛去哪裡了？」

「他剛才下去送小春搭計程車。」Tommy站在落地窗前指著馬路，以示他剛才就在這裡看到所有經過。

可樂笑說：「難怪，我正納悶春樹怎麼突然間衝出去，原來是跑去追小春，你眞熱心！」

「當然嘍。」孫黎笑了一笑，經過沙發時，發現柯晴伊剛才使用的水杯還放在桌上。

「大樹學長！」

他想著方才的畫面，靜靜看著杯子片刻，最後回到座位上開始工作。

這天晚上，柯晴伊在床上躺了好幾個小時，遲遲無法順利入眠。

蕭亦呈打了電話過來，她沒有接，也沒有回電，只能看著手機發呆。

她不知道該不該將遇到孫黎的事告訴對方。

輕咳幾聲，柯晴伊將臉埋進枕頭裡，在一片漆黑中，她忍不住又想起孫黎的臉，終於確定這並不是一場夢。

再度親眼看到他溫柔的眉眼，親耳聽見他低沉的聲音，柯晴伊眼眶隱隱發燙，難以辨明此刻在胸口翻騰的情緒是什麼。

這一夜，她失眠了。

休養兩天後，恢復健康的柯晴伊前往公司，在過馬路時忍不住仰頭，將目光望向大樓中擁有一整片落地窗的那層，心中覺得不可思議，原來孫黎一直在離她這麼近的地方。

打起精神後，柯晴伊讓自己投入工作，到了下午，薛姊來到六樓，等到柯晴伊手邊的工作告一段落，就找她到辦公室外面說說話。

「妳身體好點了嗎？」薛姊滿臉關心。

「嗯，我已經康復了，抱歉讓妳擔心。」

「唉，當我聽和怡說，妳似乎是一個人住，我真的很擔心妳。不親眼看到妳恢復健康的樣子，我無法安心。」薛姊露出鬆口氣的微笑，「那天是春樹送妳去坐車的，對吧？」

柯晴伊這才想到一件事，請薛姊等她一下，就轉身回辦公室，很快又跑出來，「薛姊，請妳幫我把這張一千塊交給大……不，那位名叫春樹的先生，那天他特地送我去坐計程車，先幫我墊了錢，麻煩妳再幫我向他道謝。」

「好，我知道了，我會幫妳轉告。」薛姊笑盈盈接過那張紙鈔。

「謝謝，還有對不起，今天我沒有辦法去你們的工作室……下次有時間，我再上去幫你們泡柚子茶。」

「好，妳真的不用介意我們，今天妳就準時下班，泡茶的事下次再說！」薛姊拍拍她的肩膀。

六點一到，柯晴伊將電腦關機，提起包包與Miko道別，搭電梯離開公司。

當她準備過馬路，沒多久卻發現一名老婆婆拄著拐杖走在人群裡，緩慢地走過斑馬線。眼看秒數沒剩多少，老婆婆卻才走到中間，柯晴伊立即奔過去小心牽著她，讓她可以安全地走到對面。

而這樣的畫面，正好映入還在十一樓的孫黎眼裡。

從柯晴伊走出大樓的那一刻起，他一發現她，目光就沒再離開過。

當薛姊進到工作室，看見他站在落地窗前，立刻走過去將把千元紙鈔拿給他，「春樹，你回來啦。來，這是小春今天要我轉交給你的，她還要我跟你說聲謝謝。」

孫黎看了看那張紙鈔，伸手默默接過。

Tommy看見這一幕，走過來好奇道：「什麼？春樹，你有借錢給那位小妹啊？」

「是呀，上週五春樹送小春去坐計程車，他先幫她墊付。」薛姊幫他回答。

「春樹，你人也太好了，不過她居然還特地把錢還你？」

「怎麼，小春把錢還給春樹很奇怪嗎？」薛姊瞪他。

Tommy連忙解釋：「薛姊，妳不能怪我這麼想，妳瞧上一次，還有上上一次見面的那幾個女生，是不是一直在占我們的便宜？還一副理所當然的樣子，看了就生氣！」

「你放心，她不是這種人。」孫黎的目光再回到窗外時，已經看不見柯晴伊了。

「就是嘛，我也肯定小春不是這種人！」薛姊附和完，覺得哪裡不太對勁，扭頭看向孫黎，「奇怪，春樹，你這句話聽起來像是跟小春很熟。」

「是曾經熟過，她是我的大學學妹。」

眾人一臉意外。

「搞什麼？原來你們認識，怪不得！」Tommy笑出來。

「那你們上次見面時怎麼什麼都沒說，搞得彼此像陌生人一樣？」可樂提出疑問，隨即靈光一閃，「我知道了，一定是你們兩人以前交往過，最後春樹狠心甩了她，所以小春那天看到你，臉色才會那麼難看，我猜對了吧？」

「春樹，真的是這樣嗎？」薛姊驚訝不已。

「完全不是，妳別聽可樂胡說八道。」孫黎無奈苦笑。

「那事實到底是怎麼樣？」薛姊追問，還沒問到答案，陶哥叼著菸走了過來。

「一個春樹，一個小春。」他輕笑一聲，「兩個春，很搭啊。」

陶哥說完，就去到廁所，留下一臉茫然的他們。

可樂搖搖頭，「說真的，我越來越無法理解陶哥的幽默了。」

「可不是嗎？所以人家才會說搞藝術的人都怪怪的。」Tommy深有同感。

「你這樣講不是連我們也一起罵進去了嗎？」

孫黎笑笑沒接話，再度看了眼手中那張紙鈔，然後收進口袋。

一抵達台北車站，柯晴伊就開始在大廳尋找某個人的身影。

沒多久，她就在約定地點找到身著西裝的蕭亦呈，她跑過去，微微喘氣：「抱歉，等很久了嗎？」

「沒有，我也才剛到，妳不用這麼急啦。」他燦爛一笑，「有一陣子沒來台北出差了，想說就跟妳吃頓晚飯再回去。」

「嗯，剛好……我有一件事要跟你說。」

「好啊，那就邊吃邊說吧。」

兩人走到二樓的美食區，最後挑了一間日式拉麵店。

聽到柯晴伊說的話，蕭亦呈舉著筷子，震驚到下巴差點掉下來。

「晴伊，妳是說眞的？」他不可置信地確認，「大樹學長就在你們的公司大樓上班，而且還是OxygenMan'S的設計師？」

「對。」

「我的天啊！」蕭亦呈倒抽一口氣，接著仔細觀察柯晴伊的表情，小心翼翼問：「大樹學長他……看起來怎麼樣，他過得好嗎？」

「嗯，他很有精神，看起來過得很好。」

「妳有問他什麼嗎？像是從前他爲何決定離開我們大家？還有，這幾年他人都在什麼地方？」

柯晴伊低下頭，有些赧然，「對不起，在那種情況下突然跟大樹學長重逢，我太震驚了，根本沒有辦法思考，所以什麼也沒問。」

「妳不用道歉啦，我完全理解妳的心情，如果是我，一定也會不知所措。」蕭亦呈連忙寬慰她，「但照妳的說法，你們以後應該還有機會再見面。如果可以的話，我也希望見見大樹學長。」

柯晴伊看他一眼，最後答應下次若再見到孫黎，會幫他轉達。

黎。

兩人繼續用餐，蕭亦呈像是顧及到柯晴伊的心情，暫時轉移話題，不再繼續談論孫黎。

雖然柯晴伊和孫黎在同一棟大樓工作，可雙方的上班時間並不一樣，除非她親自去到十一樓，否則平時要遇到孫黎，並不是不太容易的事。

她無法貿然向薛姊索要孫黎的電話，也無法擅自跑去工作室找他。更重要的是，若再見到孫黎，她無法若無其事地面對他。

至少現在，她確定自己還做不到。

然而，她還是得遵守對薛姊的承諾，於是她向怡姊要薛姊的電話，在中午時間泡好一壺柚子茶，再打電話給薛姊，請她下來拿上去。

持續這麼做四天後，週五下班前，柯晴伊接到薛姊的電話，邀請她和他們一塊去吃飯。

柯晴伊一時間不曉得該不該答應，還在猶豫之際，薛姊熱情地說會在樓下門口等她，就切掉通話了。

下班後，柯晴伊帶著忐忑的心情走出大樓，就聽見薛姊的呼喚，薛姊等人就站在前方不遠處，視線齊齊落向她。

「哈囉，小春！」可樂熱情對她打招呼，Tommy也親切地跟她說嗨。

「你們好。」柯晴伊向他點頭，目光不禁落向孫黎，只見他看著她，唇角揚起淺淺笑意。

之後，他們一行人坐上一台休旅車，十五分鐘後在一家燒烤店停下。

在等待用餐時，陶哥已經叫了一大杯啤酒，可樂和Tommy則是垂涎三尺地看著肉片在烤肉架上滋滋作響，迫不及待大快朵頤。薛姊又細心地再為柯晴伊介紹一次——留了一撮鬍子，體格粗獷，外表看起來有點嚴肅的陶哥，今年三十七歲，與薛姊在一起已經四年；理光頭的Tommy三十一歲；而金髮的可樂，則跟孫黎一樣都是二十八歲。

「小春，聽春樹說，妳是他的大學學妹，妳今年幾歲？」可樂發問。

柯晴伊有點意外，沒想到孫黎已經向他們介紹過她，看了坐在對面的孫黎一眼，她很快回答：「我今年二十五。」

「妳之前在哪裡上班？」Tommy也問。

「我是彰化人，在那裡工作了幾年，後來決定來台北。」

「是喔？」Tommy打量一下她，眉頭皺起，「奇怪，才短短幾天，妳怎麼變得比上次還瘦，是不是工作太操了？我有聽說妳那間日商公司的工作量很大，常讓新進員工累得半死，而且必須經常加班，是不是真的？」

「這個……剛開始是有些辛苦，但我已經有些習慣了。」柯晴伊認真回答。

「是哦？那妳要好好照顧身體喔。」Tommy說完，不經意瞄了孫黎一眼。

接著柯晴伊也忍不住向他們發問：「請問你們平常工作時，大多在做什麼呢？」

Tommy侃侃而談：「我們平常都是白天十點到公司，晚上十一點離開，回到家後洗澡、打電動、看漫畫雜誌，凌晨兩點多睡覺。我們做這行很注重創意發想，得吸收各種資訊，像設計公仔的時候，不僅得創建角色，也得構思角色身上的故事，更要想怎麼滿足客戶的需求。」

「挑戰應該很大吧？」柯晴伊聽得專注。

可樂笑笑接話：「當然啦，每一天都是挑戰！然而對我們來說，最大的挑戰還是跟客戶溝通協調，做出來的東西光是客戶喜歡沒用，我們自己也得喜歡才行。」

「薛姊和春樹擅長客戶溝通，但陶哥就完全不行了，碰到機車一點的客戶，陶哥就很容易發飆。」Tommy邊說邊拍拍陶哥的肩膀。

「原來如此，那你們等等還要回去工作？」

「是呀，還有一堆事要做呢！」

「肉都烤好了，快點吃啊。」陶哥打斷他們的對話，扭頭對柯晴伊說：「妳要多吃一點，以後才有力氣繼續泡茶。」

「哪有人像你這樣說話的啦？至少親口說一聲謝謝吧，你不就是想跟小春道謝，才說要找她一起吃飯的嗎？」薛姊好氣又好笑地教訓。

「咦？」柯晴伊面露意外。

孫黎這時莞爾對她說：「其實今天是陶哥主動提議要邀妳過來的，他非常喜歡妳的柚子茶，每次薛姊帶柚子茶回來，他都會一口氣喝掉半壺。」

「對啊，我們都不敢跟他搶！」可樂吐吐舌。

柯晴伊受寵若驚，露出笑容，「謝謝陶哥。」

「不客氣，我也謝謝妳。」陶哥對她舉起酒杯，柯晴伊馬上也拿起杯子與他乾杯。

用完晚餐，他們一行人準備回公司，陶哥將車停在捷運站前，讓柯晴伊下車。

「陶哥、薛姊，今天眞的很謝謝你們，很高興可以和你們一起聚餐。」

「不用客氣啦，妳回家路上要小心點。」薛姊叮囑她，Tommy和可樂也向她揮手道別。

這時陶哥突然轉頭，對後座的孫黎說：「春樹，你也下車，去幫我買包菸。」

「可以在公司樓下買呀，爲何要在這裡買？」薛姊納悶看向陶哥。

「遵命。」孫黎卻沒說什麼，笑盈盈地打開車門。

他一下車，陶哥就立刻將車開走，讓柯晴伊當下傻在原地。

「大樹學長，陶哥把車開走了。」她以爲陶哥會等孫黎買完回來。

「是啊。」

「這樣你要怎麼回公司？」

「沒關係啊，我就搭捷運到下一站就好。」他聳聳肩，神態自若，接著向她提議，「今天吃得太飽了，肚子還是很撐。晴伊，若妳不急著回家，願不願意陪我散個步？」

對上他那雙溫柔的眼，柯晴伊心跳加速，完全說不出拒絕的話，也沒有想拒絕的念頭。

她和孫黎並肩走了一小段路，最後步入一家便利商店，孫黎請她先到座位區等候，當他從櫃檯回來，手裡多了兩杯熱飲。

「這杯給妳，是熱可可。」他將其中一杯放在她面前，然後在對面坐下。

柯晴伊愣住了，「那個，爲什麼……」

像是看穿她心中的疑惑，孫黎不疾不徐解釋：「現在是夏天，可是剛才吃燒烤的時候，妳卻只跟店員點了一壺溫開水，所以我想妳這幾天可能不太方便喝冷飲。」

柯晴伊心頭一緊，難以言喻的情緒充斥在胸口。

其實她在燒烤店時也有注意到，明明氣候炎熱，孫黎卻沒有脫下身上的外套，就連現在他喝的咖啡也是熱的。

「妳一個人在外租屋嗎？」

「對，我目前住的地方，其實是我姊姊朋友的房子，對方要去國外工作兩年，所以把房子租給我。」

「原來如此，獨自在台北生活，很辛苦吧？」

聞言，柯晴伊忍不住反問：「大樹學長不也一樣辛苦嗎？」

孫黎露出似笑非笑的表情，話鋒一轉，「妳還有和雪乃先生聯絡嗎？」

「有，先生回日本定居後，我們依然還有聯繫。」

「先生回大阪了？」

「對，在我大三那年回去的，先生已經結婚了。」

孫黎眼中透出喜悅，「那眞是太好了。」

柯晴伊看著他，深吸一口氣，吶吶道：「大樹學長，我有把見到你的事……告訴亦呈學長，他很希望能跟你見面。」

「喔？亦呈也在台北嗎？」

「他在桃園工作，偶爾會來台北辦事。」

孫黎考慮了一下，「好啊，我打給妳，妳再把我的手機號碼交給亦呈，妳的號碼沒有換吧？」

「嗯。」她看著孫黎拿出手機，快速輸入一串數字，不久她的手機傳來震動，她馬上動手將孫黎的手機號碼存入電話簿裡。

「其他人都還好嗎？」孫黎此時關心道，「大家都健康平安吧，你們還有沒有聯絡？」

柯晴伊驀地停下手中的動作。

一迎上孫黎好奇的眼眸，柯晴伊的思緒一度停滯，無法進行任何思考。

最後，她僵硬地頷首，同時避開了他的視線。

孫黎唇邊的笑意變得更深，「那就好。」

當兩人離開便利商店，前往對街捷運站入口的途中，天空突然下起傾盆大雨。

「晴伊，妳有帶傘嗎？」

「沒有。」

孫黎當場脫掉身上的外套，遮在兩人的頭頂上，「晴伊，靠過來一點，我們用跑的！」

這場大雨來得又快又急，跑到捷運站時，他們身上的衣服已經濕了一大片。

孫黎用力抖掉外套上的水珠，再將外套披在柯晴伊身上，「這是防水外套，待會兒出了捷運站，妳再用它來遮雨，妳病剛好，千萬不可以淋雨，知道嗎？」

孫黎的體貼，讓柯晴伊的目光又停駐在他的臉上。

「在那半年裡，大樹是眞心喜歡妳的。」

此時此刻，這個人近在咫尺，就在她伸手可及的地方。

她忽然很想要知道，陳皓然說的那句話，是不是眞的？

「大樹學長。」

「什麼事？」

柯晴伊張了張嘴，一陣天人交戰，最終還是沒能問出口，「……你不是也要搭捷運嗎？你不一起下去？」

「我想再去附近的電子商場看個東西，妳先回去吧。」

彼此道別後，柯晴伊站在捷運站的手扶梯上，依舊不時回頭，看著孫黎的身影越來越遠。

往後幾天，柯晴伊持續爲陶哥他們泡柚子茶，有時還會多泡一壺魚池紅茶給他們。

與孫黎單獨相處過後，柯晴伊已經能調適自己的心情，因此偶爾會答應薛姊，直接去OxygenMan'S的工作室泡茶給大家喝。然而近日她手上的工作加重，只能在中午或下班時抽空在自家辦公室泡好茶，再請薛姊帶上去。

當時，她一週有三天都必須加班，最晚到十二點才能回家，導致她的身體漸漸開始吃不消，消瘦了不少。

這天，薛姊又拿一壺柚子茶回到工作室，爲眾人倒茶時，她煩惱地嘆了一口氣。

「薛姊，妳怎麼了？」可樂問她。

「小春今天又加班了，她這麼辛苦，我都沒聽她抱怨過半句，眞的好心疼。」

「又加班？那間公司也太恐怖了吧，怎麼這麼壓榨新進員工？」可樂傻眼。

Tommy插話：「那間公司之前就有員工天天加班，連上廁所的時間也沒有，結果得了膀胱炎，半夜跑去掛急診。」

「眞的假的？」薛姊大吃一驚。

「千眞萬確，某個離職員工親口告訴我的，他表示那間公司除了怡姊，其他人都很冷漠，經理也很難搞，還會刁難下屬。他說他再不走，遲早會過勞死！」

「但我有個朋友也在日商公司上班，就沒有這麼慘啊。」可樂半信半疑。

「那就是小春運氣差，抽中下下籤，挑到了這間血汗公司。我也不忍心小春這麼辛苦，我們就先不要再請她幫忙泡茶了吧？以免增加她的負擔。」

薛姊滿臉無奈，「你以爲我沒想過嗎？可是你陶哥已經被小春養刁了舌頭，不是小春親手泡的茶，他根本不喝。要是喝不到小春泡的茶，他又會發脾氣，到時就不得安寧了。」

這時陶哥剛好從廁所走出來，一看到桌上的茶壺，果然立刻說：「Charice，幫我倒一杯柚子茶，今天的客戶把我搞得一肚子火，不喝一杯茶消消火不行。」

「你們看吧？」薛姊小聲對他們兩人說，轉身把一杯茶端給陶哥。

坐在位子上操作電腦的孫黎，安靜旁聽了他們的整段對話，不禁看著桌上那杯熱氣蒸騰的柚子茶，陷入沉思。

辦公室一片安靜，等到柯晴伊結束工作，已經深夜十一點半了。

她揉揉酸澀的眼睛，疲憊地收拾好東西準備離開，一走出辦公室，柯晴伊就見到坐在外面長椅的孫黎起身朝她走來。

「辛苦了，要回家了嗎？」他柔聲問。

沒料到他會出現在這裡，柯晴伊啞然，點點頭。

「聽說妳今天又加班了，剛好我的工作也告一段落，所以決定過來看看妳，這陣子很累吧？」

「還、還可以。大樹學長，你在這裡等多久了？怎麼不早點回去休息呢？」

「我平常差不多這個時間下班，剛剛看到妳辦公室的燈還亮著，就想等妳事情做完後，再跟妳一起離開公司。走吧，我送妳到捷運站。」見柯晴伊沒有反應，他笑了一下，伸手拉起她的手腕，帶著她走向電梯。

孫黎這一握，很長一段時間都沒有鬆開手。

步出大樓，兩人走過空曠的廣場，月光將他們映照在地上的影子拉得長長的。

走著走著，孫黎握著柯晴伊的那隻手慢慢往下滑，最後兩人的掌心貼在一起，令柯晴伊一度恍惚。

很久以前，孫黎也曾經這樣握著她的手。

當時兩人走在剛下過雨的校園裡，他小心翼翼地牽著她前行，保護她不被地上的水窪弄濕鞋子。

她不曾忘記那個夜晚，就算六年過去，那份記憶依然鮮明如昨。

「應該還趕得上最後一班車。」到了捷運站，孫黎終於鬆開牽著柯晴伊的手，「明天週末，妳好好在家休息吧。」

「大樹學長，你不一起搭捷運嗎？」柯晴伊看著他。

「我習慣下班後到附近走走，很晚了，早點回去，我們下週見。」

「我可以陪你一起走走嗎？」

還留在掌心上的溫暖，讓她情不自禁脫口而出。

孫黎靜靜注視她，「可是妳這樣會趕不上捷運，而且妳應該已經很累了吧？」

「沒關係，我可以坐計程車回去。但如果大樹學長覺得困擾，你可以直接拒絕我沒關係。」

「我不會覺得困擾，有妳陪我，我很高興。」孫黎的嘴角浮現微笑。

柯晴伊心中喜悅，她還不想這麼快與孫黎分離，想盡可能多待在他的身邊。

之後，兩人一邊喝著在便利商店買的飲料，一邊緩步走在深夜的街上。

「妳在公司主要都在做什麼工作？」孫黎問她。

「Key-in訂單，還有協調出貨日，我是負責安排出貨的，我們還要預估FCST……」

「那是什麼？」

「就是預測未來三個月客戶的使用量，我們是供應商，要依客戶提供的需求去備料。

製造時間大概需要一個月，運送要再估半個月，這是最快可以送到客戶那邊的時程。」她繼續說明：「不過，有時候還要看工廠產線滿不滿，順利的話，偶爾客戶有急需，還可以及時安排。」

「聽起來就不輕鬆，那是不是還得跟客戶打好關係？」

「是呀，偶爾也要打電話跟客戶寒暄。」

「我聽Tommy說，在你們的公司工作壓力很大，上司會刁難妳嗎？」

柯晴伊頓了一頓，「其實今天早上，我有被經理罵了一頓。」

「爲什麼？」

「今天怡姊跟我熟識的同事剛好都不在，有道程序我不懂，去請教其他同事，結果他們不太理我，我只好請教經理。我記得剛進公司的時候，經理有說我有不懂的地方，隨時可以問他，然而當我眞的去問他，他卻生氣地說，我應該自己去想辦法解決，而不是跑去問他，我才確定那不過是客套話。」

「後來妳怎麼做？」

「雖然經理不高興，我還是必須硬著頭皮請他指導，否則進度延宕，會造成後面更大的麻煩。倘若挨罵就能解決問題，我覺得沒什麼關係。」柯晴伊平靜說出自己的想法。

孫黎深深看她一眼，伸手輕撫她的頭，「過去我就一直很欣賞妳這一點，妳依然沒變，不簡單呢。」

孫黎的觸碰和讚美，讓柯晴伊再一次心跳加速。

當兩人經過一間無人的夾娃娃機店，孫黎帶著柯晴伊走了進去，停在一台夾娃娃機前，從口袋裡掏出硬幣投進投幣孔。

孫黎看中一個小狗布偶，在他的操作下，爪夾緩緩夾起布偶，可惜幾秒後布偶就掉了。他馬上再挑戰一次，這次爪夾勾住布偶脖子上的緞帶，眼看有機會成功，柯晴伊也緊張了起來，然而就在進洞前，布偶卻又從爪夾脫落，兩人同時叫出聲來。

「再試一次，應該有希望。」孫黎再接再厲，又投了一枚硬幣進去。

柯晴伊望著他的側臉，這是她第一看到孫黎露出這種表情，眼神閃閃發亮，像是小男孩看到喜愛的玩具。

這一次，布偶順利進洞，兩人爆出熱烈的歡呼。

「大樹學長，你好厲害，這隻布偶這麼大，你只夾三次就夾到了。」看著孫黎拿在手上的小狗布偶，柯晴伊又驚又喜。

「我偶爾會過來玩，但夾到這麼大的布偶還是第一次，看來晴伊是我今天的福星。」孫黎高興地把布偶塞進柯晴伊的懷裡，「來，送給妳。」

她有些意外，「你真的要送給我嗎？」

「對呀，我喜歡看妳擁有它，就當作是妳今天無辜挨罵的慰勞品，希望能安慰到妳一些。」孫黎眼底一片溫柔。

柯晴伊心裡感動，還湧上了一股淡淡的酸楚，讓她的眼眶有些濕潤。

隔天上午，柯晴伊搭高鐵到高雄，前去探視巧巧母子。

由於工作忙碌，她已經有段時間沒過去了，這次看到她，巧巧和陳黎都很高興，尤其是陳黎，一看到她出現在門口，立刻衝上前緊緊抱住她。

「小草，妳怎麼瘦這麼多，妳有好好吃飯嗎？」巧巧大吃一驚，拉住她纖細的手腕。

「我有，只是這陣子工作有點忙，稍微累一點，我沒事的，妳不用擔心。」柯晴伊安撫完對方，就蹲下摸摸陳黎的頭，「小黎，對不起喔，乾媽這麼久沒來看你。今天我留在這裡陪你玩，晚上唸故事書給你聽好嗎？」

陳黎興高采烈，「好！」

當天晚上，陳黎躺在巧巧與柯晴伊之間，聽柯晴伊讀故事書到一半，漸漸闔上眼睛，進入夢鄉。

確定兒子睡著了，巧巧輕聲開口：「小草，妳知道嗎，前幾天這孩子突然問我，他的乾爹在哪裡？」

柯晴伊一怔，「乾爹？」

「他說的是大樹，皓然失蹤多年的那位學弟。皓然在台中讀研究所時，我跟他見過一面，而小黎會這麼問我，是因爲皓然生前常拿你們的照片給小黎看，還指著照片上的妳和大樹，宣稱你們兩人是他的乾媽和乾爹。事情過了這麼久，我以爲小黎早就忘了這件事，想不到那天他突然問我，爲什麼只有小草乾媽在他身邊，一直問大樹人在哪裡？」

柯晴伊很驚訝，不禁看向陳黎熟睡的小臉。

「後來，我跟小黎說，我也不知道大樹現在在哪裡，但希望有一天大樹能來見見我們小黎，這樣在天上的爸爸一定會非常高興。」巧巧愛憐地輕撫兒子柔軟的髮絲。

「巧巧姊……其實，我已經找到大樹學長了。」

巧巧一聽，驚訝地睜大雙眼，「眞的嗎？」

「嗯，我們工作的公司，剛好在同一棟大樓，我是偶然間遇見他的。」

巧巧嘴巴張得開開的，一臉難以置信，「居然會有這麼巧的事，那他現在過得好嗎？」

「嗯，他現在是知名設計公司的設計師，過得不錯。」柯晴伊低下頭，臉上浮現一絲愧色，「不過，我一直沒能將皓然學長的事告訴他，對不起。」

「妳不用道歉，我能明白妳無法輕易對他開口。」巧巧握住她的手，「不用著急，該知道的時候，他就會知道的。」

柯晴伊點頭，深深看著陳黎沉靜安詳的睡臉。

「不過，眞不可思議，妳搬去台北，就和大樹重逢，而這孩子也突然提起他的事，感覺就像冥冥之中自有安排，也許是皓然一手促成的。」巧巧微笑。

柯晴伊漸漸有些鼻酸。

不知爲何，她竟然也有和巧巧一樣的想法。

翌日中午，孫黎走進一間餐廳。

坐在窗旁的蕭亦呈看見他，驚喜地站了起來，朝他大喊：「大樹學長！」

孫黎一到他面前，蕭亦呈迫不及待大力擁抱他，語氣激動：「我的天，眞的是大樹學長，沒想到還能再見到你，我起雞皮疙瘩了！」

孫黎笑了起來，「亦呈，好久不見，你看起來比以前成熟穩重多嘍。」

「嘿嘿，是嗎？晴伊告訴我，你是OxygenMan'S的設計師，眞的太厲害了。這陣子我太忙，拖到現在才約你見面，不好意思！」

「別這麼說。」孫黎搖搖頭，入座後，他快速跟店員點好餐，接著關心：「這些年過得好嗎？」

「嗯，還不錯，那大樹學長你呢？這六年……你都去了哪裡？」

「我只能說我去了不少地方，三年前，我在一間畫廊工作，在那裡認識了我現在的總監，後來就跟他一起創業。」

「這樣啊……那你有跟如欣學姊聯絡嗎？」

「如欣？沒有，她現在過得如何？」

「如欣學姊還在台中，大學一畢業就馬上結婚了，有一個三歲的女兒；雅芬學姊目前則在南投一所小學當老師。」

「如欣結婚了？跟她原本的男朋友嗎？」

「對啊，不過她老公後來出軌，兩人已經離婚了，現在她跟她女兒過得也還算不錯。」蕭亦呈苦笑。

孫黎愣了一會，不禁佩服地說：「如欣的生活還是一樣轟轟烈烈。」

「就是啊，幸好如欣學姊還是跟以前一樣硬氣，絕不會讓自己受委屈。大樹學長，你要不要跟學姊連絡？我可以把她的電話給你。」

「老實說，我還不太敢跟她聯絡，我覺得她看到我，鐵定會把我五馬分屍，丟到海裡餵鯊魚。」

兩人相視大笑，餐點也在這時上桌了。

蕭亦呈吃得津津有味，忍不住讚嘆：「這家餐廳的料理實在太好吃了，要是晴伊今天也能一起來就好了。」

「你們兩人一直都有保持聯絡對吧？」

「對啊，晴伊一畢業就回彰化，在她姊姊工作的幼稚園上班，後來才來台北。現在她週末一有空，還是會去高雄，像這禮拜她也去了。」

「爲什麼晴伊要去高雄？」

「去看皓然學長的老婆和小孩啊，自從皓然學長走了以後，晴伊只要有空就會去高雄看他們，有時我跟如欣學姊她們也會一起去。」蕭亦呈邊吃邊說，絲毫沒注意到孫黎握著刀叉的手停住了。

「你說誰走了？」

「皓然學長啊。」蕭亦呈一看清孫黎臉上的表情，瞬間怔住，「大樹學長，難道你還不知道，皓然學長……罹患鼻咽癌，三個月前去世了。」

孫黎動也不動，眼底一片木然。

蕭亦呈越說越慌張：「我、我以爲你已經知道這件事，晴伊什麼都沒有告訴你嗎？」

孫黎沒有出聲，儘管他還是看著蕭亦呈，目光卻像是穿透了蕭亦呈，落在無窮盡的遠方。

從高鐵站出來後，柯晴伊準備搭捷運回家，途中接到了蕭亦呈的來電。

「晴伊，我完了，我闖下大禍了！」蕭亦呈劈頭就說。

「怎麼了，發生什麼事？」

「今天中午，我跟大樹學長一起吃飯，我以爲妳已經告訴他皓然學長的事，所以順口跟他說妳今天去高雄看巧巧姊還有陳黎，結果沒想到……他根本就還不曉得這件事情。」

柯晴伊的心臟彷彿一秒凍結，她停下腳步，聲音微顫，「所以大樹學長已經知道了？」

「對啊，我都告訴他了，當時我眞的慌到不知道該怎麼辦才好。」

「那……大樹學長有什麼反應？」

「他沒什麼反應，始終表現得很鎭定，吃完飯之後，我們就分開了。」

「他有說他要去哪裡嗎？」

「嗯……我記得他說晚點要回公司處理一些事。」

兩人繼續談了幾句，就結束這通電話。柯晴伊想打電話給孫黎，卻在按下撥號前陷入猶豫。

原本她想等自己準備好，再告訴孫黎這件事，沒想到他已經得知這個消息了。她明明知道一切，卻什麼也沒告訴他，他一定很生氣吧？

柯晴伊握緊手機，邁開雙腳往前走，步伐漸漸加快，到最後，她直接奔往捷運站。

在另一個捷運站，孫黎搭上手扶電梯，準備轉車。

前往月臺時，他走在人群中，聽著從四面八方傳來的嘈雜聲，當有人不小心撞到他，他也不為所動，繼續緩慢前行。

走了幾步，一股強烈的壓迫感忽而從體內湧上，直衝喉嚨，他立刻摀住了嘴，衝到前方的洗手間，直接就著洗手臺嘔吐起來。

「皓然學長……罹患鼻咽癌，三個月前去世了。」

他雙眼緊閉，臉色慘白，整個人幾乎趴在洗手臺上，額上布滿了冷汗。從腳底傳至頭頂的強烈寒意，讓他下意識抓緊了身上的外套，卻還是冷得全身發抖，四肢不停地抽搐。

一名清潔婦人正好在清理廁所，看見他的模樣，連忙上前關切：「先生，你沒事吧？」

無力繼續站立的孫黎，癱坐在牆邊喘氣，他臉上血色全無，開口阻止準備按下緊急按鈕的清潔婦人。

「你的臉色好難看，要不要送你去醫院？」

「沒關係，真的不要緊。」他氣若游絲，努力扯動嘴角，「我經常會這樣，等一下就會好了，對不起，嚇到妳了……」

婦人臉上不禁流露出一絲憐憫之情。

等到身體漸漸不再顫抖，那名婦人也把洗手臺清理乾淨了，孫黎虛弱地站起身來，塞了一張一千塊到她手上，向她致歉：「阿姨，抱歉給您添麻煩，這點心意請您收下。」

婦人原本不肯收，但孫黎非常堅持，她只好收下，最後還不放心地說：「年輕人，你要好好保重身體啊！」

「好，謝謝妳。」

孫黎笑了一笑，走出廁所後，很快就消失在人群之中。

一出捷運站，柯晴伊喘吁吁地快步跑到公司對面的人行道，和一群路人等待過馬路。她抬頭看著公司大樓，十一樓裡頭的燈是暗的，看起來不像有人在裡面。儘管如此，她還是進入大樓，搭上電梯前直往十一樓。

站在工作室門口，柯晴伊朝裡頭張望，嘗試伸手推了下門，發現門居然沒鎖。猶疑片刻後，她輕輕將門推開，走了進去。

沒多久，她看到沙發上躺著一個人。

孫黎連眼鏡都沒摘下，就這麼閉上眼睛躺著動也不動，但她不確定他是不是真的睡著，因此她上前一步，輕喚：「大樹學長。」

約莫五秒，她看見那雙眼睛慢慢睜開。

這樣近距離一看，她才發現孫黎臉色異常蒼白，眼神空洞，寫滿了疲倦。

她立刻在他面前蹲下，擔心地問：「大樹學長，你還好嗎？是不是哪裡不舒服？」

見他沒有任何反應，柯晴伊又道：「我……我去幫你倒杯水。」

在她起身的那一刻，孫黎抓住了她的手。

柯晴伊的心一顫，孫黎手心的冰冷，讓她愕然地睜大眼睛，「大樹學長，你的手怎麼會冰成這樣？」

孫黎的手一用力，直接將她拉到身邊坐下，兩人四目相望，由於心懷愧疚，柯晴伊漸漸無法繼續直迎孫黎的視線，準備開口道歉時，孫黎卻先一步出聲。

「晴伊，留在這裡。」他的聲音微弱無力，「拜託妳，暫時留在這裡。」

不等柯晴伊反應，孫黎便伸臂擁住了她，像是溺水的人抓住唯一的一根浮木。

柯晴伊慢慢抬手輕撫孫黎的背，當她的手腕無意間碰到孫黎的脖子時，赫然發現孫黎的脖子上淌滿冷汗，體溫低得嚇人。

這讓她不禁回想起，孫彤死去那年，大家到孫黎家中爲孫彤上香，當柯晴伊將暖暖包交到孫黎手中，他的手也是這般冰冷。

柯晴伊熱淚盈眶，對他的心疼，讓她情不自禁緊緊回擁了孫黎。

感覺到她的回應，孫黎的眼眶也濕了。他闔上眼睛，將臉深深埋入她的頸窩，像是在渴求她的溫暖，絲毫不願鬆開一瞬。

此刻的兩人，無須言語便能心靈相通，彼此緊緊相依，渴望時間能夠在這一刻停止。

「晴伊！」

遠遠看到楊佳妤在台北車站大廳朝她揮手，柯晴伊笑著快步走過去，兩人擁抱了一下。

楊佳妤開心道：「好久不見，妳來台北這麼久，居然到現在才跟妳碰面，眞是的！」

「就是啊，妳今天穿得好漂亮。」柯晴伊欣賞她今天的穿著。

「過來喝我表哥的喜酒，當然要稍微打扮一下囉。多虧他結婚，我才能抽空來台北，要不然假日多半得加班，根本沒時間來找妳！」

「辛苦妳了，妳什麼時候回基隆？」

「大概六、七點左右吧，我會跟我爸媽一起回去。」

「那我們去喝點東西好嗎？」

「當然好，我一喝完喜酒馬上就來找妳，就是要找妳喝下午茶呀！」楊佳妤勾住她的手，俏皮地眨眨眼睛，「剛好我有件事要跟妳說。」

兩人選在百貨公司樓上喝茶吃蛋糕，楊佳妤告訴晴伊，她有了男朋友。

「妳說Umi學長的……」柯晴伊面露訝異。

「的朋友。」楊佳妤笑咪咪地把話接下去，「學長畢業後，我們偶爾還是會在線上聊天，幾個月前，學長的一個朋友突然加我臉書，他是學長大學時期的好朋友，也跟我們同校，以前我見過他幾次。當他得知我跟他都住在基隆，有時下班就會約我吃飯，日子一久……我們就走在一起了。」

「好奇妙的緣分。」柯晴伊不禁莞爾，「妳以前超喜歡Umi學長，沒想到現在是和他的好朋友在一起。」

「對呀，不過老實說，Umi學長畢業後，我就已經不抱希望了。」楊佳妤呵呵笑，話鋒一轉，「那妳呢，妳跟蕭亦呈有沒有進展？」

「什麼？」

楊佳妤一臉哭笑不得，無奈喊：「都六年了，你們兩個怎麼還在原地踏步，蕭亦呈未免也沒用了吧？」

「佳妤，我跟他眞的只是……」

「學長跟學妹的關係，我知道啦。」楊佳妤嘆一口氣，「其實，我也知道妳的心意始終沒變，只是我很不忍心看妳這樣。」

見柯晴伊一臉茫然，楊佳妤下定決心似地開口：「好啦，我老實跟妳說，順便跟妳懺悔。」

「妳要跟我懺悔什麼？」她一頭霧水。

「從前學校宿舍失火，妳不是到我家暫住一陣子？有一次妳出去了，我注意到妳把雪乃老師送妳的木盒放在床邊，我看得出來妳很珍惜那個木盒，連從火場逃出來時都抱著它，所以我很好奇裡面裝了什麼，就偷偷打開看了。」楊佳妤目光落向桌上的杯子，「當我發現，裡面全是妳那兩年寫給大樹學長的紙條，我才終於知道他在妳心中的分量有多重。」

柯晴伊一時無語。

「看到那些紙條後，我就忍不住想妳是不是還在等那位學長回來，也不知道妳是不是到現在都還在寫紙條給他？可是一直不敢問妳，只能默默希望蕭亦呈可以快點打動妳，讓妳能夠慢慢忘記大樹學長，因爲我眞的很不忍心看到晴伊妳就這樣等著一個不知何時才會出現的人……」楊佳妤怯生生地看向柯晴伊，滿臉歉意，「對不起喔，晴伊。」

柯晴伊只輕輕搖頭，「沒關係，抱歉讓妳擔心了。我什麼都沒告訴妳，妳一定很不高興吧？」

「坦白說，我確實很失望，身爲妳的好朋友，妳卻不願意跟我說。可是後來想想，晴伊妳的個性本來就是這樣，都把心事藏在心裡，所以當我發現妳的秘密，比起不滿，我更心疼妳。」楊佳妤用短叉輕輕戳著自己盤子上的蛋糕，輕輕嘆息，「以前我還納悶，爲什麼妳和蕭亦呈沒能走在一起，原來是因爲妳心裡早就有個大樹學長了。」

柯晴伊看她一眼，目光最後落到了桌上的茶點，沒有接話。

一出高鐵左營站，頭頂上的炙熱陽光，讓孫黎不禁瞇起了眼睛。

他搭上一輛計程車，二十分鐘後，車子停在一戶民宅前。

正在家門口玩耍的陳黎，蹲在地上推動手裡的玩具車，發現有人走近，抬頭直直望向來人。

孫黎望著陳黎許久，最後在他眼前蹲下，柔聲說：「你的車子好漂亮。」

男孩沒反應，依舊偏著頭盯著孫黎看，這讓孫黎深深笑了起來，發現男孩有雙跟父親神似的炯炯眼眸。

「小黎，進來洗手吃點心，媽媽把蛋糕切好……」當巧巧從屋內走出來，發現有個男子蹲在兒子身邊，嚇了一跳，陳黎馬上起身跑到母親身邊，拉了拉她的衣襬，指著孫黎說：「媽媽，大樹乾爹！」

巧巧愣然，定睛望著也站起來的孫黎，他對她點頭致意。

當孫黎進屋，便跟陳黎一起坐在客廳，巧巧也切了一塊蛋糕給孫黎，並在他對面坐下，「大樹，請用，這是我婆婆今天特地買來給孩子吃的，是很有名的蛋糕。」

「謝謝。」孫黎說，「不好意思，沒有事先通知就突然跑來打擾。」

「別這麼說，你今天來，我和小黎都非常高興。上週小草來的時候，我就已經聽她說起在台北碰到你的事，沒想到這麼巧，你們會在同一棟大樓上班……是小草跟你說皓然的事嗎？」

「不，是亦呈，晴伊她什麼也沒說。」孫黎搖頭。

「請你不要責怪小草。」巧巧看著他，「當年你離開後，皓然他們到處找你，甚至跑到了你的老家去，雖然沒找到你，但最後也得知了你的過去。他們知道你以前所受到的種種傷害，爲你難過，更爲你心疼。就算畢業了，皓然也沒有放棄找你，直到前幾年他生病倒下，就斷了音訊不讓其他人知道，是亦呈發現這件事，並且通知小草她們，大家才能再一次相聚。」

輕嘆一口氣，她繼續說：「這一次，你和小草重逢，小草卻遲遲不敢告訴你皓然已經不在人世的消息，我想就是因爲她知道你背負了許多傷痛，所以無論如何都不忍心對你說出口，不想讓你再承受一次相同的傷。希望你可以明白小草的苦衷，不要生她的氣，我相信她心裡也很痛苦掙扎，絕對不是故意瞞你的。」

「嗯，我知道。」孫黎點點頭，沉聲說，「我都知道。」

「乾爹！」原本吃著蛋糕的陳黎，此時抬頭大喊，嘴角還沾著不少奶油，「我爸爸說，你的名字跟我的名字，有一個字是一樣的耶！」

「喔？真的嗎？」孫黎眨眨眼。

「嗯，我是陳黎，你是孫黎。爸爸說，你是我的乾爹，小草乾媽是我的乾媽，乾媽常常來看我，晚上還會念故事書給我聽，可是大樹乾爹你都沒有來看過我！」

孫黎和巧巧互看一眼，嘴角都露出了笑意。

「對不起。」他伸手摸摸陳黎的頭，又一次沉聲說：「對不起。」

一個小時後，孫黎帶著一束花來到一座墓園。

他走到其中一座墓碑前，長久凝視著刻在墓碑上的名字。

「皓然學長……對不起。」他開口的時候，聲音帶著沙啞。

一陣風吹過山林間的樹木，幾片樹葉緩緩飄落在陳皓然的墓碑上。

此時的陽光依舊強烈炫目，孫黎不禁閉起了雙眼。

第六章

傷。

hurt

每當他思及自己這輩子做過最後悔的事是什麼？答案永遠只有一個。

「小廷！」婦人拿著掃把在門口掃地，看到男孩背著書包迎面走來，笑吟吟地說：「放學回來啦？」

「對啊！」劉廷文走近她，忽然伸出雙手，「阿姨，掃把可以給我一下嗎？」

「你要做什麼？」婦人隨手把掃把交給他，他竟開始清掃起地上的垃圾，婦人嚇一跳，「小廷，阿姨掃就好了，外頭很冷，你快回家去吧。」

「沒關係，我不冷。」他仰起頭，露齒一笑，「我有聽秋玥姊姊說，阿姨這幾天腰常常痛，所以我來幫妳掃，妳去坐著休息吧。」

婦人愣愣看著男孩連書包都沒放，就將地上的垃圾清理乾淨，心中一片暖意。

此時一名男鄰居經過，好奇問他：「小廷，你怎麼在這裡掃地？」

「我腰不舒服，小廷說要幫我的忙。」婦人看著劉廷文的目光滿是慈愛。

「哦，小廷眞乖。」男子笑了起來，對劉廷文豎起大拇指，「對了，小廷，叔叔聽說你參加畫畫比賽得到全縣第一名，了不起喔！」

「謝謝叔叔。」劉廷文靦腆道。

婦人驚喜，「我們小廷這麼厲害？全縣第一名耶，學校有沒有頒獎給你？」

「有，今天早上校長有頒獎給我。」劉廷文邊說邊從書包取出一張獎狀。

婦人接過一看，摸摸他的頭，讚嘆道：「小廷眞的好厲害，不管做什麼事都很優秀。你別掃地了，快把獎狀拿回家給你媽媽看，她一定會很高興！」

「好。」跟鄰居們道別後，劉廷文拿著獎狀回到自己的家，立刻聞到一股菜香味，他放下書包快步走進廚房，「媽媽，我有東西要給妳看。」

劉母一見到兒子手中的獎狀，馬上接過去看了好幾眼，露出喜悅的笑容，「廷文，你好棒，媽媽以你爲榮！」

劉廷文開心地笑了，過沒多久，穿著國中制服的劉儀文也回來了，他連忙把獎狀帶過去獻寶，「姊姊，我上次那張畫得了第一名！」

劉儀文接過獎狀，大聲念出上面的名字：「三年忠班劉廷文……嗯，果然是我教得好！」

「妳這孩子，是妳弟弟得獎，跟妳有什麼關係？」劉母將炒好的菜端上餐桌。

劉儀文不服氣，理直氣壯道：「雖然我不會畫畫，但會給意見啊，我會提醒廷文哪裡需要改進，所以他得獎，當然是託我的福！」

「是是是，妳最優秀了，媽媽說不過妳。」劉母無奈看著女兒，「好了，快去換衣服，等妳爸爸回來就可以吃飯嘍。」

原本掛在劉儀文臉上的笑容驟然消失，她沉著一張臉，立刻轉頭回房間。

母子三人從六點就圍坐在餐桌旁等待，卻始終不見劉父回來。

到了六點半，劉儀文終於忍不住開口：「媽，我肚子好餓！」

「再等一下，妳爸很快就回來了，要是不等妳爸回來就先吃，他會生氣。」

過了二十分鐘，劉儀文忍無可忍，氣得跑去拿放在冰箱裡的麵包。

劉母驚訝道：「儀文，妳做什麼？飯還沒吃啊！」

「我餓到胃在痛了，媽妳就繼續等爸，我不等了。」說完，劉儀文拿著麵包回房。

注意到兒子看過來的目光，劉母淒然一笑，輕聲道：「廷文，對不起，媽媽去熱一下菜，然後我們就吃飯，好不好？」

劉廷文點點頭，看著母親一臉落寞地將餐桌上的菜全部端回廚房。

那一天，劉父沒有回家吃晚飯。

劉廷文寫完功課後，迫不及待地拿出從學校圖書館借的一本天文圖鑑，裡頭一張張璀璨的銀河照片讓他看得目不轉睛。當他翻到介紹太陽系的那一頁，忍不住拿起紙筆，照著書中圖片開始仿畫起來。

畫到一半，劉儀文突然走進他的房間，躺在他的床上翻看少女漫畫。

劉廷文抱怨道：「姊姊，妳爲什麼要在我房間看漫畫啦？」

「有什麼關係？你這裡比較安靜呀。」發現弟弟在畫畫，劉儀文放下漫畫，好奇地走過去看：「你又在畫什麼啊？」

「嘿嘿，妳猜！」

「我哪知道，你就只是畫了一堆圈圈而已。」

「我還沒畫完嘛！」

劉儀文聳聳肩，又躺回床上去。

幾分鐘後，劉廷文放下畫筆，抱著那本天文圖鑑湊近姊姊身邊，語帶興奮道：「姊，我跟妳說，這本書上寫，宇宙可能存在第二個地球耶！」

「是喔，那又怎樣？」她興致缺缺。

「不是很酷嗎？如果宇宙眞的還有另一個地球，不就表示那裡可能也居住著人類？以後我們說不定可以去另一個地球看看，到時候姊想不想住在那裡？」

劉儀文想了想，「如果爸不在那個地球，我就願意過去住。」

劉廷文沉默半晌，嘀咕道：「可是這樣媽媽會哭耶。」

劉儀文沒有再回答，繼續看手裡的漫畫。

對姊弟倆而言，父親不在家的時候，是他們感到最放心的時候。

在他們的童年記憶裡，父親的身影大多伴隨著壓迫和恐懼。

劉父愛喝酒，經常喝得爛醉，半夜才回來，有時甚至徹夜不歸。每次他半夜回到家裡，都會重重甩上門，毫不在乎驚醒猶在睡夢中的妻兒，讓劉廷文對這樣的聲音產生巨大陰影，因爲他知道，接下來就是痛苦的開始。

劉父會對劉母拳打腳踢，倘若他和姊姊上前阻止，姊弟倆也會遭受一頓毒打。

鄰居看不下去，多次報警尋求協助，最後卻都不了了之，最大的原因在於，劉母總是選擇原諒劉父，默默承受劉父施予的肢體與心理暴力。

每次劉母遭逢丈夫的暴力相向，劉廷文幾乎從未聽她喊過一聲痛，也從未聽她崩潰大哭過。在大鬧一場後，劉父會忿忿地離家，這時劉母才會找出醫藥箱自行上藥。

而劉父之所以屢次回家鬧事，目的只有一個，那就是與妻子離婚。

劉廷文國小二年級時，就知道父親出軌，也知道父親這些年來始終這樣對待母親，就是想逼她簽字離婚。但母親怎樣都不肯，就算父親用盡各種惡毒的字眼羞辱她，把她揍得鼻青臉腫，她也無動於衷。

等到天一亮，劉母還是可以像平常一樣準備早餐給孩子吃，送他們上學，然後做一整天的家事，最後做一桌好菜等待丈夫回來。丈夫不回來，她就爲他保溫飯菜，等到累了，才肯上床睡覺。

不光是附近鄰居和劉母的親友，甚至連劉父的家人，都力勸劉母爲了自己和兩個孩子好，別再對劉父心存留戀，然而劉母依舊不爲所動，堅信丈夫有一天會回心轉意。

劉廷文和劉儀文已然明白，母親對他們的愛，遠遠比不上她對父親的。

劉廷文升上四年級、劉儀文升上國二後，某天劉父親打電話回來，語氣溫和地說會回來吃飯，要劉母多準備一些菜。

劉母開心得一連燒了好幾道料理，那天晚上，劉父笑容滿面地回家了，卻還帶著出軌對象一起回來。

在餐桌上，劉父不斷主動夾菜給那個女人，看著對方的眼神充滿愛意。

劉母始終一臉平靜，甚至還親切地問那個女人要不要再添一碗飯。

劉儀文再也受不了，她從座位上站起來，指著女人大罵：「妳憑什麼坐在這裡跟我們一起吃飯？快點給我滾出去！」

劉父氣得當場給她一巴掌，「妳這沒教養的小孩，立刻跟阿姨道歉！」

「儀文，乖，妳快點道歉。」劉母連忙拉住女兒的手。

劉儀文大力甩開母親的手，激動地大聲咆哮：「不正常，這個家一點都不正常！這眞的太誇張，也太變態了，我受夠了，我再也忍耐不下去了！」她恨恨地看著母親，「妳爲什麼要讓我們過這種生活？爲什麼？爲什麼？」

說完，淚流滿面的劉儀文奪門而出。

當天晚上，劉廷文半夜起來上廁所，看到劉母獨自坐在客廳的沙發上，她眼神茫然，面無表情地靜靜聽著劉父與女友從房間裡傳來的聲響。

隱約中，他看見劉母似乎掉了一滴淚，但也僅只於此，劉母始終沒再有其他的反應。

自那天起，劉儀文開始早出晚歸，寧可在外頭逗留，也不肯回到這個家；而劉廷文只能將心中的恐懼和悲傷宣洩在畫筆和書本裡，用喜愛的事物逃離殘酷的現實。

雖然母親會傷心，但他和姊姊都希望父親不要回家，不想又在半夜裡聽見巨大甩門聲，不想再擔心受怕。

某個週末，劉儀文又跟同學跑出去，劉廷文則到隔壁的婦人家玩。

婦人的女兒從廚房端出一碗剛煮好的湯圓，「小廷，這給你吃。」

「謝謝秋玥姊姊。」劉廷文一臉開心，拿起湯匙享用。

他臉頰上掛著被劉父毆打出來的傷，秋玥看了心疼不已，問他會不會痛，他卻笑嘻嘻地說一點都不痛。

不知不覺，劉廷文也變得和他的母親一樣，不會輕易對任何人開口喊痛了。

「秋玥姊姊，妳今年就要考大學了嗎？」劉廷文忽然問。

「是呀，所以姊姊現在每天都在念書，好累唷！」林秋玥苦笑。

「大學好不好玩？」

「我也不曉得，但我聽說大學裡有很多社團，應該很好玩吧。」
「那有沒有專門研究星星跟宇宙的社團？」
林秋玥想了一下，「你是說天文社團嗎？我想有吧，小廷喜歡天文嗎？」
「對，學校圖書館裡所有關於天文的書，我全看完了！」
「小廷好棒，搞不好你將來會成爲了不起的天文學者喔！」林秋玥摸摸他的頭，大力讚美。
劉廷文笑容燦爛，期待眞會有那樣的一天。

一個月後，喝得醉醺醺的劉父，再度在半夜裡回到家裡大鬧。
劉父一把拉扯住劉母的頭髮，拖著她去撞牆，最後衝進廚房，拿著一把水果刀出來，面色猙獰，「妳就是不肯離婚是不是？那乾脆一起去死！」
劉儀文和劉廷文察覺到劉父這次不似虛張聲勢，當他舉刀欲刺向劉母，兩人連忙撞開劉父。劉儀文扶起癱坐在地的劉母退開，劉廷文則是伸手想要搶下劉父手上的刀子。
劉父歇斯底里地大吼：「你們這群廢物全去死好了，爲什麼就是不肯放我走？既然這樣，我先殺了你們，然後再自殺，我們全家一起下地獄！」
儘管劉父酒醉，仍能輕而易舉地將兒子一腳踹開，持刀朝妻子女兒逼近。
看到縮在牆角的劉母和劉儀文，劉廷文奮不顧身地衝過去抱住劉父的腰，劉父更加火大，使勁又要踹開兒子，劉廷文不肯退開，再次試圖嘗試奪下刀子。
雙方劇烈拉扯之際，劉父腳步一個踉蹌，忽然整個人向前傾倒，下一秒，劉廷文便感覺手上有一股熱流流過，他全身一僵，連忙後退，低頭看見自己的雙手沾滿鮮血。

那把水果刀，就這麼刺進了劉父的下腹。

劉父神色痛苦，很快倒地不起，劉廷文嚇得臉上血色全無，全身劇烈顫抖，連一句話都說不出來。

警察經由鄰人通報後迅速趕到，將劉父緊急送醫，然而經過幾個小時的搶救，劉父最終還是宣告不治。

這起人倫悲劇很快在當地傳開，也登上新聞，許多人都為劉廷文感到心疼與不捨。住在附近的鄰居自動發起連署，向法院表明劉廷文其情可憫，請務必量刑從寬。

這次的意外，讓劉廷文有一段時間哪裡都不能去，包括學校。

等到他得以重返學校，儘管並未遭受到任何不好的事，但其他人看他的眼神多多少少變得不一樣了，師長同儕與他之間的相處也不若以往自然。當親戚建議讓劉儀文和劉廷文轉學，劉母堅持不肯，也不願意搬家。

雖然生活有些艱辛，劉廷文其實也希望自己可以在原本的學校畢業。

劉父的死為他們一家帶來極大的衝擊，心上留下的陰影難以抹滅，但劉儀文和劉廷文不必再懼怕半夜聽見咆哮聲響，漸漸得以安穩入睡。

然而，劉母的身體卻一天比一天衰弱，連精神狀態也受到了影響，終日失魂落魄，跟她說話也充耳不聞，作息和飲食都不正常，短短幾個月，人就瘦成了皮包骨。

從前遭到丈夫毒打，劉母從未掉過一滴淚，如今卻經常在半夜哭泣，哭著哭著便會走出家裡，連鞋子都沒穿，獨自一人在馬路上遊晃，好幾次差點發生意外。劉儀文兩姊弟往往在清晨三、四點接獲警察通知後，急忙趕至警察局把劉母帶回家，日子一久，警察也認識劉母了，會主動將她送回來。

劉母的哥哥曾想將他們母子接回娘家住，劉母卻執意不肯，若再多言幾句，她便會以死相逼，只得由劉母的妹妹經常過來探視。

面對這樣的劉母，姊弟倆完全無計可施，心力交瘁。

有一次，劉母又在半夜打開家門走出去，劉儀文沒有阻止，而是帶著弟弟尾隨其後。劉母腳步蹣跚走到馬路中央，只見幾輛車子迎面駛來，刺耳的喇叭聲不斷於耳，劉母站在原處不避不讓。

劉儀文衝上前抓住劉母，劉母一臉茫然地望著女兒，眼神空洞。

「妳就這麼想死嗎？」劉儀文眼中充滿悲憤，話音顫抖，「爲什麼妳不能爲我們堅強一點？爲什麼妳就不能爲了我們活下去？妳就這麼愛爸，愛到連我們都不要了？妳只想跟爸在一起是不是？」

劉母默不吭聲，無動於衷，看都沒看女兒一眼。

劉儀文的眼淚奪眶而出。心灰意冷鬆開握著劉母的手，轉身拉著劉廷文回家。

劉廷文驚慌失措地喊：「姊，媽還在那裡啊，我們不帶她回去嗎？」

劉儀文不回答，淚流滿面強拉著劉廷文返家，堅持不肯再回頭。

幾個小時後，警察再次將劉母送回家裡，劉廷文才趕緊牽著劉母回房休息。

從那一天起，劉儀文再也沒和劉母說過話，也不願再去外面找劉母回來，這件差事落在了劉廷文身上。

有一天，劉廷文又從警局把劉母接回家，由於劉母光腳走了一大段路，腳上滿是塵土，也有好幾處傷口。劉廷文仔細爲劉母的雙腳清潔與上藥，劉母連眉頭都不曾皺過一下，彷彿完全感覺不到疼痛。

擦完藥後，劉廷文溫聲說：「媽，我去倒杯水給妳喝。」

他正要往廚房走去，幾個月沒說過話的劉母卻叫住了他。

他又驚又喜，馬上坐回劉母身旁，「媽，什麼事？」

劉母緩緩抬起頭，不帶一絲情緒地望著他，輕聲問：「你爲什麼要殺你爸爸？」

劉廷文整個人呆住了。

劉母說完後，不再看他，只是安靜地靠坐在沙發上，神情恍惚。

過了一個星期，劉母半夜又從家裡溜出去了。

這一次，劉廷文怎麼找都不見劉母的蹤影，趕緊回家通知劉儀文並報警。

清晨五點，警方通知他們找到劉母了。

兩人急忙和幾個鄰居趕到現場，只見劉母躺在馬路邊上，一塊白布蓋住了她的全身。

在劉父離開一年後，劉母也跟著離開這個世界。

失去父母的兩姊弟，不得不搬去和小阿姨一家同住。當時劉儀文被醫生診斷出罹患憂鬱症和厭食症，很長一段時間，她都把自己關在房間裡不吃不喝，拒絕與外界接觸，好幾次因爲營養不良而必須到醫院吊點滴。

小阿姨也有自己的孩子要照顧，少有多餘的心力能放在他們身上。很多時候，姊弟倆只能自己照顧自己，尤其碰到劉儀文狀況不佳的時候，照顧姊姊就成了劉廷文的責任。

眼看姊姊似乎步上母親的後塵，劉廷文惶恐又焦急，不敢輕易遠離她的身邊。就連早上去上學，他也會先跟在姊姊後面，看著她平安走進校門口，才放心前往自己的學校。

某天早上，劉廷文一如往常跟在姊姊的身後陪她上學，劉儀文忽然停下腳步轉過身，劉廷文以爲姊姊生氣了，沒想到她卻朝他伸出手。

「廷文，我們一起走。」劉儀文輕聲說。

劉廷文內心一陣激動，馬上奔上前握住她的手。

自那天之後，兩姊弟開始牽著彼此的手上學，唯有在弟弟面前，劉儀文才願意開口說話。對劉儀文而言，劉廷文是她僅存的家人，其他人都被她排除在外，這種心態令小阿姨一家很不高興，對待姊弟倆的態度也漸漸轉趨冷漠。

劉廷文即將小學畢業時，小阿姨便明確表示不想再繼續收養兩姊弟，其他親戚卻互相踢皮球，沒有人想接手，直到兩人的爺爺主動表態。

早已過世的劉奶奶曾經再嫁，這位姓孫的爺爺是劉奶奶的第二任丈夫，與兩姊弟實際上並沒有血緣關係。

孫爺爺一聽到消息，立刻從宜蘭趕到台東，毅然決然地帶著兩姊弟離開傷心地，去往宜蘭展開新生活。

所幸劉儀文的身心狀況隨著搬到宜蘭而有所好轉，她漸漸敞開心胸，展露笑顏。儘管孫爺爺年事已高，照顧兩個孩子頗爲吃力，但劉儀文和劉廷文都很懂事乖巧，祖孫三人相處融洽，每天都過得既開心又幸福。

爲了保護孫女和孫子不再因過去的事而受到傷害，孫爺爺決定讓兩人改從自己的姓氏，更名為「孫彤」和「孫黎」。

從此以後，這對姊弟便捨棄了過去的名字。

「爺爺，為什麼你要幫我取這個名字？有什麼特別的意義嗎？」孫黎提出疑問。

「當然有。『黎明』是太陽即將昇起的意思，就像你的笑容一樣。」孫爺爺摸摸他的頭，「爺爺希望，你以後可以繼續用這樣的笑容，帶給人溫暖，等你長大以後，要保護姊姊，不管發生什麼事，你都要像現在這樣笑著陪在她身邊，當你姊姊的太陽，知道嗎？」

孫黎點點頭：「嗯。」

那是他和爺爺的約定，也是爺爺賦予他這個名字的意義。

那段與孫爺爺共度的時光，是這些年來姊弟倆最感幸福的時候，只是這樣的美好日子，隨著三年後孫爺爺辭世，便走向了結束。

孫爺爺在睡夢中離開人世，幾乎沒有經歷痛苦，孫彤和孫黎所感受到的悲傷比先前父母離世時更甚，他們從孫爺爺身上所得到的愛，也遠比從其他人那裡得到的更加深刻。

當時孫黎國中剛畢業，孫彤也十九歲了，她沒有念大學，高中畢業就去工作了。親戚認為孫彤已經能夠照顧自己，所以想安排孫黎和外公外婆同住，卻遭孫彤拒絕，她不容許母親娘家的任何人將弟弟帶走，雙方因此發生了激烈的口角。

兩人的舅媽勸道：「儀文，外公外婆年紀大了，很想念廷文，也想彌補你們。」

「彌補？當年你們不就是因為我爸害死了我媽，所以不想看到長得有幾分像我爸的我們嗎？小阿姨一家就是用這種眼神看待我們的。這三年來，你們對我們不聞不問，現在卻突然說想把我弟接回去、想彌補我們？你們根本就沒想過我們的感受！」孫彤咬牙憤憤道：「我不會讓你們帶走我弟，你們沒有資格帶走他！」

「儀文，怎麼可以這樣說妳小阿姨？她沒有這樣，而且我們也是爲妳好啊，廷文年紀還小，妳一個年輕女孩子經濟狀況不穩定，還要照顧弟弟太辛苦了。」兩人的舅舅也說。

孫彤冷笑：「我弟弟就由我來養，用不著你們操心。我就算累死，也不會讓我弟去那裡看你們的臉色過日子，我們永遠不會分開，也永遠不會再去投靠你們。很抱歉，就當我們姊弟那時就已經死在我爸的刀下了吧！」

「妳講的那是什麼話？」舅舅氣得用力拍桌，從座位上跳起來，臉色鐵青地指著她大吼：「妳就是這樣沒大沒小、一點禮貌都不懂，當年妳小阿姨才會受不了。儀文，妳看看妳現在這副樣子，簡直跟妳爸一模一樣，霸道蠻橫，果然是父女！」

聞言，孫彤的臉色一秒刷白，整個人呆愣住，接著冷不防伸手將桌上的茶具全都掃落在地上，茶杯、茶壺應聲碎裂，茶水也流了滿地。

「我不是他！我跟那個人不一樣！別把我跟那個人扯在一起！我不是他女兒，我不是！」孫彤歇斯底里地瘋狂大叫，「別再叫我那個名字，我是孫彤！不是什麼儀文，不准再叫我那個名字，誰都不准再那樣叫我！」

親戚們沒想到她會突然這樣，都嚇得不敢出聲，孫黎趕緊衝上前抱住姊姊，在輕聲安撫她的同時，他也望著那些親戚，臉上沒有任何表情，漠然得就像在看一群陌生人。

「舅舅、舅媽，對不起。」孫黎開口，眼神和語調都十分冷靜，「請幫我轉告外公外婆，我沒辦法回台東，就算要回去，也是跟我姊一起回去。我們現在過得很好，請你們不必擔心，我會照顧自己，不會麻煩姊姊，更不會麻煩你們，請讓我們過自己的生活。」

見兩人心意已決，最後親戚們只得無奈離去。

孫彤像是被抽去了力氣，整個人癱坐在地上，臉頰爬滿了眼淚，失神地喃喃自語：

「我跟那個人不一樣，不一樣，我跟他才不一樣……」

孫黎蹲下抱住姊姊，用堅定的口吻道：「姊，妳跟爸當然不一樣，不要在意舅舅說的話，他根本不了解妳，我們沒有一個人像他，沒有半點地方像那個人。妳不是他。」

孫彤不斷抽噎，忽然用力抓向自己的臉，似乎想將自己那張臉扯下來，卻很快被孫黎攔下。他緊緊握著她的手，耐心等待她心情逐漸恢復平靜。

孫爺爺去世後，孫彤和孫黎決定斷開過去的一切，從宜蘭搬到台中，在市區租了一間房子相依爲命。孫彤努力工作，孫黎平時去學校上課，碰到週末或長假也會去打工，減輕姊姊的負擔。

那個時候，孫黎只想快點長大，實踐和爺爺的約定，保護好姊姊，不讓她再受到任何傷害。他想要向所有人證明，就算只有他和姊姊兩個人，也一樣可以過得很幸福，只要不再被過去打擾，只要不認輸，總有一天能撥雲見日。

捨棄過去，捨棄原先的名字，就是爲了能重新開始。

是孫爺爺教會他們領略生活中那些單純美好的小小幸福，於是他們約定好，今後他們將爲自己爭取快樂，爭取幸福，爭取繼續活下去的勇氣，永遠不向命運低頭。

「姊。」

看到孫彤拖著疲憊的身軀回到家，孫黎趕緊上前扶住她。

孫彤摸摸他的頭笑道：「我沒事啦，你也太誇張了。」

「妳又喝酒了嗎？」孫黎將她扶到客廳坐下。

「一點點而已，沒辦法，上司說客戶是我們的衣食父母，要是不應酬，生意做不下來。」孫彤癱坐在椅子上閉起眼睛，孫黎替她倒了一杯水，沒多久她又說：「孫黎，你幫我把地上那捆東西拿過來。」

孫黎走到門邊把掉在地上的紙筒撿起，她拆開橡皮筋，將那張紙攤開，那是一張海報，海報上古色古香的大阪城被一片盛開的櫻花樹包圍，襯著背後的藍天，美不勝收。

「妳怎麼會有這張海報？」

「經理本來把海報貼在辦公室牆上，看我很喜歡，她就大方送給我囉。」孫彤瞇著眼睛欣賞海報，「眞的好美喔，只要看著這張海報，心情就會好起來。」

孫黎沉默半晌，莞爾道：「姊，妳想去大阪嗎？」

「當然想呀，不光是大阪，日本其他地方我也想去。我想去大阪看櫻花，也想去北海道賞雪，如果能在那裡待一段時間就更棒了，這是我一直以來的夢想！」

「等以後我們存夠了錢，就一起去大阪玩吧。」孫黎提議。

「眞的嗎？可是我不會說日文耶。」

「沒關係啊，一堆人不會說日文還不是去日本玩。如果妳還是很擔心，我就去學日文。」

孫彤拍拍弟弟的肩，笑得像個小女孩一樣，「好啊，那就交給你囉。雖然我很笨，但幸好有一個會念書又聰明的弟弟，有你在，你姊就什麼都不用怕了！」

「那還用說，好啦，妳快去洗澡，早點上床睡覺，睡衣幫妳拿了，海報我等一下幫妳貼在房間裡。」

「謝謝你，親愛的弟弟！」孫彤伸手抱住他，快速在他臉上親了一下，便蹦蹦跳跳地走進浴室。

孫黎正準備把孫彤的包包和海報拿進房裡，突然聽見孫彤在浴室喊：「孫黎，你這罐白色的東西是什麼啊？」

孫黎腳步一頓，隨即走過去，平靜地說：「喔，那是我同學給我的，今天上體育課的時候被蟲咬，皮膚又紅又腫，而且還很癢，所以他把這罐藥借我擦幾天。給我吧。」

「沒事吧？聽起來好恐怖喔。」孫彤把藥罐交給弟弟，「如果明天還沒好，還是去醫院看一下比較好。」

「嗯。」孫黎收起藥罐。

在孫彤房裡的牆上找到合適的位置貼上海報後，他凝望著那片景色出神。

「孫黎，這請你！」葉如欣把一罐汽水放到孫黎的課桌，隨後在他前方空位坐下，打開手裡的另一罐汽水，豪邁地喝了一大口。

孫黎莞爾，「跟小胖他們打賭又贏了？」

「對啊。」她打了一個嗝。

「這一次是賭什麼？」孫黎闔上手中的日語會話書，也打開汽水啜了幾口。

「賭歷史老師什麼時候才發現他褲子拉鍊沒拉。」

孫黎差點嗆到，忙問：「他什麼時候發現的？」

「上一堂他在隔壁班上課的時候，有同學傳紙條提醒他，他臉紅得跟番茄一樣。」

孫黎忍不住哈哈笑出來，「如欣，你們眞狠！」

「哪會啊？他這個人這麼機車，要是平時，我早就舉手當著全班的面說了，這次已經很給他面子了好不好？」葉如欣一臉不以爲然。

「的確是。」孫黎點點頭。

兩人聊了一會後，有兩個女生從教室走廊經過，其中一個女生跟孫黎對上視線，臉色變得難看，快步拉著朋友離開。

葉如欣輕輕嘖了幾聲，「看我們的公主被你傷得有多深？事情都過去半年了，現在看到你還是跟看到鬼一樣。這樣也好，如果你還跟這種女生牽扯在一起，我根本不會理你。」

「所以一年級的時候，妳對我這麼冷漠，就是因爲這個原因？」孫黎恍然大悟，抬頭看了她一眼。

「對啊，畢竟物以類聚嘛，會跟公主在一起的能是什麼好東西？幸好你最後終於明辨是非，回頭是岸。」葉如欣半開玩笑地說，「欸，不過說眞的，你好像從來都沒問過我之前爲什麼會討厭你，難道你不好奇啊？」

「不好奇，喜歡一個人或討厭一個人，本來就不需要理由。要是每天想著誰喜歡我、誰討厭我？爲什麼他喜歡我？爲什麼討厭我？豈不是把自己累死？」

「嗯，也是啦。」葉如欣想了想，點頭同意他的說法。

然而下一秒孫黎卻微笑看著她說：「不過那個時候，我倒是很喜歡妳喔。」

「噗！」這次換葉如欣差點被汽水嗆到，她驚訝地瞪大眼睛，「眞的假的？你該不會對我有意思吧？」

「不是啦，雖然妳當時討厭我，但我反而很欣賞妳的個性。」

「我的個性怎樣？」她眉頭微蹙。

「嗯，就是……很眞。」孫黎思考合適的用詞。

「很眞是什麼意思？」

「就是妳這個人很眞性情，心裡想什麼就說什麼，想生氣就生氣，想大笑就大笑，想大哭就大哭，而且從不在乎別人的想法，這不是每個人都能做到的。」

「爲什麼我總覺得你拐了彎在罵我啊？」葉如欣斜睨他一眼。

「當然不是，我可是眞心讚美妳。」

葉如欣輕輕笑了一下，不經意注意到他的衣領裡透出一塊白色貼布，便問：「對了，你的傷怎麼樣了？」

「沒事，瘀青差不多快消失了。」孫黎語氣平淡。

「你昨天不是有去藥局買藥，有擦嗎？」

「有，妳放心，一點小傷而已，很快就好了。」孫黎微笑。

「那就好。你最近好像很常受傷，是不是打工時傷到的？」

「嗯。」

「小心一點啦，身體要緊，錢再賺就有，不然你後悔也來不及！」說完，她拍拍孫黎的肩膀，起身走開。

葉如欣最後那句話，讓孫黎不禁陷入了沉思。

每當他思及自己這輩子做過最後悔的事是什麼，答案永遠只有一個。

他最後悔的並非年幼時誤殺了父親，也不是當年沒能及時找到母親，讓她死於車輪下……而是兩年前他沒有阻止舅舅對孫彤說那些話。

如果時間可以倒轉，再回到那個時候，不管發生什麼事，他都不會讓舅舅說出口。

死也不會。

深夜，孫彤帶著一身酒意，醉醺醺地回到家中。

孫黎扶著她坐到沙發上休息，並爲她脫鞋。

孫彤兩眼迷濛，嘴裡不斷哼著歌，約莫一分鐘後突然打開包包翻找，拿出一瓶繫上蝴蝶結的酒。

「孫黎，我帶了禮物回來！你看，這是高級紅葡萄酒喔，聽說一瓶要三千多塊，經理超大方的，送我們每人一瓶耶！你要不要喝喝看？」

「不了，我不喝。姊，妳還能走路嗎？我扶妳回房間。」

「嗯，等一下。」孫彤滿臉通紅，又從包包裡抽出手機，「對了，你幫我看一下手機好不好？不知道是哪裡出了問題，都聽不到聲音。」

「好，我幫妳看。妳先坐著休息，不然等等又要吐了。」孫黎坐在另一邊的沙發上，低頭檢查孫彤的手機。

孫彤卻搖搖晃晃地起身，找出開瓶器，把手上那瓶酒給打開了。

「嘿，孫黎，我跟你說，今天公司聚餐的時候，經理把她女兒也帶來了。她女兒跟我一樣大，今年大三，既漂亮又聰明，而且還有一個超帥氣的男朋友，不像我，上星期又被甩了！」說著說著，她打了一個嗝，「那女生從小就很受寵，家裡又有錢，每年全家都會出國玩好幾次，上個月她才跟她爸爸去羅馬，下個禮拜又要去南非，她還跟我說，日本她已經去到不想再去了，呵呵！」

孫黎沒有接話，繼續試著找出她的手機是哪裡出了問題。

沒過多久，孫彤又自顧自道：「你知道她的二十歲生日禮物是什麼嗎？是一台賓士！每次她來我們公司，都穿得好像模特兒。她知道我跟她一樣大，就跑來找我聊天，問我爲什麼沒念大學？說這樣好可惜。她還問我爲什麼不跟爸媽多要一點生活費？這樣就不用這麼辛苦工作了。之後又問我住在哪裡？爸媽在哪裡？爲什麼不跟他們一起住？」

孫彤舉起酒瓶對著嘴喝，幾滴酒液沿著她的嘴角流下。

「我只有告訴她，爸媽早就死了，她很驚訝，其他的我什麼都沒說唷，什麼都沒說。」她又喝了一口酒，笑嘻嘻地道：「我沒有跟她說，我爸是被我弟殺掉的，然後我媽是因爲我爸死掉，所以才跟著去死！我沒有說，一個字都沒說喔，這是祕密，對吧？」

孫彤將食指貼在嘴唇上，發出「噓——」的聲音。

孫黎頓時停下動作，卻依舊沒有作聲，也沒有反應。

就在這時，孫彤走到他身後，趴在椅背上，看著他咕噥道：「欸，孫黎，你會不會覺得這世界很不公平啊？我跟那女生同年紀，生日就只差一天，差一天而已喔，可是爲什麼命運會差這麼多呢？爲什麼她不用花費半點力氣就能擁有我想要的一切？上天眞的太不公平了，對吧？」

沒能得到孫黎的回應，她有些不悅地噘起了嘴，直起身子喃喃道：「不過啊……這世上本來就有很多讓人想不透的事，就像我始終想不透，當年媽爲什麼不要我們，寧可被爸打個半死，也不肯離婚，甚至不惜跟他一起死。她應該要保護我們不是嗎？身爲一個母親，應該要保護她的孩子才對啊……還有，我爲我男朋友做這麼多，他說東，我就不敢往西走，什麼都聽他的，就怕他會不要我，可是最後他卻還是離我而去，這到底是爲什麼呢？爲什麼他們都要丟下我？爲什麼其他人都能得到的東西，我卻一樣都無法擁有？我眞的怎麼想都想不通啊！」

她停頓半晌，轉頭看著孫黎，竟小聲笑了起來，「但是……最讓人百思不得其解的，應該是殺死爸媽的兇手，現在居然好端端地坐在這裡呢！」

說完，孫彤舉起酒瓶，將紅酒從弟弟的頭頂澆了下去……

「爲什麼你殺死爸不夠，還要連媽都一起殺掉呢？嗯？爲什麼？」她依舊笑個不停，「你眞的好厲害啊，殺了兩個人，依舊可以活得好好的！」

等到酒瓶裡的酒液都倒完，孫彤將空瓶丟在地上，發出哐啷一聲巨響。

之後她宣稱自己要去洗澡，搖搖晃晃地走進浴室。

孫黎靜靜坐在原處，上半身的衣服幾乎全被紅酒澆溼。

他緩緩將孫彤的手機放在桌上，幾滴紅酒還不斷從他的髮梢滴落，落在他的臉上，以及他的手上。

他的目光落在自己的手掌心，頓時瞳孔一縮，彷彿看到手上沾的是鮮血。

就像當年父親所流的血。

某個週末晚上，孫黎打完工後回到家，客廳地上竟是一片凌亂，滿是玻璃碎片。他立刻衝進孫彤的房間，裡頭卻空無一人，他注意到自己房間的門是敞開的，於是又跑了過去，果然在書桌瞥見孫彤的身影。

孫黎鬆了一口氣，連忙喊她：「姊！」

聽到弟弟的聲音，孫彤像是終於回過神來，茫然地扭頭看向他。孫黎走到她身邊，關切地問：「怎麼了，是不是發生了什麼事？」

孫彤握住他放在她肩上的手，定定地看著他：「孫黎，我問你一件事，你一定要老實回答我。」

「什麼？」

「這些日子，我喝醉酒的時候……」她輕聲問：「是不是動手打過你？」

孫黎心中一驚，卻沒讓她看出來，一如往常地微笑：「妳在說什麼？妳怎麼可能會做這種事？」

「那這些是什麼？」孫彤拉開抽屜，裡頭放了許多藥罐和貼布，「只是單純的打工，會弄出這麼多傷嗎？需要用到這麼多藥嗎？」

孫黎一時語塞。

「從頭到尾都跟打工無關，是因爲我，你才會受傷，對吧？」她聲音顫抖，眼眶泛紅，「是我一直在傷害你，沒錯吧？」

他還來不及回答，就看到孫彤迅速起身要衝出房間，他急忙從背後抱住她，「姊，妳冷靜一點，聽我說好嗎？」

「我跟那個男人一樣，我居然做出跟那個男人一樣的事！我居然……用他對待媽的方式對待你！」孫彤崩潰了，歇斯底里地痛哭失聲：「爲什麼？這些年我努力了這麼久，就是希望可以擺脫他的影子，讓那場噩夢從我的生命裡徹底消失，不再繼續對我們造成傷害。可是爲什麼我不但擺脫不了他，反而還變成跟他一樣的施暴者？爲什麼？爲什麼？我——」

「姊！」孫黎大吼，「拜託妳先冷靜下來好嗎？」

孫彤全身癱軟，倒在他懷裡不斷抽噎。

孫黎深呼吸，在她耳邊低聲說：「姊，妳只是這陣子工作太累，再加上這幾年來，妳一直很努力想扮演好姊姊的角色，攬了太多責任在身上，給自己太多壓力，才會有時候突然情緒不穩。那很正常，不代表妳跟他一樣，妳不是他，知道嗎？」

孫彤搖搖頭，淚流滿面，「其實……早在舅舅對我那些話的時候，我就該明白的，我確實就跟那個男人一樣……一模一樣，儘管我多麼不願意，多麼害怕會變成那個人。

不管再怎樣切割，我身上流著他的血，這是永遠都不會變的事實，我永遠都是那個劉儀文……」

「姊，我們說好了，不管發生什麼事，都不會向命運低頭，妳記得吧？」孫黎問。淚眼朦朧的孫彤抬頭看向弟弟，孫黎伸手爲她擦掉眼淚，柔聲道：「如果妳害怕，那就承認自己害怕；如果不知道該怎麼辦，我們就去找醫生幫忙，這不是什麼可恥的事。只要姊想振作起來，很多人都會幫妳，我也會一直在妳身邊，所以不要再責怪自己了，這不是妳的錯，明白嗎？爲了活下去而坦白內心的脆弱跟不安，這樣的行爲並不懦弱。」

孫彤緊緊抱住弟弟，不斷哭著向他道歉。

察覺自己酒後數次向孫黎施暴，爲孫彤帶來極大的打擊，導致她憂鬱症復發，就連厭食的毛病也跟著出現，不得已只能住進醫院，孫黎一下課就會趕去醫院照顧她。待情況好轉出院後，孫彤仍不定時主動找精神科醫生看診，並且戒酒、辭掉工作，換到另一個環境重新出發。

雖然這趟療癒之路並不好走，而且路途漫長，孫彤除了要忍受內心的情緒低潮，更要忍受酒精戒斷症狀，但她不想放棄，她想要彌補孫黎，好好珍惜她唯一的弟弟。而爲了監督自己不再犯下同樣的錯誤，孫彤甚至瞞著孫黎，偷偷請人在家裡裝了監視器。

唯有這麼做，孫彤才能安下心來，否則弟弟就算遭遇了什麼事，也絕對不會告訴她，因此她只能用這種方式保護弟弟，也保護自己。

她發誓，從今以後，她要當個最好的姊姊，她要戰勝煎熬，戰勝痛苦，戰勝心魔，戰勝所有阻擋在她和孫黎面前的種種困難，重拾幸福。

她一定要做到。

九月初的某個下午，陽光照亮了整片校園，就算待在社辦也不需要開燈。

孫黎把幾本新進的天文期刊放進書櫃，收拾好後，又隨手抽出一本站在書櫃前翻閱起來，直到聽見一陣輕微的聲響。

孫黎不經意地抬起頭望向門邊，瞥見一名陌生的女孩站在那裡。

他凝視著她好一會，笑著開口：「妳是新生？」

一見她點頭，孫黎便邀請她進來參觀。

女孩仔細觀察四周環境與陳設，陽光照亮了她白皙小巧的臉蛋，徐徐微風輕輕吹拂起她的髮梢。女孩很安靜，眼神也很沉靜，那股不屬於這個年紀的特殊氣質，深深吸引住孫黎的目光。

經過幾句閒談，孫黎發現女孩和他一樣，對太陽系有興趣，便用粉筆在黑板上畫了一幅太陽系給她，後來得知她是日文系的學妹，頓時更有種親切感。

過沒多久，學弟蕭亦呈也過來了，他才終於知道這個女孩的名字。

柯晴伊。

「喂，大樹，你昨天又工作到天亮啊？」陳皓然推了推趴在社辦桌上補眠的孫黎。

「嗯……」孫黎低聲說，「沒事，我睡個十分鐘就好了。」

「哪有人一連幾天白天有課、晚上還值大夜班啊，你以爲你是金剛不壞之身？」陳皓然蹙起眉頭，接著突然想到一件事，便又笑著推了下他的肩膀，「欸，我問你，你有沒有看過小草學妹的筆袋？跟你的一模一樣，只不過她的是粉紅色的，你們還挺有默契的嘛！」

孫黎沒有立刻接話，隔了半晌才說：「那不是你給她的嗎？」

「啥？」

孫黎緩緩睜開眼睛盯著他看：「晴伊的筆袋，是你送的吧？」

「你在說什麼，我怎麼一個字都聽不懂？」陳皓然別過視線。

孫黎嘆了一口氣，無奈地說：「你也稍微適可而止，這樣會給晴伊造成困擾的。」

「奇怪，你這小子今天怎麼總說一些我聽不懂的話？不管你了，我要閃了！」陳皓然索性裝傻到底，卻在步出社辦的前一刻，回過頭冷哼一聲，「你給我差不多一點，別老是口是心非！」

孫黎先是一愣，之後不禁苦笑，同時想起昨天和柯晴伊在公園散步時，她對他說過的話……

「我從不覺得誰對誰好，是一件理所當然的事，也不曾認爲誰喜歡著自己、愛著自己，會是天經地義。在這世上，沒有任何一個人是應該要對誰好的，無論手足、朋友，還是情人之間，都不該將其視爲理所當然。包括父母對自己的親生孩子。」

這番話深深烙印在孫黎的心中，他很驚訝柯晴伊會說出這番話，也好奇她究竟經歷過些什麼，才會產生這樣的感觸。

和柯晴伊相處的這段日子裡，她經常令他感到意外，外表純真青澀，言談與神態卻不時流露出若有似無的成熟，他忍不住暗中觀察這個女孩。

他幾乎沒聽她抱怨過任何事，就算碰到麻煩，她眉頭也不會皺一下，做的永遠比說的多，做事總是全力以赴，而且心思細膩，懂得注意別人的臉色，也會主動關心身邊的人。

曾幾何時，他開始想要更了解她，想透過她的眼睛，知道她是怎麼看待這個世界。他漸漸意識到，自己對這個學妹有了莫名的在乎。

他開始期待見到她，聽到她的身世會爲她心疼。

當沉重的現實將孫黎壓得喘不過氣，或是從前的黑暗記憶再度浮現，讓他整個人疲憊不堪時，他便會想起柯晴伊，想起她擔心地望著他的模樣，想起那股柚子茶香，想起她喚他名字時的聲音。他想看見她的臉、她的笑，想在有她的地方歇息停靠。

想要將她擁入懷中。

一走進醫院，孫彤立刻衝進其中一間診療室，看見弟弟頭上纏著紗布，她嚇得臉色發白。

「孫黎，你的頭怎麼了？發生什麼事？怎麼會這樣？怎麼——」

「好啦，姊，妳先別緊張，冷靜一點。」孫彤的反應讓孫黎失笑，拉著驚慌失措的她坐下，「我沒事，只是下班的時候不小心被木板砸到頭，受了一點小傷而已。」

「被木板砸到頭？你不是在便利商店打工嗎？怎麼會被砸到？」

「超商隔壁不是在改建房子嗎？好像是工人的疏忽，木板掉下來剛好砸中我。」孫黎開玩笑道，「姊，回家路上順便買張樂透吧，搞不好會中喔。」

「都什麼時候了你還有心情開玩笑？」孫彤輕拍了他的肩膀，接著趕緊詢問坐在對面的醫生：「醫生，我弟弟怎麼樣，傷勢嚴不嚴重？」

「嗯，沒有大礙，回去多休息就好。」醫生安撫孫彤。

聞言，孫彤總算放下心來，離開診療室後，她又問孫黎：「那個工人在哪裡？他害你受傷，都沒有一點表示嗎？」

「喔，是他送我來醫院的，他主管也跟我道歉了，還送了我兩箱水果呢，妳看，就在那，所以我們這幾天都不用買水果了，就連醫藥費都是他們付的，算很有誠意了。」孫黎依舊笑吟吟，「姊，不好意思，還讓妳提早下班從公司趕來。」

「講這什麼話？要是你沒通知我，你就準備倒大楣了！」孫彤橫他一眼，之後卻是眼眶一紅。

孫黎為她抹去眼角的濕意，笑道：「姊，怎麼了？醫生不是說我沒有大礙嗎？」

「可是我還是嚇到了啊，萬一你出了什麼事，要我一個人怎麼活下去啊？」孫彤的眼淚越掉越凶，氣急敗壞地說：「你幹麼一直去打工啊，就跟你說我有賺錢可以養你嘛，每次看你這麼累，我很心疼耶，快點把打工辭掉啦！」

「好啦好啦，這陣子我會暫時少排一點班，多在家休息。」孫黎攬著她的肩，「我也是心疼妳，不想看妳這麼辛苦，想說能多賺一點生活費是一點啊。」

「我寧可你平平安安！」孫彤吸吸鼻子，沒好氣道：「這幾天不准出去打工。」

「好。」他無奈一笑，「對了，姊，妳這麼急著從公司趕來，有沒有把家裡鑰匙帶回來？」

聞言，孫彤先是一愣，隨後迸出一聲慘叫。

孫黎莞爾，「就知道妳忘了，妳這種迷糊個性到底什麼時候才能改啊？上次妳也忘記餵鈴鈴就出門了。」

「我、我又不是故意的，還不都是你，我是被你嚇到，才會忘了帶鑰匙！」

「好啦，對不起。」孫黎無意與姊姊爭辯，話鋒一轉，「姊，今年快過完了吧？」

「是啊，怎麼了嗎？」孫彤不解地眨眨眼。

「我有一個驚喜要送妳，請拭目以待。」

「賣什麼關子啊？快點說啦！」孫彤眼睛一亮。

「不行，現在說就沒意思了，等時候到了再跟妳說。」

「什麼嘛！」孫彤推了他一下，忍不住笑了。

回首過往，孫黎就覺得自己似乎已經走了很長的路。這條路遍布荊棘，顛簸崎嶇，但他始終相信，只要不放棄，總有一天會走完這一段路，然後看見光，看見希望，看見未來。

但他的決心，卻在這一次受傷後，開始產生動搖。那片黑暗，常會突襲他的思緒，遮住前方的路，讓他找不到方向，不知道該怎麼走下去，也看不見未來在哪裡。

他知道自己只是有點累了，也知道自己該停下來喘口氣了。多年來，他早已習慣處理這些情緒，忽略那些如鬼魅般的陰影，只是現在，他卻發現自己需要更多的勇氣，更多的努力，以及更多的信任。

「晴伊，妳覺得我還能撐下去嗎？」有一次，他開口問了女孩。

沒有詳述前因後果，他幾乎是不自覺地脫口而出。

聽到這句問話，柯晴伊抬頭看著他，沒有思考太久便說：「嗯，不過學長你把自己逼得太緊了，賺錢固然重要，可是身體健康更重要，你一定要適時休息，才能做更多事。」

「所以，妳相信我可以？」

「我相信。」她說，語氣肯定。

孫黎心頭一震，低頭對上那雙澄澈的眼睛，她的眼中沒有一絲懷疑。

一股暖意驀地湧上胸口，儘管女孩並不明白他話裡眞正的意思，她全然的支持與信任還是讓他不自禁地揚起了嘴角。

女孩不會知道，她的話語和眼神，瞬間驅散了他前方的黑暗。

「什麼?」孫彤瞪大眼睛,「你說什麼?再說一次?」

「我說,我們一起去大阪,旅費我已經搞定了,機票和飯店也訂好了,下個禮拜六出發,今年我們一起去日本過年吧。」孫黎笑著對她說。

「這……這是眞的嗎?」孫彤依然不敢置信,「我們眞的可以去日本了?而且還可以在那裡過年?」

「是眞的,這就是我爲妳準備的驚喜。這陣子要快點辦護照了,不然到時候我可不管妳喔。」

「耶!」孫彤欣喜若狂,「我不是在作夢吧?我眞的可以去日本了,可以親眼看到大阪城,天啊,好開心喔!謝謝你,我好感動喔!姊姊愛死你了,眞的!」

說完,她緊緊抱住孫黎,激動到眼角都有淚了,

「好啦,我知道,妳記得把要帶的東西先列出來,免得漏掉。」

孫彤再度迸出一聲歡呼,興高采烈地奔回房間。

見孫彤如此開心,孫黎也跟著笑了,他輕吁一口氣,閉上眼睛靠在沙發上,聽著姊姊在房裡唱歌的聲音,嘴角的笑意始終不減。

出發前一天早上,孫彤特地去見精神科醫生,並告訴醫生,她明天就要去日本旅遊了。

「妳弟弟帶妳去嗎？眞好。」醫生莞爾，「他今天還在工作嗎？」

「嗯，他說還想再多賺一點旅費。」

「這麼拚呀？妳弟弟對妳眞好，換作是我弟，就絕對不會爲我準備這種驚喜。」

孫彤微微一笑，「其實，我也很意外，沒想到他一直都惦記著這件事，辛苦打工賺錢，就爲了帶我去日本。他一直都很包容我、照顧我，我卻什麼都不能給他，也不曉得該怎麼報答他，我眞的很想做個好姊姊，彌補這些年我帶給他的傷害。」

「妳這麼說就太見外囉。」醫生柔聲道：「這些年來，妳也非常努力不是嗎？妳的快樂和妳的健康，對妳弟而言就是最好的禮物，妳已經跟以前的妳完全不一樣。只要妳持續保持愉快的心情，那些過去就不會再對妳造成影響。」

「嗯，我知道了。」

從診間離開後，孫彤買了幾樣菜回家，想煮點消夜給孫黎吃。在等待孫黎回來這段期間，她想到之後會有好幾天不在家，便動手清掃家裡，清掃得差不多後，她突然想起一件事。

先前她偷偷把監視器架設在客廳隱密處，由於工作忙碌，她有一段時間沒看過換下的帶子了，她決定趁這時候把帶子拿出來看。

她坐在電腦桌前，逐一快轉檢視這幾個月錄下來的影片，大致上都沒什麼問題，換了另一卷帶子又看了一會後，她笑了笑，正準備關掉，下一幕畫面卻讓她停下動作。

一名醉醺醺的女子拿著一瓶酒走進客廳，不時仰頭灌下一大口酒，過沒多久，孫黎出現了，女子突然扯住他的衣領，像是在說些什麼，接著女子將酒瓶裡剩下的酒全都倒在地上。

孫黎扶著女子坐到沙發上，然後他蹲跪在地上清理酒漬，然而女子卻冷不防起身走到他的背後，舉起手中的空酒瓶朝他的後腦勺狠狠砸落……

孫黎撫著後腦，倒在地上久久不能起身。

女子卻不斷拍手，像是很開心的樣子，監視器的鏡頭清楚拍到了女子的臉。

那名女子正是孫彤。

看完這段影片，孫彤整個人都呆住了，雙眼空洞無神。

她注意到畫面上顯示的日期，就在幾個星期前，就是孫黎經過工地被木板砸傷的前一天，可是隔天去到醫院，孫黎卻告訴她，他是當天才被砸傷的……

她最親愛的弟弟，是這麼跟她說的。

「是的，當時是您的弟弟要我隱瞞您這件事，他說，您身體不太好，不能受到太大的刺激。」

孫彤再次去到醫院，找到當時爲孫黎診治的那位醫生，在她的執意追問之下，醫生才有些爲難地吐露實情。

孫彤愣愣地開口：「所以，我弟不是被木板砸到的，對嗎？」

「診斷報告上，顯示他是遭到鈍物重擊，所以有輕微腦震盪的現象。他是等到受傷隔天才過來看診。遭受到那樣的重擊，照理來說一定非常痛，但他卻忍了這麼久……」

孫彤沒再多問，緩步離開醫院。

她想起來了，那一天，她和幾個朋友出去吃飯，因爲開心，忍不住小酌了幾杯。

當時的她，已經從憂鬱症中漸漸康復，她感覺得出自己變了、進步了，跟以前不一樣了。有了朋友和弟弟的陪伴，她終於從那片黑暗中慢慢走出來。

她以爲她走出來了。

這幾年的每一天，她都希望自己可以忘記舅舅對她說的話。

當年就是因爲舅舅的那句話，再一次在孫彤心中埋下恐懼的種子，從此以後，她的內心深處，每分每秒都爲了這句話而恐慌。但她越是在意，越是害怕，就越把自己推進無底深淵，當她發現自己居然做出和父親一樣的事，她徹底崩潰了。

這些年來，她這麼努力，就是想證明舅舅說的話是錯的，她想要證明給每個人看，她和她的父親不一樣。她以爲自己已經不一樣了。

「這些年來，妳也非常努力不是嗎？」

「只要妳持續保持愉快的心情，那些過去就不會再對妳造成影響。」

孫彤整個人無力地靠在牆邊，動彈不得。

「可是我還是嚇到了啊，萬一你出了什麼事，要我一個人怎麼活下去啊？』

「我眞的很想做個好姊姊，彌補這些年我帶給他的傷害。」

這些年的努力，在那短短一瞬間，就輕易成了泡影。

她終於明白，自己這輩子註定是什麼樣的人。

「是我一直在傷害你，沒錯吧？」

她這輩子就是個和父親一模一樣的人。

「超商隔壁不是在改建房子嗎？好像是工人的疏忽，木板掉下來剛好砸中我。」

「喔，是他送我來醫院的，他主管也跟我道歉了，還送了我兩箱水果呢，妳看，就在那，所以我們這幾天都不用買水果了，就連醫藥費都是他們付的，算很有誠意了。」

「他是等到受傷隔天才過來看診。遭受到那樣的重擊，照理來說一定非常痛，但他卻忍了這麼久……」

淚水淌下，孫彤淒然地笑了。

「笨弟弟……」她又哭又笑，「爲了演這場戲，還專程跑去買水果，就爲了不讓我發現嗎？」

直到這一刻，孫彤才後知後覺地醒悟過來，以孫黎的個性，受了那樣的傷，不可能打電話主動通知她。他什麼都不會說，除非她自己發現，他才會說出來。

他之所以這麼做、編織出那些謊話，就是爲了不讓她察覺任何的不對勁。

全是為了她。

「姊姊，我上次那張畫得了第一名！」

「姊，我跟妳說，這本書上寫，宇宙可能存在第二個地球耶！」

「就算要回去，也是跟我姊一起回去。」

「沒關係啊，一堆人不會說日文還不是去日本玩。如果妳還是很擔心，我就去學日文。」

「姊，我們說好了，不管發生什麼事，都不會向命運低頭，妳記得吧？」

「妳不是他，知道嗎？」

「今年我們就一起去日本過年吧。」

孫彤失聲痛哭，壓抑的情緒在這一刻徹底潰堤。

她曾發過誓，會讓他們姊弟倆得到幸福，她會保護弟弟，讓他不再擔心受怕，但她不但沒能做到，反倒讓她最重要的弟弟再次活在相同的地獄裡。

她永遠都沒辦法彌補孫黎，只會不斷傷害他，只要她還活在這世上一天，這場悲劇就永遠都不會結束。

孫彤拿起包包，扶著牆慢慢站了起來。

走在路上，她抬起頭，看到遠方天空的紅色夕陽，一時之間，目光就這麼停住了。

那是她看過最美的夕陽。

「以後我們說不定可以去另一個地球看看，到時候姊想不想住在那裡？」

孫彤揚起淡淡的微笑。

這一刻，她彷彿看見弟弟向她展露笑顏，她忍不住輕聲低喃：

廷文，對不起。

姊姊要先走一步，去到另一個地球了，去看看那裡是不是跟我們住的這個地球一樣，有陸地，也有大海，是不是也能看到美麗的夕陽？

廷文，對不起，不要生姊姊的氣唷。

姊姊答應你，會一直保護你，這一次，姊姊一定會做到，再也不會騙你了。

姊姊發誓，一定會遵守我們的約定，永遠永遠地守護你……

廷文，姊姊最愛你了。

第七章

思。

miss

那是他們最想回去的日子，所有人都還聚在一起，一起開心大笑，最為美麗的日子。

屬於六個人的幸福時光。

下午三點的咖啡廳人聲鼎沸，唯有一桌始終安靜，對坐的兩個人，連送上桌的飲料都沒有動過。

「喂……如欣。」十分鐘後，孫黎露出求饒的苦笑，「拜託妳別再只瞪著我看了，這樣我很害怕耶，妳說點什麼吧。」

葉如欣雙手交叉環在胸前，依舊冷冷地看著他。

孫黎又說：「巧巧姊說這家店的冰咖啡很好喝，快點嘗嘗看，不然冰塊就要融了。」

「你現在最好別說廢話。」葉如欣總算出聲，雙眼微微瞇起，「我還在想要用哪一句最惡毒的髒話來問候你，問候完，再把你丟到隔壁的動物園餵鱷魚。」

「對不起啦，如欣，我知道妳很生氣，不過我——」孫黎還沒說完，葉如欣就突然用力拍了一下桌子，發出一聲巨響，引得其他客人都往這裡看過來。

「如果今天不是我剛好打電話到巧巧姊家裡，而且又剛好是你幫忙接聽電話，你是打算到民國幾年才肯跟我聯絡？」葉如欣語氣尖銳。

「所以我不是乖乖聽妳的話，在高雄等妳，沒有逃走嗎？」孫黎莞爾，「對了，聽說妳有個女兒，叫什麼名字？」

「孫先生，我可是努力忍住不要把咖啡往你臉上潑，你還敢嬉皮笑臉啊？」葉如欣破口大罵，「你最好給我解釋清楚，這六年到底死哪去了？爲什麼直到現在才突然出現在陳皓然家？」

「這個……說來話長。」孫黎再次苦笑，「亦呈跟我說了皓然學長的事，所以我才從台北過來一趟。」

「亦呈？好啊！這小子知道你的下落，卻沒有立刻通知我，他死定了！」葉如欣氣得朝空中揮了一拳。

「妳不要怪亦呈，我也是上週末才跟他見到面，是我請他先不要說的。而且我第一個碰到的人也不是他，是晴伊。」

「小草？」葉如欣一臉愕然，「爲什麼？什麼時候？你們是怎麼碰到的？」

「我跟晴伊在同一棟大樓上班，兩個月前偶然遇到的。」

「那小草怎麼沒跟我說？」

「她應該是想等時機成熟再告訴妳吧。與她碰巧遇上時，我看得出她受到很大的衝擊，心情應該也很亂，所以她也是過了一段時間，才把遇見我的事告訴亦呈。」

聞言，葉如欣臉色微微一黯，「也是，再加上陳皓然病逝前跟她說了那件事，然後你又突然出現在她面前，她當然心情會亂。」

「皓然學長跟她說了哪件事？」

葉如欣用吸管攪拌咖啡裡的冰塊，「陳皓然告訴小草，你以前喜歡過她。」

這次換孫黎陷入了沉默。

「你走了之後，很多事情小草都知道了。」葉如欣嘆氣，「我當初還因爲太氣你，就把你和公主的事告訴她，就是要讓她看清你的眞面目，讓你在她心中的完美形象破滅，唉。」

「公主？」

「就高二時跟你在一起的那個公主學妹啊，當時她不是跑到頂樓說要跳樓？然後你就直接叫她跳下去。其實當時我人也剛好在那裡啦，所以我全都聽到了。」

葉如欣說完，孫黎整個人呆愣，最後迸出一聲笑，竟是笑到不能自已。

葉如欣蹙眉，「你會不會笑得太誇張了，有這麼好笑嗎？」

他摀著嘴巴，還是掩不住嘴角的笑意，「都十一年前的事了，妳居然還記得這麼清楚，連我都忘了。」

「做出這麼狠的事，不但沒有半點愧疚，還忘得一乾二淨，你就等著遭天譴吧！所以我才說要讓小草看清你的眞面目，你以前就是這樣傷女孩子的心，好讓小草從此討厭你，不必爲你這種人傷心難過。」葉如欣撇嘴。

「抱歉，我眞的不是故意的，只是不曉得爲什麼，一想到那件事就會很想笑……」

「現在你知道當年你和公主有多幼稚了吧？」她挑眉。

孫黎點點頭，又笑了一陣，連眼睛都笑瞇了。

看著此刻笑得像個孩子的孫黎，葉如欣的嘴角不禁跟著漸漸揚起，鼻頭卻微微發酸。

「孫黎，我問你，你還喜歡小草嗎？」

孫黎一頓，看著桌上的咖啡，深吸一口氣，沒有回答。

「你這樣是默認嗎？」

「只是不曉得該怎麼回答。」

「少迴避問題！喜歡就喜歡，不喜歡就不喜歡，有這麼難回答嗎？」

「對我而言，很難。」孫黎靜靜望向她，「已經六年了，如欣。如果是六年前，我可以很肯定地回答。我本來認爲自己沒什麼變，直到再次遇見晴伊，我才發現自己終究還是變了。這些年來，我已經習慣把謊話當成實話，把實話當成謊話。我會對自己誠實，也會對自己撒謊，久而久之，連我都搞不清楚自己心裡想的跟嘴巴上說的，到底哪一個才是眞的？不是想敷衍妳，但現在的我，確實不曉得怎麼回答這個問題。」

「你一直都是這樣？」葉如欣一怔，「爲什麼？」

「爲了生存。每天早上醒來，發現自己還在呼吸的時候，我就得這麼做。」孫黎的語氣雲淡風輕，對葉如欣溫柔一笑，「因爲這樣，我現在才得以坐在這裡和妳一起喝咖啡啊。」

葉如欣一時無法言語，窗外灑進來的陽光映照在孫黎的臉上，讓他的笑在這一刻看起來更加燦爛。

「大樹乾爹！」

在家門口玩耍的陳黎，一見孫黎從巷口走進來，便開心地朝他奔過去。

孫黎抱起他，「來，小黎，跟如欣姊姊打招呼。」

「還姊姊咧，我連女兒都有了，早就是阿姨了啦！」葉如欣笑罵，輕揉了下陳黎的圓潤臉蛋，「小黎，好久不見，有沒有想如欣阿姨？」

「有！」陳黎答得精神奕奕。

葉如欣很滿意，「就知道我們小黎最乖了，阿姨有買糖果給你，要不要吃？」

「要！」陳黎從孫黎身上爬下來，接過她手上的一盒牛奶糖，興高采烈地跑回屋裡大喊：「媽媽，如欣阿姨來了，她還給我一盒糖果！」

巧巧聞聲走到門口，看到他們立刻笑了：「如欣，最近過得好嗎？小寶貝沒一塊來？」

「沒有，因爲今天是臨時起意過來，下次我再帶她來跟小黎玩。」葉如欣打量巧巧的身形，關切地問：「妳好像比我上次看到更瘦了點，是不是這陣子照顧孩子太累了？」

「妳別操心，小黎這孩子活潑好動，我每天都得追著他跑，想不瘦都難哪！」巧巧笑道。

「這小鬼跟他老爸越來越像了，妳得好好管教，不然長大了也像他爸一樣老愛到處亂跑，那還得了？」葉如欣故作憂慮。

「對啊，我也好擔心喔，怎麼辦？」巧巧也配合一搭一唱，兩人相視而笑，巧巧接著問：「這麼多年不見，你們剛剛應該找個地方坐下來敘敘舊了吧？」

「唉，我差點就被如欣丟到動物園餵鱷魚了。」孫黎一副心有餘悸的模樣。

葉如欣瞪他，「你現在還能活著站在這裡說話，就該謝天謝地了，你欠的帳我以後再慢慢跟你算！」

巧巧又笑了，欣慰地說：「皓然能有你們這群好友，眞的很幸福。你們每次來都讓家裡變得好熱鬧，我和小黎都好開心，眞的很謝謝你們。」

「巧巧姊妳三八喔？客氣什麼？乾脆我們以後結爲親家，讓小黎娶我家女兒，肯定更熱鬧，怎麼樣？」葉如欣挑挑眉。

「當然好啊。」巧巧滿臉喜色。

此時，陳黎從屋裡跑出來，舉起手中的牛奶糖，「媽媽，我打不開。」

「小黎，乾爹幫你開。」孫黎蹲下接過糖果盒，撕開膠膜。

陳黎歪著頭盯著他的頭頂，冷不防問：「大樹乾爹，你身高幾公分啊？」

「身高？我也不知道耶，乾爹好久沒有量了。」

「那你有沒有比我爸爸高？」

「嗯……應該差不多。」孫黎莞爾，「怎麼了？」

「爸爸以前會讓我坐在他的肩膀上……」陳黎眨眨圓滾滾的大眼睛，小小聲地說：「媽媽說，爸爸現在住在天上。那如果我站在離天空更近一點的地方，是不是就能看到他，跟他說話了？」

聞言，孫黎一時無語，就連一旁的葉如欣及巧巧也沉默下來。

「小黎不一定能看見爸爸。」孫黎柔聲說，「但是，可以跟爸爸說話喔。」

「眞的嗎？」陳黎睜大眼睛。

「當然，不然我們現在就來試試看。」孫黎抱起陳黎，讓他坐在自己的肩膀上，「來，小黎想跟爸爸說些什麼都可以，他能聽得到喔。」

「好。」陳黎用力點頭，下一秒便仰頭朝天空大喊：「爸爸，我是小黎——我跟你說，今天大樹乾爹來找我了喔！爸爸你有看到嗎？乾爹來找我了喔。爸爸，你有聽到嗎？」

陳黎喊了一會便停了。

孫黎問：「想說的話都說給爸爸聽了嗎？」

「嗯，爸爸告訴我，如果以後大樹乾爹來找我，就一定要跟他說，讓他知道。」陳黎低下頭看著孫黎，眼睛眨呀眨的，笑容燦爛，「爸爸說，這樣他在天上也會很開心！」

孫黎的眼眶漸漸熱了，「是這樣嗎？好，那我們現在飛去爸爸那裡。小黎，來，兩隻手抱緊我的頭。」

孫黎一手扶住陳黎的後背，一手按住他的大腿，開始在四周快速跑動，模仿飛機盤旋的樣子，口中還發出「咻——」的聲音，逗得陳黎不斷地咯咯笑。

看著眼前這一幕，巧巧內心一陣激動，低頭擦掉眼角的淚，失笑道：「眞是的，我又這樣了。」

葉如欣伸手攬住她的肩，頭也靠著她，「很幸福的一幕，對吧？他們看起來像是父子。」

「是啊，如果皓然看到了，不曉得會有多高興？」

「他鐵定會感動到飆淚，我保證。」葉如欣笑道，將巧巧摟得更緊，眼角也閃爍著淚光。

聽到窗外的雨聲，柯晴伊抬起頭，發現天空不知何時已被成片烏雲籠罩，開始下起雨來。

工作告一段落後，她起身爲自己泡一杯熱茶，回到座位稍事休息時，視線落向桌上的手機。半晌後，她伸手拿起手機，點開電話簿，找到孫黎的名字，卻未再有後續動作。

距離上次她去十一樓工作室找他，兩人已一個星期沒有聯繫。

那一天，孫黎因意外得知陳皓然的死訊而備受打擊，臉色蒼白，全身冰冷，甚至主動抱住了她。這是她第一次見到孫黎流露出如此脆弱無助的一面，這讓她的心隱隱作痛。

她忍不住回應了他的擁抱，一心只想給予他溫暖，渴望自己還能再多爲他做些什麼，只要能夠減輕他的傷痛，無論什麼事她都願意做。

當時的她，就只有這個念頭……

「小春，妳怎麼了？怎麼拿著手機在發呆呀？」身旁的Miko好奇地問。

柯晴伊回過神來，莞爾道：「在想一些事而已。」

「是喔？」Miko抬頭看了看牆上的時鐘，「六點囉！妳事情都處理得差不多了吧？前陣子妳都加班到好晚，今天早點回去休息吧。」

柯晴伊點點頭，將東西整理好之後，便背起包包離開公司。

才剛走出辦公室門口，手機就響了，她立刻接起。

「晴伊，妳方便接電話嗎？」蕭亦呈問。

「方便，我剛下班。怎麼了嗎？」

「喔，我想問妳這個週末有沒有空。上次妳去高雄，只有我和大樹學長兩個碰面，我在想，這個週末要不要再找大樹學長出來，我們三個一起吃飯聚聚，妳覺得怎樣？」

柯晴伊沒有考慮太久，「好，我沒有意見。」

「那我來邀請他，妳最近有跟大樹學長見面嗎？」

「沒有。」

「是喔……」蕭亦呈嘆一口氣，「老實說，讓大樹學長知道皓然學長的事，我心裡一直很過意不去，很擔心他，卻又不太敢聯絡他，剛好可以趁這個機會打電話給他——」

「亦呈學長！」柯晴伊打斷他的話，「我想……還是由我來問問大樹學長週末有沒有時間吧。」

蕭亦呈有些訝異，但沒說什麼，下一秒就同意了。

結束通話後，柯晴伊的視線飄向了電梯。

最終，她還是搭乘了電梯來到十一樓。

「哈囉，小春，下班了嗎？」薛姊笑著前來應門。

「對。」柯晴伊點點頭，「請問你們還在忙嗎？我會不會打擾到你們？」

「不會不會，大家才剛吃完晚餐，有什麼事嗎？」

「我想問……春樹在不在？」

「你找春樹？他在，我去叫他。」

薛姊轉身走進工作室，不到一分鐘，一抹高眺身影從玻璃門後走出。

「嗨，晴伊，妳找我？」孫黎微笑看著她。

柯晴伊因爲緊張而喉嚨乾澀，「對，其實是這個週末……亦呈學長希望我們三人能一起吃飯，請問你有空嗎？」

「這週末？好啊，週六可以嗎？週日我有事情。」

「沒問題，那我再跟亦呈學長說，時間跟地點確定以後，我再通知你。」

「好，我知道了。」孫黎點點頭，「其實妳只要打手機跟我說就好，好不容易今天不用加班，怎麼不早點回去休息，還特地跑上來問呢？」

「因爲……我一個星期沒見到你了，不曉得你身體有沒有好一點？所以……」

孫黎沉默片刻，溫聲說：「我已經沒事了，對不起，還讓妳爲我擔心。」

「別這麼說，親眼看到你沒事，我就放心了。那我回去了，再見。」

柯晴伊才剛轉過身，左手臂就突然被拉住。她愣然地回頭，近距離對上孫黎的眼睛。

孫黎動也不動，之後慢慢鬆開手，苦笑說：「對不起，我記憶好像變差了，突然忘記要跟妳說什麼了。」

她不以爲意，體貼道：「沒關係，等你想到之後再跟我說，隨時都可以。」

柯晴伊對他輕輕揮手，步入電梯離開後，孫黎臉上的笑容這才漸漸褪去，承受著此刻再度出現在胸口的壓迫感，以及襲上身心的疲倦。

連續幾天，天空都是灰撲撲的。

星期五的深夜，柯晴伊躺在床上，聽著外頭淅淅瀝瀝的雨聲，心情並沒有因壞天氣而受影響，反而開始期待明晚的到來。

雖然是三個人的聚會，柯晴伊卻仍然感到緊張，炙熱的情緒脹滿她的胸口，像是不安，又像是期盼。想到可以和孫黎見面，她心中便掀起一波又一波漣漪，久久無法平息。

好想見他。

這份渴望無法抑止，也讓她輾轉難眠。

隔天下午三點，柯晴伊將晾在陽臺的衣服收進來並摺好，桌上的手機突然響了。

當看清來電者的名字，她心一跳，連忙接起，「喂？」

四十分鐘後，柯晴伊匆忙出了捷運，快步走進車站旁的一間百貨公司，直接搭乘電梯到八樓。走出電梯，她四處張望，找到某個櫃位時，也同時瞥見一個熟悉的身影。

孫黎手裡拿著一件衣服，正和女店員說話，發現柯晴伊已經抵達，他立刻迎上前去，訝異地問：「妳怎麼這麼快就到了？妳臉好紅，難不成是趕過來的？」

「我不好意思讓你等太久。」柯晴伊調整呼吸，努力壓抑狂亂的心跳。

「傻瓜，不用急的，我說過會慢慢等妳。」孫黎笑得無奈，接著帶她走到剛才他站的櫃位，指著架上一排童裝說：「我明天要去拜訪一位客戶，客戶的女兒三歲，我想送件衣服給她女兒，挑了半天卻不知道該買哪一件，只好向妳求救。」

「我很樂意幫忙。」柯晴伊莞爾，「大樹學長見過那小女孩了嗎？對方有沒有什麼特徵？或是特別的喜好？」

「那孩子好像挺喜歡粉紅色的，上次看到她，她就是一身粉紅，打扮得像個小公主，很愛漂亮。」孫黎一邊回想，一邊敘述，「她眼睛很大，皮膚很白，笑起來臉頰鼓鼓的，很可愛。」

「這樣的話……」柯晴伊仔細研究架上的衣服，拿起其中一件，「這件不錯，大樹學長你看一下，適不適合那個小女孩？」

「喔？這件我覺得不錯，她應該會喜歡。」接過那件粉紅蕾絲小洋裝，孫黎鬆了一口氣，「果然找妳來是對的，我剛剛怎麼看就是沒看到這一件，妳幫了我大忙，謝謝。」

買好衣服後，孫黎帶她到位於百貨公司最高樓層的咖啡廳喝下午茶。他啜了一口咖啡，「亦呈是六點到沒錯吧？」

「對，在台北車站北一門會合。」

「辛苦他了，還特地從桃園趕來，對他有點不好意思。」

「這次是亦呈學長提議三個人一起吃飯的，大樹學長能答應，他非常高興。」

孫黎抬眸看她，淡淡問：「那妳高興嗎？」

柯晴伊停頓一秒，用力點頭，「我當然高興！」

「因爲可以見到我？」

柯晴伊愣住，孫黎那雙沉靜的眼睛，非常專注地凝視著她，她不由得心跳加快，屏住了呼吸。

不料孫黎接著拋出更石破天驚的提議：「要不要放亦呈鴿子？我們兩個溜去別的地方？」

柯晴伊沒有回話。

見她呆若木雞，孫黎忍不住噗嗤一笑，伸手摸摸她的頭，「傻瓜，我逗妳的，居然把妳嚇成這個樣子。對不起，我不該對妳開這種玩笑。」

「沒關係，我知道你是開玩笑，只是嚇了一跳。」柯晴伊鎮定地回他，用笑容掩飾心中的紛亂。

下午五點左右，兩人準備離開百貨公司，孫黎提議：「還有一個小時，要不要去地下街逛逛？」

「好啊。」她點點頭，快步走到前方按電梯。

孫黎微笑看著她的身影，一股寒意卻倏地漫過全身，他頓覺天旋地轉，連忙摀住嘴巴，衝進位於角落的廁所。

柯晴伊很快察覺到了，急忙追上去。她站在男廁門口，從鏡子裡看到孫黎趴在洗手臺上不斷嘔吐，嚇得她趕緊跑到他身邊扶著他：「大樹學長，你怎麼了？」

「我沒事，妳先出去。」孫黎臉色慘白，全身發抖，推開她的手，示意她離開，「在外面等我，我很快就好。」

孫黎此刻的模樣，看在柯晴伊眼裡實在太不對勁，慌忙道：「但你看起來很痛苦，我去找人過來幫忙好嗎？」

「不用了，我等一下就沒事了，妳別管我，快點出去。」

「可是——」

「我叫妳出去！」孫黎猛地大吼。

柯晴伊渾身一震，臉上閃過複雜的神情。

「對不起，晴伊，拜託妳出去……」孫黎虛弱的嗓音裡有著明顯的懇求。

儘管柯晴伊十分擔心他，卻也只能遵從孫黎的吩咐，從男廁退出去。

過了五分鐘後，那些讓孫黎萬分痛苦的症狀逐漸消失，然而強烈寒意卻還殘留在他的體內，最後他渾身乏力地靠著牆坐在地板上，雙眸空洞無神。

他緩緩閉上眼睛，卻是笑了。

難以逃脫的黑暗與絕望，這一刻終將他的心徹底籠罩……

離開百貨公司後，孫黎和柯晴伊沒去逛地下街，而是直接到台北車站的北一門，等待與蕭亦呈會合。他們誰都沒有說話，沉默地並肩而行。

柯晴伊不時偷覷孫黎，孫黎乍看下已經沒有大礙，不過他臉色依舊蒼白，眼神也充滿疲憊，不見一絲笑意。

到了北一門，孫黎站在門口，看著天空飄下來的雨絲，柯晴伊則走進一旁的超商，向店員要了一杯溫開水，再回到他身邊遞給他，「大樹學長，這個給你。」

孫黎低聲向她道謝，一口氣將水喝完，緩緩道：「晴伊，對不起，今天我沒辦法跟你們一起吃飯了。我現在非常累，很可能連餐具都舉不起來，請妳幫我跟亦呈道歉，告訴他，下次我請他吃飯。」

柯晴伊並不意外，她也覺得此刻孫黎目前的狀態不適合飯局，他更需要的是休息。但在讓孫黎離開前，她無論如何都想弄清楚發生在他身上的事，她決定開口：「大樹學長，你的身體哪裡不舒服，爲什麼會忽然間那樣子？」

孫黎沒有立刻回答問題，只是淡淡應道：「對不起，把妳嚇壞了吧？妳不用擔心我，剛剛那種情況，我很早以前就習慣了，沒什麼大不了的。」

「很早以前？意思是……大樹學長你經常這樣？」

「第一次發作，是在我姊過世一個月後，我突然暈眩嘔吐，從那次起，類似的徵狀就會不定時發作。剛開始可能要三十分鐘才能恢復，現在大概只要五到十分鐘就沒事了。」

柯晴伊登時說不出話，只能面帶憂容地看著他。

孫黎迎向她的目光，兩人就這麼互相凝望一段時間。

「晴伊，妳有沒有曾經後悔過什麼事？」孫黎嘴角牽動，眼裡卻沒有半點笑意。「當年我姊自殺的時候，沒有留下任何遺書，但我知道她爲什麼會選擇以這種方式離開，其實是因爲……我太大意了。」

說著說著，他忽然伸手替柯晴伊整理微亂的髮絲，動作輕柔。

「我父親死後，我母親問我，爲什麼要殺死她的丈夫？我母親死後，我姊問我，爲什麼要殺死我們的媽媽？等到我姊也死了，就換我問我自己，爲什麼我要殺死我姊？我身上背負了三條人命，而且全都是我的家人。我想守護的人，最後卻沒有誰能留下來，只有我獨活於世。之前我姊就對我說過，我殺了自己的父母，卻還是可以好端端地活著；現在，就連我姊都不在了，我也還是一直活到現在，我這個人眞的很狡猾吧？

「我姊這一生，始終活在我父親的陰影裡，沒有一天得到解脫。爲了擺脫過去的影子，爲了活下去，我們一直很努力地想要重新開始，想要努力帶給彼此幸福，卻因爲我舅舅無心的一句話，讓我姊又再一次活在恐懼裡，她極度害怕自己變得跟我父親一樣，每一天都深陷在這樣的恐懼裡。我能想像她在選擇離開這個世界的那一刻，心裡有多絕望，可是我卻救不了她，我來不及去救她。

「徵狀發作的時候，我的身體會不斷發冷，沒辦法呼吸，更沒辦法動彈，就像被人緊緊勒住脖子，有一瞬間，會覺得自己像是快要斷氣，彷彿將就此死去。可是過沒多久，窒息的感覺又會突然消失，等到睜開眼睛，才會發現原來自己還活著。每一次都像瀕臨死亡，卻又不是眞的死去，說我是活在地獄裡也不爲過吧，如果眞能就此死去，反倒還比較幸福，這樣就不必反覆經受這種折磨。我也曾想過，說不定這是我爸媽，還有我姊想要找我索命吧？卻又不想這麼輕易就放過我，所以打算讓我這一生都這麼活著，一直到我眞正死去的那一天。」

說完，孫黎沒有再出聲，直到他看見始終沉默不語的柯晴伊淚流滿面，一滴滴淚水滑下她的臉頰，和他身後的細雨一起無聲落下。

孫黎輕輕用拇指將她的淚擦去，微微一笑，「抱歉，晴伊，不該對妳說這些的。」

柯晴伊雙唇顫抖，尤其看到孫黎臉上的笑容時，淚更是怎樣都無法止住。那張笑臉，在她眼裡變得越來越模糊。

「晴伊，希望妳答應我一件事。」他深深看進她的眼底，「將來，無論妳愛上哪個人，只要對方傷害了妳，讓妳痛苦，妳一定要很堅強、很勇敢地離開他。不要等待他回頭，也不要期待他改變，不要讓他再有傷害妳的機會，不要將他視爲妳的全部，不要爲他而活，更不要在失去他之後，選擇放棄自己的人生和生命。」孫黎閉了閉眼，「千萬不要……成爲像我母親那樣的女人。」

柯晴伊的淚再度洶湧落下，孫黎慢慢靠近她，最後低下頭，溫柔地吻了她的唇……

掛在台北車站大廳中央的電子鐘，此刻顯示著十八點零七分。

而在離北一門不到二十步的距離，蕭亦呈望著孫黎和柯晴伊的身影，很長一段時間都沒有移動。

室外的雨，依舊不停地下著。

直到手機鈴聲響起，獨自坐在車站大廳座位的柯晴伊，才從思緒中回過神來。

她接起手機：「喂？」

「晴伊，是我。」蕭亦呈低聲說，「大樹學長現在在妳旁邊嗎？」

她頓了頓才回應：「那個……大樹學長說他身體有點不舒服，沒辦法跟我們一起吃飯了，他要我向你道歉，說下次再請你吃飯。」

「是嗎？那就沒辦法了。」

「亦呈學長，你現在在哪裡？怎麼還沒有到呢？」她看看時間，已經六點半了。

「真的很抱歉，晴伊，其實我今天也沒辦法過去，突然來了一堆工作，我必須趕快處理，真的很抱歉，下次我一定補償妳。」

「沒關係，你去忙吧，我們改天再約就好！」

結束通話後，柯晴伊低頭盯著手機，暗下的螢幕映出了她臉上的淚痕，她抬手擦去，接著把手機收進包包，站起身，準備坐捷運回去。

此刻站在一根柱子背後的蕭亦呈，手裡握著手機，看著她步伐緩慢地走下樓梯，沒多久就看不見人影。

直到現在，蕭亦呈還處於非常震驚的狀態。他目睹孫黎親吻柯晴伊，之後孫黎先離開了，獨自留下的柯晴伊卻神色有異，鬱鬱寡歡。考慮半晌，最終他決定不去見柯晴伊，讓她先一個人靜一靜，等過一陣子再問她到底是怎麼回事。

這是他第一次碰到如此棘手的情況，心情有些紛亂，有股衝動想打給葉如欣求救，但掙扎了一分鐘，最後還是決定作罷。

他重重嘆了一口氣，連飯也沒吃，便搭上了返回桃園的火車。

一個星期後，蕭亦呈約了柯晴伊週末在台北一間餐廳吃飯。

用餐的時候，柯晴伊言談自然，神態如常，看不出什麼異樣，吃了幾口，蕭亦呈放下餐具，忍不住開口問她：「晴伊，妳這禮拜有跟大樹學長聯絡嗎？」

柯晴伊抬起眸，微微一笑：「沒有耶，這禮拜事情比較多，大樹學長也滿忙的。」

「這樣啊……妳上次說大樹學長身體不舒服，我還滿擔心的。他是工作太累了嗎？」

柯晴伊突然陷入了沉默，目光垂下落在餐點上，雙唇微微張開之後，又慢慢地闔上，似乎想要說些什麼，欲言又止。

看著這樣的她，蕭亦呈漸漸抑制不住想要問清楚的念頭。

「晴伊，發生什麼事？」他小心翼翼地問，「莫非大樹學長怎麼了？」

半晌，柯晴伊依舊沒有開口。

蕭亦呈看得出她似乎正在思考該怎麼說，透過她細微的表情變化，他甚至有種預感，待會她說出口的，絕對不會是她心裡眞正所想的。他不曉得自己爲什麼會有這種預感，只是長久以來，他早已熟悉柯晴伊的一切，包括她喜歡什麼，看到感興趣的東西會有什麼反應，開心的時候會怎麼笑，認眞起來時會有什麼表情。

儘管蕭亦呈自己從未察覺，但這六年來，這些對於柯晴伊的觀察，早已變成根深蒂固的一種習慣，一種本能。只要柯晴伊有任何一絲絲的異樣和不對勁，他會比任何人更先察覺到。

蕭亦呈也不催促她，看著眼前的柯晴伊抿著唇，低著頭，持著餐具的手一動也不動，然而下一刻，一滴淚毫無預警地從她的眼眸掉了下來，蕭亦呈整個人都傻住了。

柯晴伊也被自己嚇了一跳，連忙伸手擦去眼角的淚。她尷尬地笑了笑：「對不起，我去一下洗手間，馬上就回來。」

「好，妳去吧。」蕭亦呈看著她起身往餐廳角落走去，心中充滿震驚和疑問。

幾分鐘後，柯晴伊回到座位，笑容重新回到她的臉上，彷彿剛才那一幕只是他的幻覺。

蕭亦呈沒有再問起孫黎，連他的名字都不提，不忍心再看她露出那樣的表情。

用完餐後，柯晴伊和蕭亦呈到後火車站附近的商圈逛逛，竟在一間精品店的門口碰上孫黎。

「亦呈？晴伊？」

孫黎看著他們，淡然一笑：「你們也來逛街啊？」

沒料到會突然遇到孫黎，兩人頓時有些反應不過來。

接著孫黎又對蕭亦呈說：「亦呈，上次放你們鴿子，真的不好意思。」

「喔，沒、沒關係啦。大樹學長你身體不舒服，那也沒辦法，你不用在意！」蕭亦呈擺擺手，「學長，你一個人來嗎？」

「我跟我同事來拿之前在這家店訂的貨，等等還得回公司。」孫黎指了指站在店裡的可樂。

沒多久，可樂便提著一袋東西走出店裡，一看見柯晴伊，便驚喜地跟她打招呼，同時好奇地打量蕭亦呈，「小春，妳有男朋友？」

「他們是朋友，亦呈是我的大學學弟，我們三個以前都是天文社的。」孫黎解釋。

「這樣啊。」可樂眨眨眼，對孫黎說：「欸，東西拿到了，我們快去下一家，不然陶哥又要打電話來催了。」

「好。亦呈，那我先走了，你們慢慢逛。」孫黎莞爾拍拍蕭亦呈的肩膀，接著看向柯晴伊，語氣溫柔，「晴伊，辛苦了一週，好好放鬆，和亦呈玩得開心點。」

孫黎跟可樂一同離去後，蕭亦呈沉默一會，轉頭看著身旁的柯晴伊，發現她的視線自始至終都落在孫黎身上。直到再也看不見孫黎，她才緩緩垂下微紅的雙眸，將目光落向地面。

柯晴伊的一舉一動全落入蕭亦呈眼中，他莫名胸口一緊，情不自禁地輕輕拉住她的手腕，柯晴伊一怔，抬起了頭。

「晴伊，妳爲什麼要這樣看著大樹學長？」蘊藏在她眸裡的那些感情，讓蕭亦呈此時連話都說得特別艱辛，「……妳是不是喜歡大樹學長？」

聞言，柯晴伊尷尬的別開眼睛，不發一語。

儘管她什麼都沒說，但答案終究在這一刻浮現。

「學姊，拜託妳幫幫我，我的腦袋快爆炸了！」

一接起手機，葉如欣就聽到蕭亦呈在電話另一頭哀號。她撕下面膜，蹙起眉頭：「你沒頭沒腦在說什麼？可不可以先把要說的話整理一下再打過來？」

「唉，我等不到那個時候啦，我碰到一個難題，有關大樹學長和晴伊，我想了老半天，還是不曉得該怎麼辦才好……」

「他們怎麼了？」

蕭亦呈將之前撞見孫黎吻柯晴伊，以及柯晴伊喜歡孫黎的事告訴她。

葉如欣沉默片刻，淡淡地問：「所以你在煩惱什麼？就算孫黎吻小草、小草喜歡孫黎又怎樣，對你有什麼影響嗎？你為什麼要為這種事傷腦筋？」

「我……我就是不知道為什麼自己會這樣，才向妳求助啊。」蕭亦呈再次發出哀號，「皓然學長說大樹學長以前喜歡晴伊，然後現在晴伊又喜歡上大樹學長，所以他們兩個是彼此喜歡嗎？我越想越覺得鬱悶，快煩死了！」

葉如欣邊聽邊忍住笑：「所以，你是因為他們兩個現在可能彼此喜歡，才心情鬱悶、不開心？」

「也沒有不開心……不過確實是有些鬱悶，到底為什麼會這樣啊？」

「你去租書店借一套少女漫畫回來看就會懂了。」

「吼，學姊，別鬧了，拜託妳直接告訴我啦！」

「蕭亦呈，你真的是我見過最悲慘的男人，都活到了二十六歲了，居然還問得出這種小兒科的問題，連我女兒都可以回答你了！」葉如欣無奈地翻了個白眼，「不就是因為你喜歡小草，所以才會這麼鬱悶嗎？」

「我喜歡晴伊？」蕭亦呈呆住了。

「廢話，難不成你喜歡孫黎嗎？不過如果是這樣，那我也會祝福你啦！」

「不是啦！這怎麼可能！」蕭亦呈臉一紅，連忙澄清，「我只是……從來沒想過自己有可能喜歡晴伊。」

「你回答我兩個問題。」葉如欣不耐地說：「當你得知小草喜歡孫黎的時候，心裡會不會酸酸的，會不會覺得難受？」

蕭亦呈握著手機沉思，幾秒鐘後，他坦承不諱：「會。」

「看到小草哭的時候，你有什麼想法？」

他回想起前幾天柯晴伊在他面前突然落淚，焦急地躲進餐廳洗手間的模樣，胸口不禁微微一緊。

這麼多年來，他只看過她爲陳皓然流過一次淚，從以前到現在，她一直都是這麼堅強，比他見過的任何女孩，都還要更堅強、更勇敢……

「很難過。」良久，蕭亦呈低聲回答，「而且，很心疼，想在她身邊保護她，讓她……不會再哭。」

「這就是了。」葉如欣嘆了口氣，「當你開始會爲一個女人的哭泣而心疼，想要幫她擦乾眼淚，想要保護她不受到傷害，就表示你喜歡上她了。得知小草喜歡孫黎，你之所以心裡酸酸的，不就是因爲吃醋嗎？」

聞言，蕭亦呈整個人呆若木雞，吶吶道：「那……接下來我該怎麼辦？晴伊……喜歡的是大樹學長，我能做什麼？我現在腦袋一片空白，根本不曉得該怎麼辦才好。」

「這就得問你自己了。」葉如欣語氣平靜，「看是要把小草搶過來，還是默默在她身邊守護她都行，我不會給你意見，也不會阻止你做任何事。你的感情只能由你自己決定，也只能由你自己去爭取。不然，你打給雅芬，讓她幫你做個占卜，替你指點指點方向。」

蕭亦呈愣了愣，不禁失笑，「好吧……我知道了，謝謝妳，如欣學姊。不好意思這麼晚打電話吵妳，拜拜。」

「嗯。」

掛斷電話後，葉如欣走進臥室，先是看了眼躺在床上睡得香甜的女兒，接著抬頭看向掛在牆上的一幅照片。

照片裡的六個人，擠在天文社社辦裡的沙發上，一手拿著晴伊泡的茶，一手對鏡頭比出勝利手勢，露出燦爛無比的笑容。

那一年的瘋狂，那一年的青春，那一年的他們，讓人只要稍微回想，就會幸福得不禁紅了眼眶。

葉如欣將目光停駐在照片裡的某個人身上，嘴角揚起。

「陳皓然，亦呈那小子終於開竅了，你應該不會怪我壞了你的好事吧？」

說完，她看著照片裡坐在陳皓然身旁的柯晴伊和孫黎。

「這些年來，我已經習慣把謊話當成實話，把實話當成謊話。我會對自己誠實，也會對自己撒謊，久而久之，連我都搞不清楚自己心裡想的跟嘴巴上說的，到底哪一個才是眞的？」

「爲了生存。只要每天早上醒來，發現自己還在呼吸的時候，我就得這麼做。」

葉如欣眼眶逐漸濕潤，鼻頭發酸，低喃道：「小草，妳能夠拯救這個笨蛋嗎？」

寂靜的夜，讓那段回憶顯得更溫柔鮮明。

那是他們最想回去的日子，所有人都還聚在一起，一起開心大笑，最爲美麗的日子。

屬於六個人的幸福時光。

晚上八點半，孫黎從大樓門口走出來四處張望，一看到蕭亦呈，便笑著朝他走去。

蕭亦呈也立刻快步跑到他面前，「大樹學長，對不起，突然跑來找你，真的不會妨礙到你工作嗎？」

「不會，沒關係，不過我確實有點嚇一跳。」孫黎毫不在意，「你突然從桃園過來，是有什麼急事嗎？」

「喔，這個……一言難盡啦。」蕭亦呈搔搔頭，「對了，大樹學長，可不可以別把我今天來找你的事告訴晴伊？」

「嗯，我知道了。」孫黎點點頭，「那我們去對面的便利商店買杯飲料喝吧？」

「好。」

兩人走進店裡後，蕭亦呈在窗邊的位子坐下，有些坐立難安。沒多久，孫黎便拿著兩杯飲料坐到他身旁，再將其中一杯給他：「你的冰咖啡。」

「謝謝，讓學長破費了。」

「別客氣。」孫黎說，忍不住笑了起來，「你今天怎麼了？有點怪怪的，出了什麼事嗎？」

「嗯……算是吧。」蕭亦呈吞了口口水，低聲說：「跟晴伊有關。」

孫黎並沒有追問，只是安靜地看著他。

蕭亦呈抬頭迎向他的視線，緩緩開口：「大樹學長，你喜歡晴伊嗎？」

面對突如其來的探問，孫黎的神情沒有一絲變化，只是回：「爲什麼這麼問？」

「因爲我想要知道你的心意。」蕭亦呈雙眼依舊直直盯著孫黎，「我想知道大樹學長是怎麼看待晴伊的？你喜歡她嗎？想要跟她在一起嗎？」

「我沒有想過。」孫黎不假思索答道。

蕭亦呈愣住了，「沒有……想過？眞的嗎？」

「嗯。」

「那你爲什麼要吻晴伊？」蕭亦呈脫口而出，隨即低下頭，「我那天在車站看到你吻了晴伊，我沒有把這件事告訴晴伊。後來我向她問起你，晴伊卻突然哭了，什麼話都沒說，人也顯得沒什麼精神。」

說到這裡，他抬頭再次正視孫黎：「大樹學長，你到底是怎麼想的？還有，既然你沒想過和她在一起，你當時爲什麼要那麼做？認識晴伊這麼多年，我從沒看過她那個樣子。」

孫黎沒有出聲，目光落向窗外。

隔了好一段時間，他臉上神情轉爲嚴肅，緩緩開口：「我不能愛她。」

聞言，蕭亦呈臉上全是不解。

「應該說，我沒有資格愛她，也沒有資格擁有她。現在的我，沒有辦法給她幸福。在我身邊，她只會受傷，我不願意讓她陪我一起承受，更不願意讓她跟我一起活在恐懼中，甚至被那些不可測的未來所威脅。」

孫黎這番話，蕭亦呈無法完全理解，「所以，學長你的意思是，不管怎樣，你並沒有打算接受晴伊，是嗎？」

孫黎沉默不語，竟像是默認。

蕭亦呈不敢置信地睜大眼睛：「從頭到尾，你都沒打算和她交往？」

「沒有。」

看著孫黎淡漠的神情，蕭亦呈心頭一股怒火湧上，忍不住握緊拳頭，深吸一口氣，「我知道自己這麼說很不好，可是大樹學長你知道嗎？你很自私，皓然學長也是，他要晴伊在他離開之後，代替他找到你，把你帶到他的墓前。我們都知道大樹學長你過去經歷過些什麼，也很爲你難受，可是皓然學長當時卻要晴伊這麼做，以晴伊的個性，她怎麼可能忍心讓你再一次受到傷害？明明不想再讓你受傷，卻又想完成皓然學長的遺願。每一次面對你，晴伊就得爲此而痛苦，不敢告訴你，也無法和皓然學長交代，這種心情，她只能一個人承受！

「你們口口聲聲說都是爲了晴伊，卻根本沒有考慮過她的感受，你們所做的一切，都是在讓她不斷地受傷。也許大樹學長你有你的苦衷，但是，既然你沒有打算接受晴伊，又爲什麼要對她做那些事？這種曖昧不明的態度，只會讓晴伊傷得更重！」

說完，蕭亦呈便拿著包包起身，嚴肅道：「我本來是想，只要晴伊可以幸福，我就在一旁守護與祝福她就好。但聽到大樹學長你這麼說，我就不會選擇讓步了，我不會讓你再傷害她。自從皓然學長去世後，她所承受的就夠多了，所以請你放過晴伊好嗎？不要在給她期望之後，又讓她陷入絕望。無論如何，我都不想看到晴伊再爲了你掉眼淚了。」

蕭亦呈快步走出店裡，留下孫黎獨自坐在原位。

他拿起桌上的可可喝了一口，嘗到的卻是一陣苦澀。

「每一次面對你，晴伊就得爲此而痛苦。不敢告訴你，也無法和皓然學長交代，這種心情，她只能一個人承受！」

孫黎摘下眼鏡，閉上眼睛，用手拄著垂下的頭，久久沒有動作。

「自從皓然學長去世後，她承受的就夠多了，所以請你放過晴伊好嗎？」

他深吸一口氣，喉嚨乾澀無比，就算將整杯可可喝完，也依舊覺得渴。

下班時，柯晴伊將泡好的兩壺茶送到十一樓。

「謝謝妳，小春，還麻煩妳特地跑一趟。」出來應門的薛姊滿臉堆笑。

「沒關係，我正好下班了。」柯晴伊說。

薛姊轉身朝門裡喊：「春樹，小春來了，你可以過來把茶壺放到桌上去嗎？」

孫黎走過來從薛姊手中接過茶壺時，與柯晴伊對上視線，柯晴伊一陣緊張，正想開口說些什麼，卻見他對她淺淺笑了一下，便轉身回到工作室，沒有再走出來。

柯晴伊有些錯愕，連薛姊也覺得奇怪，納悶道：「奇怪，春樹怎麼搞的？看到妳，居然連聲招呼都不打。」

「沒、沒關係啦，那薛姊，我先走了，茶你們慢慢喝。」

「好，謝謝妳唷，明天我再把茶壺拿下去還妳。」

「嗯，拜拜。」柯晴伊忍不住再次望向玻璃門後，卻沒能看見孫黎的身影。

離開公司後，她站在人行道上等著過馬路，趁空拿出手機傳了一則訊息給孫黎，問他這陣子身體狀況有沒有好一些。

一段日子沒有見到孫黎，也沒有和他聯絡，不曉得這幾天他有沒有再像上次那樣發作？她有很多話想問他，也很想見他一面。她期待著孫黎的回傳，然而直到回到家後，依舊沒等到他的回應。

晚上十一點半，孫黎回覆的訊息總算姍姍來遲，可裡頭只寫著：我沒事，謝謝。

不知道是不是自己的錯覺，柯晴伊總覺得今天的孫黎有些異樣，平時他傳來的訊息內容絕對不會如此簡短，而且大多數時候，他會選擇直接回電。但她沒有多想，認爲應該是孫黎比較忙的緣故。

之後幾天，柯晴伊依舊試著和孫黎聯絡，然而她傳訊息過去，卻再也得不到回覆，打手機給他也不接。這時，柯晴伊才漸漸察覺不對勁，孫黎像是有意躲著她、疏遠她。

她越想越覺得心慌，很希望這只是自己多心。

這天下班後，她忍不住前往十一樓找孫黎。

從玻璃門望進去，工作室裡的燈幾乎全關了，只有一道像是電腦螢幕發出的光。沒多久那道光也熄了，一抹身影緩緩朝門口走來。

柯晴伊的心臟重重一跳，當孫黎一推開玻璃門，她立刻走上前去。

孫黎低頭看著她一會，淡淡地開口：「要找薛姊嗎？她不在喔。」

柯晴伊趕緊搖搖頭：「我不是要找薛姊，我想找的是你。」

「有什麼事嗎？」

她頓了下，吶吶地問：「請問……大樹學長有收到我的訊息嗎？我還打了幾通電話給你。」

「嗯，我知道。」孫黎點點頭，語氣依舊淡漠，「妳找我有什麼事？」

「我、我想問，學長什麼時候比較有空？想約你和亦呈學長三個人一起吃飯……」

「抱歉。」孫黎打斷她的話，微微一笑，「我這陣子比較忙，可能沒有辦法和你們去吃飯了，妳就和亦呈一塊去吧。」

柯晴伊很錯愕，見他轉身就要離開，下意識便抓住了他的右手。

孫黎腳步一停，緩緩用左手將柯晴伊的手拉開，再輕輕放下，輕聲說：「早點回去吧。」

說完，他很快走進電梯。

看著闔上的電梯門，柯晴伊木然地呆站在原地。

她不記得自己在那裡站了多久，回過神的時候，她發現自己站在公司大樓附近的公車候車亭。

一台公車恰巧在她面前停下，她甚至沒有注意這是幾號公車、要駛去哪裡，便上了車，選了兩人座靠窗的位子坐下，看向窗外，任憑夜晚的街景在她眼前掠過。

公車上的乘客很少，除了柯晴伊以外的兩個乘客，都坐在前面的單人座。

「有什麼事嗎？」

柯晴伊雙眼失去了焦距，只覺眼前所見盡是一團團模糊的光影。

孫黎知道她有打電話給他，有傳訊息給他，可是卻未曾回覆，剛才他看著她的時候，儘管臉上是笑著的，眼神卻沒有半分笑意。

她終於明白，這一切並不是她多心，也不是孫黎工作忙碌，而是他的確有意疏遠她，所以態度才會突然間轉變，昔日的溫柔親切，如今只剩下客氣與冷漠。

他是真的決定要離開她了。

這個體悟，讓柯晴伊的腦袋再也無法運轉。直到這一刻，她才真正意識到，從此自己再也無法待在孫黎的身邊，無法聽到他的聲音，更無法和他見面，再也看不到他沉靜的眼睛和和煦的微笑。

「希望我的寶貝女兒，也能擁有和媽媽一樣的幸福。」

腦海突然浮現母親對她說過的這句話，柯晴伊忍不住打開手機，找出母親的照片，視線漸漸變得模糊。

她突然有股強烈的渴望想要和母親說話，希望母親就在自己的面前，好讓她躲進母親懷裡宣洩所有的情緒。

柯晴伊從未像現在這樣心痛過，也從未像現在這樣迷惘無助過。她第一次不曉得接下來的路該怎麼走，該走去哪裡？又要怎麼走下去？

失去孫黎的笑容，竟讓她覺得像失去了全世界，這些年始終支撐著她的力量與寄託，就這麼突然消失在她的生命裡，讓她瞬間無處可去，找不到方向。

她好想問問母親，要怎麼樣才能止住心痛，怎麼樣才能抑制感情，怎麼樣才能停止對那個人的思念？在發現自己早已愛上那個人的同時，卻也永遠失去了對方，要怎麼樣承受這份煎熬？要怎麼做，需要花費多久時間，這道傷口才能夠完全癒合，不再疼痛？

柯晴伊身體慢慢向前傾，將頭輕靠在前座的椅背上，開始低聲啜泣，任憑淚水滴落在膝蓋上。她的胸口彷彿被狠狠撕裂，痛得她幾乎不能呼吸。

她想要一直留在孫黎身邊，他卻已經不想再見到她。這六年來，她始終希望他可以堅強地活下去，希望他可以安然無恙，沒想到他過的是這樣的生活，痛不欲生，生不如死。她什麼都不懂，什麼都不知道，就這樣傻傻地期望著，卻不知這對他而言，只是生活在永無止盡的煉獄。

她什麼也不能爲他做，也無法替他痛，只能看著他繼續痛苦地、孤獨地走下去……

當天晚上，蕭亦呈打電話給柯晴伊，聽出她聲音異常沙啞，不禁出言關心。

「晴伊，妳怎麼了，感冒了嗎？」

「我沒事。」柯晴伊語氣平靜無波，「只是工作有點累，你不要擔心。」

「可是妳說話有鼻音。」蕭亦呈頓了下，「難道妳哭了？」

柯晴伊微怔，輕撫有些紅腫的雙眼，幾秒鐘後笑了笑：「沒有啊，我沒哭，爲什麼你……」

「我知道妳還在爲大樹學長的事傷心。」

她抿住顫抖的雙唇，一時無法答話。兩人就這樣沉默了將近一分鐘，最後蕭亦呈緩緩深吸一口氣，再次開口，「晴伊，妳可以忘記大樹學長嗎？」

「爲什麼……你要這麼問？」柯晴伊不解其意。

「因爲我喜歡妳。」

她傻住了。

「我喜歡妳。對不起，突然這麼跟妳說，嚇到妳了吧？」蕭亦呈語氣低沉，「可是，晴伊，我是認眞的，我想要保護妳，不想看到妳再繼續爲大樹學長難過，我不是要妳一定得接受我，但我希望有朝一日，妳可以放下他，不要再等他了。在妳完全放下他之前，我會一直陪在妳身邊，不管發生什麼事，我都不會丟下妳。」

面對蕭亦呈突如其來的告白，柯晴伊瞠目結舌，好一段時間無法做出反應。

幾天過去，薛姊下午突然拎著兩個茶壺出現在柯晴伊的辦公桌旁。

她笑著把茶壺還給柯晴伊，「兩壺一下子就喝光囉，有陶哥在，永遠都不用擔心喝不完。妳泡給我的玫瑰花茶眞的好好喝，謝謝妳，小春。」

「不客氣，薛姊喜歡就好。」柯晴伊莞爾，「那我待會再幫你們泡兩壺。」

「喔，今天先不用了。」薛姊立刻說，「我們剛剛吃飯回來，等會送春樹搭計程車去機場，回公司忙一下，就又要再出門了。」

「去機場？」

「妳不知道？春樹沒有跟妳說嗎？他今天要飛東京參加設計展，之後順便留在日本度假。」

「日本……」柯晴伊睜大眼睛，「那他什麼時候會回來？」

「大概半個月吧，說不定還會更久，他累積了很多假沒休。現在陶哥他們正在樓下抽菸，應該差不多要出發了吧。」

柯晴伊渾身僵硬，一時說不出話來。

「晴伊，妳有沒有曾經後悔過什麼事？」

她的腦海裡漸漸浮現出孫黎的身影。

當年他牽著腳踏車，站在學校宿舍樓下等她，那個時候，他的嘴角還掛著淡淡的微笑……

「大樹學長，你今天會來社辦嗎？」

「我會。」

「那我會泡好柚子茶等你過來！」

「嗯，謝謝妳。」

這些年來，她最後悔的一件事，就是當年就那樣讓孫黎離開。

他騎著腳踏車離開學校的背影，始終未曾從她的記憶裡消失。

如果時間可以重來，她絕對不會讓他就此離去，絕對不會……

「我們社辦見。」

下一秒，柯晴伊便衝出辦公室，她心急如焚，等不及電梯過來，直接推開安全門從樓梯跑下去。

她的心臟狂跳，眼眶泛紅，害怕那個人會像當年一樣再次從她生命裡消失，深怕他這一次離開，就會是永別。

奔出大樓後，她不斷四處張望，沒多久便瞥見孫黎被可樂等人簇擁著站在路邊，一旁停著一輛計程車，眼看孫黎就要打開門坐上車，她大驚失色，拔腿朝他狂奔。

「大樹學長！」

孫黎一聽見叫喚，頓時停下動作，回頭看向滿臉通紅、氣喘吁吁的柯晴伊。

可樂睜大眼睛訝異問：「哇，小春，妳怎麼跑得這麼喘啊？」

「小春是特地跑過來送春樹的嗎？實在是太有心了！」Tommy忍不住打趣。

柯晴伊仍然不停地喘息，視線始終停留在孫黎的臉上。

孫黎凝視著她，慢慢揚起微笑，「抱歉，晴伊，沒先跟妳說一聲。這幾天早晚溫差大，不要感冒囉。」

孫黎朝她揮揮手，準備要上車，卻又被她叫住。

柯晴伊緊抿雙唇，在竭力平復呼吸後，輕聲說：「你要回來。」

聞言，孫黎不由得一怔。

「大樹學長，你要回來。」柯晴伊緊緊盯著他，聲音微微發顫，「不管發生什麼事……這一次，請你一定要回來。」

她眼眶發紅，對著眼前的他放聲嘶喊：「請你一定要回來，回到我們大家的身邊來！」

語畢，在場所有人頓時都陷入了沉默。

孫黎依舊靜靜地看著她，原本掛在唇邊的笑，早已消失不見。

柯晴伊說的每一個字、每一句話，都在這一刻深深撼動了孫黎的心。

一直到孫黎坐上車離開，柯晴伊都沒有得到他的回應。

她緩緩往前走了幾步，望著計程車離去的方向，儘管雙眸已然漫上一層淚霧，仍不肯移開目光。

星期五晚上，柯晴伊坐上客運，準備回彰化。

下車一看到姊姊柯苡芯的身影，柯晴伊立刻上前緊緊抱住她。

柯苡芯笑著摸摸她的頭，「難得看到我們家晴伊這麼撒嬌，怎麼啦？」

「想家。」柯晴伊閉上眼睛，鼻頭微酸。

晚上姊妹倆沒有睡在各自的房間裡，反而一塊睡在父母房間的雙人床上。聽到姊姊交往五年的男友在昨晚求婚，柯晴伊又驚又喜，「姊，那妳答應了他嗎？」

柯苡芯露出靦腆的微笑，輕輕點了下頭。

柯晴伊開心地大叫：「姊，恭喜妳！」

「謝謝。我打算明天告訴阿公，妳覺得阿公聽到會有什麼反應？」

「阿公一定會很開心啊，絕對會馬上四處宣揚。」

「沒錯，他一定會這樣。」柯苡芯失笑，接著蹙起眉頭，「不過真奇怪，答應他的求婚後，卻又忍不住想，我真的要嫁給他嗎？」

「我相信姊夫會很珍惜妳的，也相信妳一定會幸福。」

「這麼快就叫姊夫了？」柯苡芯失笑，轉頭看著柯晴伊，「那妳呢？」

「什麼？」

「妳的幸福啊。」她輕撫妹妹的臉頰，「妳的大樹學長呢？」

柯晴伊怔了怔，什麼也沒說，只是鑽進姊姊的懷裡，緊緊抱著她。

過了良久，她才開口，「姊，爲什麼有些人得到幸福很容易，有些人卻這麼難呢？」

柯苡芯輕輕拍著她的背，不答反問：「妳覺得自己不幸福嗎？晴伊。」

「我很幸福，眞的很幸福。」她吶吶道：「可是……我也希望那個人可以得到幸福。

「每次在他身邊看著他，我就會湧現出這種想法，我甚至希望他可以比我還要幸福，我恨不得把全世界的幸福都給他，讓他每一天都能笑著，因爲幸福所以笑著。不知道從什麼時候開始……只要看到他笑，我就會跟著笑，看到他幸福，我也會覺得自己很幸福。想要爲他做些什麼，想要保護他，替他分擔憂傷，分擔痛苦，我眞的……很想很想這麼做，可是卻發現自己什麼都不能做。」

聽完妹妹的心事，柯苡芯深深嘆了一口氣，「晴伊，當妳希望某個人能夠得到幸福，那個人就絕對不會是不幸的。妳想把最好的給他，想把全世界的幸福都給他，這對那個人來說，其實就是最大的幸福了，因爲妳會爲他心疼，會爲他流淚，這就是那個人被深深愛著的證明。所以，也許對妳而言，那個人是不幸的，可是對他來說，他其實非常幸福，如果他知道妳會因爲他能獲得幸福而覺得幸福，那他就一定不會認爲自己是不幸的。」

柯晴伊抿住唇，眼睛又酸又澀，她忍不住將柯苡芯抱得更緊，沒有再說話。

隔天上午，姊妹倆去到柯爺爺家。

由於柯晴伊有一段時間沒回來了，柯爺爺特地燒了滿滿一桌菜。祖孫三人一塊吃中飯時，柯苡芯宣布她要結婚了，柯爺爺開心得丟下筷子，連飯都還沒吃完就馬上跑去向鄰居大肆宣揚這個好消息，留在飯桌旁的姊妹倆不由得相視而笑。

吃過飯後，柯苡芯騎車出去買東西，柯爺爺和幾個鄰居站在門口聊天，柯晴伊則幫忙清掃環境。

她拿抹布將客廳裡的櫃子擦拭乾淨，再將抽屜裡的東西分類整齊，好讓柯爺爺之後不必爲了找一樣東西而翻箱倒櫃。

她在一疊繳費單裡發現一枚咖啡色的信封，抽出來一看，封口未封，似乎已經存放很久了。她定睛一看，卻發現信封上居然寫著「給晴伊」三個字。

她打開信封，信封裡裝著一張明信片，上頭的圖案是幾株蒲公英生長在美麗的藍天下。她隨手翻到明信片背面一看，瞬間震驚地瞪大了眼睛，連忙衝到門口抓著柯爺爺問：「阿公，這封信是哪裡來的？爲什麼會放在櫃子裡面？」

柯爺爺先是被孫女的激動嚇了一跳，接著低頭看向信封和明信片，努力回想許久才說：「喔，阿公想起來了。好久以前，有個年輕人要阿公把這個拿給妳，但是阿公不小心忘記了。」

「所以阿公你有見到他？」柯晴伊不敢置信，「他有來這裡？他眞的有出現在這裡？」

「是啊，不過那是好幾年前的事了，阿公也不記得那年輕人長什麼樣了。」

「那他來的時候，有和你說些什麼嗎？」

柯爺爺皺眉思索，喃喃道：「阿公想想，那一天好像是……」

柯晴伊的心臟劇烈地跳個不停，而那雙拿著明信片的手，也隱隱顫抖了起來……

那年冬天特別冷，二月的天空始終帶著一層灰，難得中午陽光從雲層間透出光來。吃完午飯，柯爺爺站在家門口活動筋骨，順便曬曬太陽。過沒多久，他看到一名背著包包的年輕男子，出現在圍牆外頭，不時張望四周，像是在找尋什麼。

他沒見過那名男子，知道對方應該不是本地人，於是高聲大喊：「年輕人，找誰啊？」

男子一聽，連忙轉頭看向柯爺爺，上前詢問：「請問，有位『茶伯』是不是住在這附近？」

「是啊，就是我。」柯爺爺點頭，「找我有什麼事啊？」

「爺爺您好，聽說您很會泡茶，也很懂茶，有很多人會專程過來跟您買茶，所以我特別過來見見您。」

聞言，柯爺爺笑了笑，邀請他進到屋裡坐坐。

柯爺爺爲他沖泡了一壺綠茶，男子一喝，忍不住讚嘆：「果眞名不虛傳，爺爺，您泡的茶真的很好喝。」

「那當然，我種的茶，誰能比我泡得更好喝！」柯爺爺滿臉自信。

「爺爺，您真的很出名耶，我剛剛去前面一家店，問他們知不知道『茶伯』？店裡每個人都說知道，還告訴我您住在哪裡，所以我才能找過來。」

柯爺爺得意地笑了一陣，好奇道：「年輕人，你是從哪來的？」

「台中。」

「喔，我的小孫女現在就在台中念大學。她從小就是喝我種的茶長大，我也把泡茶的技術都教給了她。」

「哇，那您的孫女泡的茶一定也很好喝。」

「那當然！」柯爺爺的臉上有藏不住的驕傲，「那孩子從小就很聰明，學得好，也學得快，大家都說她泡的茶跟我泡的一樣好喝。」

男子點點頭，像是深感認同，「爺爺，請問您是不是還會做柚子茶醬？」

「會啊，我的兩個寶貝孫女都很喜歡柚子茶，我就做給她們喝，不過那個只做給我孫女，其他人來跟我買，我都不賣！」

「真是太可惜了。」男子又笑。

聊了一會，柯爺爺又領著男子參觀茶園和果樹，兩人相談甚歡。

男子準備離開的時候，柯爺爺看著他的背包，問：「年輕人，要去旅行啊？」

「是啊。」他笑了笑，「爺爺，今天很謝謝您請我喝茶，很高興能見到您。」

「唉，這有什麼，下次再來玩啊，要是到時候我孫女也在，就讓她泡茶給你喝喝看，看是不是跟我泡的一樣好喝！」

「好啊，我很期待。」說完，他突然打開背包，找出一張明信片，「不然這樣吧，我寫一張卡片給您的孫女，跟她打聲招呼，可以嗎？」

「當然可以啊，你寫吧。」

男子低頭在明信片背面快速寫下一行字，再將明信片放進一枚咖啡色的信封，「爺爺，請問您孫女叫什麼名字？」

「晴伊，她叫晴伊。」柯爺爺湊上前去，看著他在信封上寫下的名字，連連點頭，「對對對，我孫女的名字就是這樣寫。」

「那就麻煩爺爺幫我把這張卡片給您的孫女囉。」

柯爺爺一口應下，抬頭看著他問：「年輕人，那你叫什麼名字？」

「我叫孫黎，孫子的孫，黎明的黎。」

「好名字。」柯爺爺毫不吝嗇地稱讚，「下次一定要再來坐坐啊！」

「謝謝您。那我走了，爺爺，您要保重喔。」

「放心，我還很健康。你也保重啊，年輕人！」

孫黎輕輕一笑，背上包包轉身離開。

回到屋子裡的晴伊，靜靜地坐在椅子上，呆了許久，她才終於垂下雙眸，望著手上的明信片。

「原來如此，妳的泡茶技巧就是跟妳爺爺學的吧？怪不得這麼好喝。」

「希望有一天能見到晴伊的爺爺，當面跟他說聲謝謝，畢竟有他，我才能喝到這麼好喝的茶，我也想看一看晴伊的家鄉。」

柯晴伊雙手顫抖，整顆心快被某種情緒脹滿，充滿濃濃的酸楚。

「那就這麼說定了，只要有機會去彰化，我就去見晴伊的爺爺。」

被淚水模糊的視線，讓她幾乎快看不清明信片上的那一行文字。

那是孫黎在六年前的冬天，在離開所有人身邊兩天後，對她說的話——

我答應過妳的。

孫黎什麼都記得，記得當時和她的約定，也實踐了這個約定。

他從來都沒有忘記過……

柯晴伊眼眶泛紅，忍不住將明信片緊緊按在胸前，久久捨不得放開。

再也沒有辦法放開。

第八章

愛。

love

那是柯晴伊給他的名字。
那個名字讓他感受到了愛，並賦予了他重生。

從樹上落下的一片紅葉，乘著風和陽光，在藍天下輕盈飛舞。飄落的楓葉將地面鋪成一塊咖啡色和紅色交織的美麗地毯，一陣風拂過，掀起一片秋天的浪花，楓葉沙沙作響，像在詠唱。

孫黎緩緩走在這條被楓樹包圍的步道上，望著眼前靜謐的美景，像是來到另一個世界，讓他時時想要停下腳步，將這些景色盡收眼底。

他站在廣場上，看著幾個小孩在前方奔跑玩耍，最後慢慢抬起頭，望著眼前那座壯觀雄偉的大阪城，目光就此停住。

「姊，妳想去大阪嗎？」

「當然想呀，不光是大阪，日本的其他地方我也想去。我想去大阪看櫻花，也想去北海道賞雪，如果能在那裡待一段時間那就更棒了，這可是我一直以來的夢想喔！」

「我不是在作夢吧？我眞的可以去日本了，可以親眼看到大阪城，天啊，好開心喔！」

「謝謝你，我好感動喔！姊姊愛死你了，眞的！」

他彷彿又聽見孫彤的聲音在耳邊響起，姊弟倆過往的幸福時光再次變得清晰，回憶既貼近，又遙遠。

離開大阪城後，孫黎走進一條清幽的巷子，遠遠看到一名女子站在一棟房子前，爲種在門口兩邊的花卉澆水。

聽到腳步聲逐漸靠近，雪乃老師不自覺停下動作，發現孫黎就站在前方，對她露出和煦的微笑。

一進到屋裡，雪乃老師立刻端出茶點招待他，兩人面對面而坐。

孫黎環顧四周，「您的先生去上班了嗎？」

「是啊，傍晚才會回來。昨天突然收到你的mail，眞是嚇我一跳，沒想到你人在日本。」

「嗯，前幾天我剛好到東京辦點事，結束後，就想來大阪走一走，和您見見面。對不起，這幾年都沒有和您聯絡，讓您擔心了。」

雪乃老師笑了笑，「你過得好不好？Haruki？」

「嗯，我很好。」他點點頭。

「有見到Haru嗎？」

孫黎沉默了幾秒，嘴角微揚，再次點頭：「見到了，就是她跟我說，您已經回大阪了。」

「這樣啊？」她輕輕嘆息，「直到現在，她都還是會寫信給我。我覺得很遺憾，不能帶她畢業，就先回到日本。Haruki也是，當年你離開後，我跟Haru都很想念你，雖然那孩子什麼都沒說，但我還是知道的。」

雪乃老師望著孫黎好一會，不禁又欣慰地笑：「能再見到Haruki，先生眞的很高興，知道你過得好，也終於放心了，現在先生唯一比較牽掛的，就是你和Haru。先生知道，你很喜歡她，你提到Haru時的眼神，和以前一模一樣，沒有半點改變，你還是很喜歡Haru，對不對？」

孫黎還沒來得及開口回應，就聽見房間裡忽然傳來一陣啼哭聲，雪乃老師立刻起身走進房間，沒多久，她抱著一個小嬰兒出來。

孫黎連忙起身迎上前，驚喜地問：「先生，這是您的小孩？」

「是啊，她叫夏實，因爲是在夏天出生的，我老公就幫她取了這個名字。」

「她多大了？」

「剛滿三個月。Haruki，你要不要抱抱她？」

「可以嗎？」

「當然可以。」

孫黎小心翼翼地將小嬰兒抱在懷裡，輕聲和她打了招呼：「哈囉，夏實。」

他笑著抬起頭說：「她的眼睛像您，很漂亮。」

雪乃莞爾，隨即道：「Haruki，你看，夏實在看你呢！」

孫黎低頭望去，果眞看到夏實的一雙大眼睛正盯著他瞧。孫黎與她對望一會，輕輕用另一隻手摸她的臉，看到夏實對他笑，他的嘴角也跟著牽起，眼裡滿是笑意，神情無比溫柔。

「你以後一定會是個好爸爸。」雪乃老師忍不住說。

孫黎頓時一怔，沒有接話。

「對了，Haruki，Haru有一樣東西要給你。」雪乃將夏實放回嬰兒床，從櫃子底層拿出一個木盒，「我離開台灣那年，學校女生宿舍發生火災，Haru的寢室被燒毀了，當時她只來得及抱著這個盒子逃出來。她害怕會再碰上類似的意外，便把這個盒子託付給我代爲保管。既然你人在這裡，我就替她把盒子轉交給你。」

孫黎看了雪乃老師一眼，緩緩伸手接過那個印有大阪城及櫻花圖案的黑色木盒。

兩個小時後，孫黎向雪乃老師道別，並請她好好保重身體，承諾以後還會再來看她。

「Haruki，你幸福嗎？」雪乃老師忽然問，語氣溫柔，「Haru那孩子，會讓你覺得幸福嗎？在你擁有的幸福裡，她占了多少分量？」

孫黎低垂視線，沉默片刻才抬起頭。

「您知道在我的人生裡，這幾年第一次感覺到自己很幸福，是在什麼時候嗎？」他看著她，慢慢露出微笑，「就在當年，晴伊爲我取名叫『Haruki』的時候。」

那是柯晴伊給他的名字。

那個名字讓他感受到了愛，並賦予了他重生。

下午一點，柯晴伊端著一壺泡好的柚子茶，搭電梯到十一樓。

她推開玻璃大門，緩緩走進工作室，卻發現裡頭十分安靜，只有陶哥一個人坐在辦公桌前，一邊抽菸，一邊在紙上畫設計圖。

柯晴伊有些意外，輕聲說：「陶哥，我柚子茶泡好了，放在沙發這邊的桌上可以嗎？」

「嗯。」陶哥隨口應了一聲，繼續埋首繪圖。

柯晴伊放下茶壺，又看向陶哥，默默轉身走進茶水間。

當她把一杯倒好的柚子茶端到陶哥的辦公桌上，陶哥停下手邊工作，再度看她一眼，「謝謝。」

「不客氣。」柯晴伊微笑，忍不住問：「薛姊他們不在嗎？」

「對，有事出去了。」

「好，那我下樓了，晚一點再過來跟薛姊拿茶壺。」

「嗯。」陶哥直起上半身往椅背一靠，伸手拿起茶杯喝茶，同時抬眸與柯晴伊四目相交。

想起先前自己在眾人面前對孫黎說了那些話，柯晴伊不由得一陣尷尬，於是移開了目光，吶吶和陶哥道別，正要走出工作室時，卻聽見他的聲音傳來。

「我第一次見到春樹的時候，是在朋友經營的一間畫廊裡。」

柯晴伊頓時停下腳步，卻見陶哥已再次低頭畫圖，一邊抽著菸，一邊用漫不經心的口吻說：「當時春樹在畫廊裡工作，朋友把他介紹給我，我就讓他來我這裡做事。」

柯晴伊沒有出聲，站在原地專心傾聽。

「他的觀察力很敏銳，懂得用同理心得到別人的信任，更擅長用笑容和別人保持最適當的距離。相處久了，我漸漸發現，那小子敏銳的觀察力是源自他的敏感，同理心則源自於他的過往，至於笑容，其實是他內心的武裝。」說話並未影響陶哥手上的動作，「一般人用笑容和其他人拉近距離，那小子卻是用笑容來和其他人保持距離，他雖然在笑，眼神卻沒有溫度，充其量只是戴著一副微笑面具在臉上，笑容是春樹的特色，也是他的保護色。像他這樣的人，要是哪天失去了這副面具，不是選擇自我了斷，就是逃到別人再也找不到的地方。」

陶哥仰頭吐了一口煙，將菸捻熄，「如果想要救他，就得先問問自己有沒有這種能耐與覺悟？他心裡的創傷和陰影太深、太巨大，不是一般人可以承受的。妳要想想自己有沒有心理準備和他一起面對？如果沒有，就不要輕易跳進去，否則一不小心，連妳也會一起被吞噬，兩個人都會變得不幸。」

說完，他定定地看著柯晴伊：「妳在愛著春樹的同時，能連同他心中的傷也一起愛嗎？」

柯晴伊沒有回應，只能怔怔地望著他。

今年的最後一個秋颱來勢洶洶，不僅帶來強烈的風雨，也讓全台交通都受到嚴重影響。

離開台灣將近兩週，孫黎提前從日本回來後，先前往台中辦事，返回台北時已經很晚，強颱使得部分捷運支線停駛，大街上也沒看到幾輛車子。

孫黎評估目前情況，發現就算坐計程車回家也不是很安全，便決定在附近旅社住一晚。儘管旅社離車站不遠，但拖著行李箱行走在強風暴雨之中，還是讓他全身幾乎都濕透了。

辦好住房手續後，一進到房間，一身狼狽的他便立刻進到浴室洗澡。洗完澡後，他打開行李箱，瞥見雪乃老師給他的那個黑色木盒。

「Haru有一樣東西想給你，既然你人在這裡，那我就替她轉交給你。」

孫黎坐在床邊，先是拿起盒子端詳盒蓋上的大阪城圖案，之後才打開盒蓋，裡頭存放了一疊疊摺起來的白色小紙條，還特別用透明夾鏈袋分裝。

孫黎拿起其中一包夾鏈袋，小心拉開袋口，取出最上面的一張紙條攤開，紙上寫著的文字映入他的眼簾⋯⋯

二月二十六日，第一天。

大樹學長，我相信你。

瞬間，孫黎怔住了。

呆了半晌後，他又抽出另一張紙條。

四月十七日，第六十一天，我相信你。

你現在在哪裡？

孫黎頓時腦中一片空白，繼續取出木盒裡的其他紙條一張張看下去。那些紙條依照年分與日期排序，每一天都有一張紙條，他看著看著，拿著紙條的手指漸漸顫抖了起來。

七月二十一日，第五百一十二天相信你的日子。

大樹學長，你好嗎？

別來無恙。

孫黎看著那些如雪片般灑落在床上的紙條，各種情緒在他胸口劇烈翻騰。

「所以，妳相信我可以？」

「我相信。」

「好，只要晴伊相信我，我就相信自己可以堅持下去。」

想起當時柯晴伊看著他的堅定眼神，孫黎心上那一層堅硬的外殼，終於在這一刻出現了裂痕。

「請你一定要回來，回到我們大家的身邊來！」

眼眶的灼熱，讓他不由得閉上了眼睛。

他發不出聲音，也止不住顫抖，只能不斷地深呼吸，緊緊握住手心裡的紙條……

好不容易把手上的工作處理完，柯晴伊離開公司的時候，已是晚上十點半。

外頭風雨交加，柯晴伊正想走到公司對面叫車，包包裡的手機卻突然傳來震動，她掏出手機，卻在看清來電者是誰後全身一僵。

她連忙接起電話，「喂？」

對方卻並未出聲。

她心裡緊張，怯怯地開口：「大樹學……」

「六年來，每個晚上，我都會做噩夢。」孫黎的聲音在電話另一頭響起。

柯晴伊怔住，頓時一動也不動。

「夢到我爸媽，還有我姊，不斷哭著抓住我，問我為什麼要奪走他們的一切？要我把他們的幸福還給他們。」他繼續說，語氣毫無起伏，「夢到他們三人在我面前死去，躺在血泊裡瞪大眼睛盯著我看，像是在說，我應該跟著他們一起死。

「我姊死後，有很長一段時間，我都不曉得自己到底是活著，還是死了？也不曉得怎麼做才能像以前那樣在大家面前繼續微笑。我看不見未來在哪裡，因為我已經沒有未來，所以好幾次，我都想跟我的家人一起離開這個世界，甚至當我想到終於可以結束一切時，還會覺得很輕鬆、很快樂。可是，我還是活下來了……為什麼？」

「為什麼在傷害了這麼多人之後，明知道這麼做可以讓自己得到解脫、讓自己快樂一些，我卻還是想要繼續活著？想跟大家一起笑，想回到當年我們六個人都還在一起，皓然學長還在的時候……為什麼事到如今，我居然還是會忍不住這麼想？為什麼？」

柯晴伊的眼眶濕了，心跳的頻率也隨著孫黎語氣的轉變而激烈起伏。

「大樹學長。」她輕聲開口，「你在哭嗎？」

電話另一頭沒有回應，過了很久，她才聽見一陣微小且隱約帶著顫抖的呼吸聲。

「大樹學長，你現在在哪裡？」她恨不得現在就能見到孫黎，陪伴在他身邊。

「我在台北。」

沒想到孫黎已經回到台灣，柯晴伊的心猛然一跳，胸口湧起一陣激動：「那你在公司嗎？還是在家裡？我……可以去找你嗎？」

「可以。」

柯晴伊鼻子一酸，幾乎掩不住心裡的狂喜，「學長，你現在在什麼地方？我……」

「我在台北車站附近的一間商務旅社，就只有我一個人，我住在五〇四號房。」孫黎語氣淡漠，幾乎聽不出一絲情緒，「如果妳還是願意過來……就來吧。」

隨著夜越來越深，風雨依然沒有減弱的跡象。

孫黎站在窗前靜靜注視潑瓢大雨無情地澆灌著這座城市，聽見門鈴聲響時，他拉上窗簾，走過去打開門，看見渾身濕透的柯晴伊站在門口。

他望著她，不禁輕笑，無奈道：「妳看妳，都淋成落湯雞了。」

一看到這張思念已久的臉，柯晴伊的視線瞬間蒙上了一層水光，她說不出話，只能站在原地癡癡看著他。

孫黎帶她進入房間，再度一笑，「先去洗個澡吧，不然很容易感冒，裡面還有一件浴袍，妳先穿著吧。」

說完，他從櫃子抽屜裡找出茶包，接著再打開礦泉水，把水倒進熱水壺加熱，似乎正準備泡茶。

柯晴伊靜默片刻，轉身走進浴室。等到她洗完澡從浴室走出來，便見孫黎端著一杯熱茶，坐在鄰近窗邊的圓桌旁，另一個杯子裡裝的卻是開水。

「我沒幫妳泡茶，只幫妳準備了一杯溫開水，以免妳晚上睡不著，那就不好了。」

柯晴伊點點頭，在他對面的椅子坐下，不經意地瞥見窗台上擺著一個黑色木盒，定睛望去，她的雙眼越睜越大：「那個……盒子。」

「我這次去日本見到了雪乃先生，那是她交給我的。盒子裡所有的紙條，我都讀過了，謝謝妳。」孫黎看著她，目光柔和，「謝謝妳在那段時間裡，一直都相信我。」

一股淡淡酸楚湧上鼻頭，柯晴伊抿著唇，沒有開口。

「知道那個時候，自己始終沒有被放棄，對我而言，這樣就夠了。」孫黎閉上眼睛，嗓音低啞，「真的……足夠了。」

柯晴伊突然起身走到化妝桌前，從自己的包包取出一個藍色紙袋，再把袋子裡的東西放到圓桌上。

看著桌上那一包包裝著白色紙箋的透明夾鏈袋，孫黎愣住了。

「我怕哪天又會碰上和當年一樣的意外，導致所有我想珍惜的事物在一夜之間消失不見，所以我習慣把這些紙條帶在身上。」柯晴伊直直地看著他，「不只那個時候……直到現在，我都還是相信大樹學長，或許這只是我一廂情願，但我還是想要繼續相信你，相信你沒有改變，相信你不會離開我們，相信總有一天你會回來。」

孫黎沒有出聲，仍是安靜地迎向她的目光。

「昨天晚上，我也寫了紙條，但今天，我想站在你面前，看著你的臉，親口對你說這句話。」她用堅定的眼神，以及帶著微微鼻音的嗓音對他說：「大樹學長，我相信你。不管是今天，還是明天，今後，我都會繼續相信你，一直一直相信你！」

孫黎的視線不曾從她臉上移開，他起身走近她，指尖拂過她柔嫩的面頰。視線變得模糊的那一刻，他低下頭，雙唇覆上了她的唇。

孫黎一手將柯晴伊擁進懷裡，一手扣著她的後腦勺，深深地吻著她，將她完全貼近自己。

柯晴伊閉上眼睛，意識隨著孫黎的吻越漸昏沉，她情不自禁抬手環住孫黎的脖子。不知道過了多久，兩人的唇稍微分開，幾秒鐘後又迫不及待吻了過去，直到孫黎摟著她倒臥在床上，兩人的唇才再度分開。他們躺在床上看著彼此，有段時間誰也沒出聲。

孫黎看見柯晴伊雙頰微微泛紅，呼吸帶著輕喘，那雙清澈的眼眸專注地注視著自己，眼神全是信任，一如他記憶裡的她。

而他對她的感情，六年來始終如一。

他沉聲問：「妳不怕……將來有一天會因爲我而受到傷害嗎？」

「我不怕，學長不會變成那樣的人。」柯晴伊撫摸著他的臉，語氣充滿肯定，「我所知道的大樹學長，比誰都還要溫柔善良，你心裡有很多的愛，保護家人的愛，珍惜朋友的愛，你是那麼想爲身邊的人帶來幸福，這樣的你，絕不會變成那樣的人。我想連學長心裡的傷也一起愛，我想在你的身邊，直到你不再覺得疼痛……不再傷心。」

聞言，孫黎眼眶泛起了紅色。

柯晴伊忍不住親吻他的眼睛，他握住了她的手，很快重新掌握了主動。

他不斷吻著她，雙唇從她的耳朵、頸側，漸漸移至鎖骨，溫熱的氣息噴吐在她的肌膚，她感覺自己像是浸泡在熱水裡，整顆心、整副身軀都變得越來越滾燙。

孫黎緩緩抬眸，發現柯晴伊眼神迷濛，眼角也隱隱泛著些許淚光。

他再次低頭吻住她，雙手將她浴袍上的結解開。

深夜的風雨，不時擊打在房裡的窗玻璃上，陣陣作響。

隨著時間流逝，直到遠方天空出現了朦朧微光，那些聲音才漸漸平息下來。

在一片灰暗的空間裡，孫黎發現自己獨自站在馬路中央。

還來不及看清四周，他突然聽到一陣刺耳的撞擊聲，轉身一看，一個女人躺在馬路上。女人慘白的臉上布滿鮮血，倒在地上動也不動，兩隻眼睛直直地瞪著孫黎。

孫黎忍不住退後一步，卻踩到了一個男人的手，那個男人仰躺在地上，腹部上插著一把水果刀，身上血跡斑斑，早已氣絕多時，卻同樣睜大眼睛瞪視著他。

孫黎驚惶失措，此時卻聽見有人喊他的名字。

「廷文。」

他循著聲音來源望去，只見另一名年輕女子手裡拿著鳥籠，微笑站在女人的屍體旁。女子打開鳥籠，把裡面的文鳥放出來，文鳥振翅飛走，很快消失在遠方。

等孫黎轉回視線，年輕女子也倒在了地上，眼睛和嘴巴流出鮮血，面無表情地看著他。

三人身上流出的血越來越多，蔓延至孫黎的腳邊，他動彈不得，赫然驚覺自己的雙手也沾滿鮮血。

那三個人開始不斷說話、痛哭、尖叫。他喘不過氣，幾乎沒辦法呼吸，彷彿整個人就要被血海淹沒……

「沒事的。」

一道輕柔的嗓音傳進孫黎耳裡。

他抬起頭，發現身上的血跡已經消失，原本躺在地上的那三個人，也全都不見了。

此時，一道黃色光線映入他的眼裡……

孫黎猛地睜開眼睛，卻又很快闔上，過了一會才再次睜開，讓眼睛慢慢習慣從窗外灑落進來的陽光。

這時，有人輕輕碰了下他的側臉，那是一雙纖細柔軟的手，爲他拭去他頰邊的冷汗。

「沒事了，大樹學長。」柯晴伊溫柔呢喃，「已經沒事了。」

孫黎一時無法反應，目光怔忡。

「廷文，我愛你。」

孫彤的聲音在他的腦海響起，淚水沿著他的眼角一滴一滴流下，無聲地浸濕了枕頭。

他緊緊握住柯晴伊的手，那片黑暗彷彿隨著此刻這道陽光逐漸散去，他冰冷的心也逐漸回溫。

他再也不會覺得冷。

中午時分，餐廳裡座無虛席，交談聲此起彼落。

用完餐後，蕭亦呈放下餐具，喝了口桌上的茶，看著柯晴伊問：「大樹學長還沒打電話給妳嗎？」

「還沒。」柯晴伊搖搖頭，「但他有傳訊息給我，大概還要再一個小時。」

「假日還要忙工作，眞是辛苦他了。」蕭亦呈苦笑，「聽說大樹學長昨天有去醫院啊？」

「嗯，他固定會回診，前幾年他身體不太好，如果碰上工作忙碌的時候，情況又會更糟。」

「大樹學長不光是身體累，心更累吧？這幾年他獨自扛起一切，怎麼可能不累？幸好現在有妳陪在他身邊。」蕭亦呈嘆了口氣，接著話鋒一轉，「對了，大樹學長知道妳今天出來跟我吃飯嗎？」

「嗯，知道。」柯晴伊點點頭。

蕭亦呈微微睜大眼睛，「他不會生氣嗎？」

柯晴伊莞爾，「大樹學長不會因爲這樣就生氣的。」

「那就好。」蕭亦呈鬆了一口氣，苦笑道：「其實我好像沒看過大樹學長生氣，仔細想想，他一直都很照顧我，我大一剛進天文社的時候，老是被皓然學長欺負，幸虧他每次都會出手相救，不然我可能早就退社了。有一陣子便利商店不是很常推出集點活動嗎？我和他都想要蒐集全套史奴比公仔，得知我只缺一隻後，他居然把他的那隻送給我，而那款他也只有那一隻。他對我那麼好，我居然還對他亂發脾氣，眞的該檢討。」

「你對大樹學長發脾氣？」柯晴伊很意外。

「對啊，老實跟妳說，其實我之前曾經瞞著妳來台北找大樹學長。我不忍心看到妳爲他傷心，所以就跑去找他，想要知道他的想法，結果談著談著一言不合，忍不住對他說了一些重話，我甚至告訴他，要是他再繼續傷害妳，我絕對不會把妳讓給他！」

聞言，柯晴伊登時傻了，低聲道：「對不起，亦呈學長。」

「嗯？爲什麼要跟我道歉？」蕭亦呈不解地眨眨眼。

「我讓你擔心了。還有……對不起，辜負了你的心意。」

蕭亦呈爽朗地笑了起來：「唉喔，妳又沒做錯什麼事，是我自己太遲鈍了，我太習慣有妳在身邊，沒想過妳其實心有所屬，就算隱約能感覺出妳和大樹學長之間有些微妙，我也沒有多想，更沒有仔細想過自己的心情，等我真正察覺到對妳的心意時，早已爲時已晚。而且，要不是如欣學姊，我可能到現在還不知道自己是喜歡妳的！」

「如欣學姊？」

「嗯，之前我爲妳和大樹學長的事而煩惱時，我向她求救，她一語驚醒夢中人……」蕭亦呈撓撓頭，笑得很難爲情，「看到妳和大樹學長在一起，雖然有時心裡還是會有點小難過，但我更替大樹學長覺得高興，我一直都希望學長可以忘記過往的傷痛，過得開心一點。晴伊妳也是，好不容易和大樹學長在一起，妳一定要過得比之前幸福，也要笑得比之前更開心喔！」

柯晴伊看著他，心中湧上一股淡淡的酸楚湧上喉頭，「謝謝你。可以認識亦呈學長，實在太好了。」

「眞的嗎？第一次有人這麼跟我說耶！」蕭亦呈有些受寵若驚。

「嗯，我很高興可以成爲亦呈學長的直系學妹，如果沒有你，我不會進入天文社，更不會和大家相遇。」柯晴伊發自內心向他道謝，「謝謝你一直在我的身邊。」

她感謝上天給予她的一切，感謝祂讓許多美好的人出現在她的生命裡。

她感謝自己所走過的每一條路，感謝自己所遇見的每一個人。

感謝他們，讓她的生命變得美滿、完整。

「喂？大樹學長，檢查結果怎麼樣？」蕭亦呈在電話裡劈頭就問。

「我沒事，抱歉讓你擔心了。」孫黎回道。

「你好好保重，不要太累了，如果有什麼事，拜託你一定要告訴我們，不要再搞消失，否則你真的會被如欣學姊丟進海裡餵鯊魚！」

孫黎忍不住輕笑，「好，我知道了。」

「說到要做到喔，要是你又對我們有所隱瞞，我就不認你這個學長了！」

聞言，孫黎陷入了短暫的靜默，「對不起，亦呈，我不是個好學長。」

「啊，你怎麼突然這麼說？」蕭亦呈一愣，「喂，大樹學長，你該不會是因為你跟晴伊在一起，所以對我感到愧疚吧？拜託，大可不必。我只希望你能好好珍惜晴伊，不管遭遇到什麼事，都不要輕易放棄她，就像晴伊從來沒有放棄你一樣。」蕭亦呈又說：「不過，要是你又把她惹哭，我可不會原諒你！」

「好。」孫黎嘴角微揚，「謝謝你，亦呈。」

結束通話後，孫黎走向前方站在花臺旁的柯晴伊，附近有幾個小朋友坐在地上寫生。

「大樹學長，你小時候也有像這樣到公園寫生嗎？」柯晴伊好奇地問他。

「嗯，小學美術老師會帶我們出去寫生，晚上我也會自己窩在房間畫畫，一畫就是好幾個小時。」

「那就表示你很喜歡畫畫。」柯晴伊勾起嘴角。

孫黎看著她，也跟著笑了，他牽起她的手在公園裡漫步。

「去彰化見妳爺爺的時候，他說妳很聰明，教妳泡茶的時候，妳學得很快，也學得很好，看得出他很以妳為傲。」

柯晴伊微微一笑：「其實……我不是聰明，也不是這麼快就融會貫通，我私下反覆練習過無數遍，直到能泡出和我阿公同樣味道的茶。我希望阿公會因為我表現得好而開心，也希望他能以我為傲，所以我努力當個好孩子，不讓他失望，希望他能夠更喜歡我。」

孫黎看著她的側臉，「妳這麼努力，是因為妳和家人並沒有血緣關係嗎？」

柯晴伊忽然間被說中心事，一時不禁語塞。

「妳還記得妳的親生父母嗎？」

「印象很模糊了，我只記得在我三歲的時候，有天我的親生母親帶我去車站，要我坐在車站大廳的椅子上等她買票，可是卻一直等不到她回來。到了晚上，我被車站的人帶到警察局，從此之後，我就沒有再見過她了。」柯晴伊語氣平靜，像是在說旁人的事。

「後來，我被我爸媽領養，他們很疼愛我，對我視如己出，我過得很幸福。我媽曾說，我親生母親沒有丟棄我，只是把我送給了她，我是我親生母親送給她最珍貴的禮物；她還告訴我，我的親生母親不是因為討厭我，才把我丟下，而是為了讓我遇到更好的人才會這麼做。她很感謝我的親生母親把我送到她的身邊，讓我成為她的女兒。

「我媽這樣的說法，讓我對親生母親沒有任何怨懟。我想一直留在我爸媽身邊，他們就是我的全部，所以我一直很努力地當個乖孩子，很努力地用功念書，希望讓他們開心，讓他們感到驕傲，讓他們……不會後悔當年領養了我。」

「妳害怕會再一次被遺棄？」孫黎望著她。

柯晴伊抿了抿唇，「漸漸長大以後，我知道自己不會被他們遺棄，雖然不會再爲此害怕，可是陰影還是在，甚至不知不覺影響了那時的我。我想要他們永遠愛著我，不會因爲領養了我，而有任何一點點的後悔。」

孫黎停下腳步，伸手將她擁進懷裡。

「大樹學長，怎麼了嗎？」柯晴伊一愣。

「沒什麼，只是突然很想抱抱妳。」他微微一笑，在她耳邊低喃，「晴伊，我已經一個禮拜沒再做噩夢了。」

柯晴伊立刻抬頭看他，臉上洋溢著欣喜，「眞的嗎？」

「嗯，醫生也說我的情況有明顯好轉。」孫黎憐惜地撫摸她一頭細軟的髮絲，「不只妳媽媽，我也很感謝妳的親生母親，如果她們一個沒有生下妳、一個沒有養育妳，我不會遇見妳。我不曉得自己能爲妳做什麼，但我也會努力，讓妳不會因爲選擇留在我的身邊，而有任何一點點的後悔。」

感動和喜悅讓柯晴伊的視線漸漸濛上一片霧氣，她將臉深深埋進孫黎的懷裡。

柯晴伊即將在日商公司工作滿一年之際，一向健康硬朗的柯爺爺卻生病了。柯苡芯婚後和丈夫搬到別處定居，如今有孕在身，無法像以前那樣經常兩邊跑，因此柯晴伊決定辭掉台北的工作，搬回彰化照顧爺爺。

回到彰化後，柯晴伊過了一段白天上班、下班趕往醫院的日子，直到柯爺爺病情好轉，出院返回家中靜養。雖然柯爺爺平時還是相當有精神，但畢竟年事已高，身體不時會出現一些病痛，因此柯晴伊每週都會帶他回診檢查，也對他平日的飲食起居十分注重。

雖然無法天天見面，不過只要有空，孫黎都會到彰化去看她，並且和她一起照顧柯爺爺，感情並未因相隔兩地而有所改變。

這樣平凡而幸福的日子，在柯晴伊回到彰化兩年之後，依舊不變地繼續下去。

某個週末，天文社六人組裡的五人再次聚在陳皓然家中。

「欸，聽說學校的那一排舊教室，要全部拆掉了耶。」趙雅芬忽然說。

「那社團教室不就全沒了？」蕭亦呈訝異問。

「是啊，好像是要蓋新的教學大樓。」

「這樣也好，不然老舊教室閒置不用也是浪費空間。」葉如欣嘆了口氣，「我好幾年沒回學校了，還挺懷念那裡的。」

「什麼時候會拆？」孫黎也問。

趙雅芬抬頭想了一下，「如果我沒記錯，好像就是這個月吧？」

「啊，這麼快喔？我還想說有機會回天文社看一看，可是從下個禮拜開始我工作超忙。」蕭亦呈一臉失望。

倒了一杯茶。

「學長、學姊，茶泡好了。」柯晴伊端著放著茶壺和茶杯的托盤走到客廳，爲眾人各

巧巧也端了兩盤點心出來，「大家盡量吃，不夠的話，裡頭還有喔。」

「謝了，巧巧姊。」葉如欣抬頭對她笑了一下，伸手拿起桌上的茶啜了一口，閉上眼睛輕吁一口氣，「雖然天文社沒了，至少還有小草泡的茶。」

「是呀，這股茶香就是天文社的味道啊。」趙雅芬望向走到屋外把兩個孩子牽進屋吃點心的柯晴伊，不禁也跟著笑，「小黎和凱欣都好喜歡小草。」

「對啊，看到我女兒這麼黏她，我也挺驚訝的，凱欣對她外婆都沒這麼黏。」葉如欣點點頭，接著又看向孫黎，「那你咧，現在是怎樣？」

「什麼怎樣？」孫黎不解。

「廢話，當然是問你什麼時候跟小草生一個，給我女兒還有小黎當玩伴啊！」由於葉如欣的話太過直接，一旁的蕭亦呈不小心被茶嗆到。

孫黎先是一愣，接著低下頭笑了一陣：「如欣，妳問的問題每次都會讓我的心臟瞬間一縮啊。」

「這又沒什麼大不了的，你再繼續拖拖拉拉下去，我就把小草擄回台中了！」

「學姊，大樹學長跟晴伊在一起才兩年耶，不用這麼急吧？」蕭亦呈傻眼。

「兩年又怎樣，一堆人還不是上一秒看對眼，下一秒就步入禮堂？拜託你不要這麼土好不好？」

聽著兩人一來一往的對話，孫黎和趙雅芬互望一眼，均是笑了出來。

過往那一段幸福時光，彷彿在這一片笑聲中回來了。

孫黎和柯晴伊這次特地在高雄多留了一天陪伴巧巧和陳黎，回去時，兩人坐在高鐵上，孫黎忽然問：「晴伊，妳想不想回學校一趟？」

「回學校？」

他看著她，溫柔地問：「嗯，妳想不想回去看看社團那一排舊教室？」

柯晴伊沒有思考太久，便輕輕點了頭。

之後，兩人在台中站下車，再轉乘計程車到學校。下車後，他們先站在校門口，抬頭望著熟悉的景色，一時不禁掉進了回憶裡。

此時正值暑假，學校裡沒有什麼學生。一邊漫步走在被夕陽照亮的校園，一邊聽著風吹拂樹葉的聲音，遍地的青草香、寬廣的道路，都在這一刻深深觸動了柯晴伊的心。

當他們終於來到那一整排舊教室前，兩人相視一笑，牽起彼此的手，慢慢踏上階梯。教室、長廊、淡淡的木頭味、腳底下的木頭聲響以及遠方的景色，依舊和記憶中一樣，不曾改變。

長廊盡頭的最後一間教室，門口掛著一個印有天文社三個字的板子。

裡頭的東西幾乎已被搬空，只剩下一張辦公桌，以及角落的鐵灰色書櫃，孫黎鬆開柯晴伊的手，走到書櫃前停下，從裡頭拿出一本書。這一幕畫面似曾相識，柯晴伊一時之間沒有移動腳步，不自覺盯著他看。

孫黎低頭看書，察覺柯晴伊的視線始終落在自己身上，他迎向她的目光，揚起唇角，「妳是新生？」

柯晴伊的心瞬間一顫。

他把書放回櫃子，朝她走近：「妳是來參觀的嗎？」

那一刻，柯晴伊完全說不出話，只能愣愣望著他。

「歡迎，請進。」孫黎微笑牽起她的手，把她帶到黑板面前，「妳對太陽系有興趣嗎？」

接著孫黎拿起板槽裡的白色粉筆，在黑板中央畫了一個圓。

她就這麼站著看孫黎用粉筆在黑板上作畫，沒多久，太陽與九大行星映入了她的眼簾。兩人第一次見面的情景，在她的眼前重現，彷彿瞬間回到了從前……

當孫黎放下粉筆，柯晴伊的眼眶也紅了。

她看著黑板上的太陽系許久，抬眸望向孫黎，聲音微啞：「學長，我可以把你的畫拍下來嗎？」

「當然可以。」孫黎滿臉都是溫柔的笑意。

柯晴伊走到教室後方，將手機鏡頭對向黑板，孫黎坐在辦公桌上的身影，也同時入鏡。

夕陽餘暉從窗外灑落，將那幅畫和那個身影照亮，快門還沒按下，她的眼淚便掉了下來，幾乎看不清螢幕裡的畫面。當年她坐在這裡，在桌上放著一壺柚子茶等待孫黎回來的日子，至今依然歷歷在目。

那個人的身影，一直都在她的心裡。

孫黎像是看穿她的內心所想，起身走到她面前，爲她擦去臉上的淚，他微微一笑，

「我回來了。」

柯晴伊緊抿著唇，努力忍住不讓自己哭出聲音，接著卻見孫黎從口袋裡掏出一枚戒指，將戒指套在她左手的無名指上，她整個人都呆住了。

「我跟如欣果然心有靈犀。」孫黎莞爾。

柯晴伊怔怔看著手指上的戒指，下一秒，孫黎牽起她的左手，並將唇輕貼在戒指上，同時定定地看著她：「小草，妳願不願意這一輩子，都跟大樹在一起？」

聞言，柯晴伊不禁全身顫抖，淚水再度滑落，她的臉也跟著紅了。

她摀住雙唇，胸口脹滿了難以分說的各種情緒，一時說不出話，只能不停地點頭。

在這裡初次相遇，也在這裡決定終生相守。

兩人將牽著彼此的手，永遠走下去。

「欸，如欣學姊，妳在忙什麼啦？婚禮都快開始了。」蕭亦呈看到葉如欣一直低頭按著手機，忍不住問。

「唉，不要吵，快好了，我在跟編輯談事情。」她依舊沒有抬頭。

「編輯？妳哪來的編輯？」蕭亦呈不解。

坐在另一側的趙雅芬笑道：「如欣寫了一篇愛情小說發表在網路上，下個月要出版了。」

「真的假的？如欣學姊，妳在寫愛情小說？」蕭亦呈驚恐地瞪大眼睛，像是聽見什麼可怕的消息。

葉如欣怒瞪他一眼，「你這是什麼反應？好歹我高中也拿過校園文學獎好不好？這幾年突然心血來潮重新提筆，沒想到被出版社找上了。」

「書名是什麼啊？」

「《大樹與小草》。」

蕭亦呈微微倒抽了一口氣。

「怎樣？」葉如欣納悶地看著他。

「沒有，只是覺得……學姊未免也太不會取名字了吧，妳真的拿過文學獎嗎？」

「臭小子！」葉如欣立刻敲他的頭。

此時，一陣音樂聲和掌聲響起，穿著一襲白色婚紗的柯晴伊挽著柯爺爺的手緩緩進場，最後柯爺爺滿臉欣慰地把柯晴伊的手交給了孫黎。

看著柯晴伊和孫黎相視而笑，葉如欣想起自己剛才去找孫黎的時候，偶然瞥見他皮夾裡放著一張小小的白色紙條。

那是小草寫給大樹的告白。

想著紙條上最後寫著的那四個字，葉如欣沉思了一會，嘴角揚起一抹笑，再度拿起手機，她得趕緊通知編輯，書名要改了。

全文完

番外
今夜月色很美

才剛走進這間客滿的連鎖咖啡廳，葉凱欣便看見那名少年了。

少年對面坐著兩名少女，她猜想三人應該是國中同學。

雖然對這一幕感到好奇，葉凱欣卻沒打算過去攀談，然而少年眼尖看見她了，向她揮手，於是她才走了過去。

「凱欣姊姊，妳來買咖啡？還是妳跟陳黎哥哥約在這裡？」

葉凱欣莞爾看著這名敏銳的少年，無奈地回：「被你猜中了，我跟他約在這裡見面，但店裡似乎沒空位了，正想要不要跟他改約別的地方。」

「凱欣姊姊不如先跟我們一起坐，等陳黎哥哥來再說。」少年指著自己隔壁的空位，接著轉頭對那兩名少女說：「這位姊姊也懂很多天文的事情，妳們有問題可以問她。」

其中一名留著褐色長髮的女孩，面色閃過一抹不自然，然而下一秒臉上就堆起燦爛笑容，用開朗甜美的嗓音說：「真的嗎？那當然好呀！」

葉凱欣看出這女孩根本不希望她留下，正要開口婉拒少年，他看著她的眼神卻流露出懇求，她察覺事有蹊蹺，只得先答應，打算等陳黎一到就離開。

長髮女孩經過精心打扮，妝容精緻，戴著灰色隱形眼鏡，與她身旁的短髮女孩形成強烈對比；短髮女孩脂粉未施，皮膚白皙，模樣清純，有一雙明亮的烏黑眼眸。

「凱欣姊姊，妳好，我叫羅雅逸，她叫張媛。」長髮女孩落落大方地自我介紹，「我們是孫晴樹的同班同學，請問妳是孫晴樹的親戚嗎？」

葉凱欣還未開口，孫晴樹就搶先一步回答：「不是。我爸媽跟凱欣姊姊的媽媽是好朋友，凱欣姊姊的男朋友陳黎，他的父母跟我爸媽也很熟，所以我從小就認識他們了。我爸媽跟凱欣姊姊的媽媽，以及陳黎哥哥的爸爸，以前讀同一所大學，也都是天文社的成員。」

羅雅逸傻了一下，無法馬上釐清其中的關係，過了一會才吶吶地說，「原、原來是這樣呀……」

張媛的反應卻截然不同，她望著孫晴樹和葉凱欣兩人的眼神，多了一分奇異的光采。

葉凱欣旁觀一切，並看了眼像是故意說出這番話的孫晴樹，隱隱猜出這三人之間的關係。

「妳們對天文有興趣嗎？」葉凱欣主動問她們。

「對呀，我和張媛都喜歡天文，孫晴樹對天文非常了解，所以想向他請教一些問題。」羅雅逸笑盈盈地回答，目光卻停在少年臉上。

之後的十分鐘，都是羅雅逸在說話，而且聊的話題都圍繞著孫晴樹打轉，與天文全然無關。

張媛始終默不出聲，過了好一會，她用手指輕點好友的肩膀，羅雅逸立刻心領神會，揚聲說道：「啊，妳要先走了嗎？我還想跟孫晴樹還有凱欣姊姊聊一下，晚點再跟妳聯絡，拜拜。」

「拜拜。」張媛的聲音細小輕柔，與他們三人道別後，便背著書包離開。

此時葉凱欣的手機傳來收到訊息的提示音，她向少年謊稱：「晴樹，陳黎去了另一間店，我要過去找他，不好意思。」

「喔。」孫晴樹垂下肩膀。

「好可惜喔，我還想跟凱欣姊姊多聊聊。凱欣姊姊再見！」羅雅逸臉上毫無遺憾之情，眼睛笑得彎成了月牙。

一走出咖啡廳，葉凱欣很快找到尚未走遠的張媛，追上去叫住她。

「請問凱欣姊姊找我有什麼事？」

「妳和晴樹在交往嗎？」

張媛嚇了一大跳，連忙澄清，「沒有這回事。」

「咦？可是我總覺得妳跟晴樹之間有些怪怪的……妳應該對晴樹有好感吧？」

張媛白皙的臉蛋染上一片緋紅，她不發一語，竟像是默認了。

「羅雅逸不知道妳喜歡晴樹吧？」

「嗯，她不知道，也請凱欣姊姊不要告訴孫晴樹。」張媛懇求。

「好，我不告訴他，但我覺得晴樹說不定也對妳有好感。」

「這是不可能的，他連我都不記得了。」張媛神情失落，話聲幾不可聞。

「這是什麼意思，你們以前就認識嗎？」葉凱欣問。

過去因爲父親工作的關係，張媛經常轉學，小學五年級時，她跟孫晴樹同班過一個學期，兩人還坐在隔壁。

有一天，她注意到孫晴樹桌上放著一張黑色書籤，上頭有滿月和星星的圖案，還有一句她看不懂的日文。

「妳一直看向我這邊，有什麼事嗎？」孫晴樹察覺到張媛的視線。

「那、那個，書籤上的那句日文，是什麼意思？」沒有料到會被他發覺，張媛很尷尬，說話變得結結巴巴。

孫晴樹瞄了眼書籤，流暢地念出那句日文：「今夜は月が綺麗ですね。」

張媛圓睜雙眼，滿臉佩服，「你會說日文？好厲害！」

「還好啦，我爸媽教我的，他們兩個都會說日文。」

「這句日文是什麼意思？」

「今夜月色很美。」

「哇，原來如此。」張媛露出笑容，目光落在孫晴樹手中拿著的書籍，鼓起勇氣跟他多聊幾句，「你好像很常看天文類的書，你對天文有興趣？」

「嗯，我爸爸是天文迷，他常帶我做天文觀測，上次我們還一起去看月全食……」見張媛神情專注，孫晴樹看了眼書籤上的滿月，忽然問她：「妳知道月亮是怎麼來的嗎？」

從那天起，兩人每天都會聊起天文相關話題，孫晴樹與她分享許多天文知識，讓張媛也跟著對天文產生濃厚的興趣，孫晴樹還告訴她，他的父母在大學的時候都加入了天文社，進而相識相戀。

過了一個學期，張媛又要轉學到另一座城市，孫晴樹將那張有滿月圖案的書籤送給她。

「這句日文還有另一層意思。」

「什麼意思？」

孫晴樹卻是緊閉雙唇，沒有給她答案。

轉學後，張媛始終無法忘記與孫晴樹相處的那段時光。

除了繼續鑽研天文，她也開始學習日文，後來終於明白，那句「今夜は月が綺麗ですね」，其實隱含「我喜歡你」的告白意味。

她無法肯定，孫晴樹送她那張書籤，是否與這層含義有關。

三年後，父親又調職，張媛轉學至孫晴樹就讀的國中，兩人碰巧再度同班。

她一眼就認出了孫晴樹，然而孫晴樹卻像是已經忘了她這個人，讓她遲遲不敢與他相認。

聽完張媛所言，葉凱欣看向她的眼神變得更柔軟了，「沒想到妳跟晴樹有過這一段故事。」

「嗯，過去我經常轉學，個性又很膽小，始終交不到什麼朋友，孫晴樹是我的第一個好朋友。他以前就告訴過我，有兩個哥哥姊姊對他很好，剛才聽他那麼說，我就知道那一定是指凱欣姊姊跟妳的男朋友。他跟我說了很多你們的事，還常常請我喝他媽媽泡的柚子茶，我到現在都還忘不掉那個味道。」張媛甜甜一笑。

「我懂！晴樹媽媽泡的柚子茶，是全世界最好喝的飲料。」葉凱欣深有同感，「我能肯定晴樹記得妳，他那些話是故意對妳說的，說不定他也以爲妳忘了他，才不敢和妳相認。」

張媛一愣，吞吞吐吐地說：「或、或許是這樣吧，可是，我現在不太合適和孫晴樹相認……」

「因爲羅雅逸嗎？」葉凱欣敏銳地點出問題的癥結點。

「嗯，全班都知道雅逸喜歡孫晴樹。孫晴樹是個超級天文迷，雅逸發現我同樣喜歡天文，就拉著我一起把孫晴樹約出來，說是要向他請教天文方面的問題。我不知道該怎麼拒絕雅逸，而且要是讓雅逸知道我和孫晴樹以前就認識了，以她的個性，一定會生氣。」

「如果她因爲這樣就生氣，那代表她不值得妳深交。就我看來，羅雅逸對天文根本一點興趣也沒有，只是利用妳而已，而且，晴樹應該是因爲妳會去，才答應赴約。晴樹很聰明，既然我都能看出羅雅逸的心思，晴樹不可能看不出來。妳眞的想爲了根本不在乎妳心情的羅雅逸，繼續隱藏自己的心意嗎？」葉凱欣語重心長勸道。

張媛輕咬下唇，眼眶有些發紅，低頭陷入了掙扎。

就在這時，葉凱欣接到孫晴樹的來電，問她人在哪裡。葉凱欣看了張媛一眼，老實回答自己還在咖啡店附近，而且張媛也跟她在一起。

結束通話後，葉凱欣笑盈盈地對張媛說：「晴樹打來的，他叫我留住妳，千萬別讓妳跑了。」

張媛既意外又驚慌，又不好拋下葉凱欣走開，正左右爲難之際，背著書包的孫晴樹出現在她們的眼前。

「羅雅逸呢？」葉凱欣問。

「我跟她說，如果她喜歡我，就請她早點放棄，我絕對不可能喜歡她。她氣得跑走了。」孫晴樹坦言不諱，「我猜得沒錯，凱欣姊姊妳果然出來找張媛了，幸好我有打電話給妳。」

「你怎麼會知道我出來找張媛？」葉凱欣大吃一驚。

「陳黎哥哥告訴過我，妳說謊的時候語速會變快，剛才妳就是這樣。在咖啡廳裡，妳一直在注意張媛，張媛一走，妳馬上找藉口跟著離開，所以我推測，妳應該是追出來找張媛。」孫晴樹分析得頭頭是道。

「你們在聊什麼，我好像聽到我的名字？凱欣，不是約在咖啡廳嗎？妳怎麼跟晴樹站在這裡？」陳黎從街邊走了過來，手搭在葉凱欣的肩上，好奇地看向張媛，「這女孩是誰？晴樹的同學嗎？」

「張媛，他是陳黎哥哥，大學四年級，凱欣姊姊大三，他們是○大天文社的社長及副社長。」孫晴樹認真地看著張媛的眼睛，「妳記得我以前告訴妳的事嗎？」

張媛睜大雙目，神態激動，連連點頭。

「晴樹，既然你記得張媛，爲什麼不主動和她相認？」葉凱欣不解地問。

「我也想啊，但張媛一轉學過來，馬上跟羅雅逸變成朋友。我知道羅雅逸喜歡我，也知道她的個性很糟糕，要是張媛因爲我而被她找麻煩，那怎麼辦？」

得知孫晴樹並未主動與自己相認的緣由，張媛心中感動，與葉凱欣交換一記眼神後，她鼓足了勇氣對孫晴樹說：「沒、沒關係，就算雅逸生氣，我也不怕！」

「眞的?那以後我在學校可以找妳說話了吧?」見張媛點頭，孫晴樹隨即露出燦爛的笑容，「妳要坐捷運回去嗎?我也要搭捷運，一起走吧?」

葉凱欣馬上附在張媛耳邊小聲說：「妳要找機會問晴樹，當年他送妳那張書籤，是不是表示他喜歡妳喔?」

張媛滿臉通紅，再次輕輕點了下頭，與孫晴樹一同離去。

「欸，現在是什麼情況?」陳黎一頭霧水，下一秒他卻挨了葉凱欣重重一擊，痛得他哇哇大叫，「喂，妳幹麼突然打我?」

「誰叫你跟晴樹亂講話?你居然告訴他我只要撒謊，說話速度就會變快，害我超糗的，你簡直皮在癢!」葉凱欣氣到不行。

「哈哈哈，妳說謊被晴樹抓包了嗎?」迎上女友想要殺人的目光，陳黎馬上斂起笑意，連忙安撫她，「對不起啦，我不是故意的，我只是隨口提起，哪知道那小子會記在心裡?好啦，妳快告訴我到底發生了什麼事。」

在陳黎的催促下，葉凱欣按捺住脾氣，將方才的經過轉述一遍。

前往下一間咖啡店的路上，葉凱欣看見天空掛著一輪明月，忍不住唇角上揚，小聲地說：「月色眞美。」

聞言，陳黎低頭在她耳邊回了一句：「我死而無憾。」

她愣住，「你說什麼?」

「妳那句『月色眞美』表示『我愛你』，『我死而無憾』，則代表『我也愛妳』。」

陳黎笑嘻嘻地解釋，「這是我從日本動畫裡學到的，既然妳向我告白，我當然要回應妳。」

「誰向你告白了啦？」葉凱欣臉一熱，好氣又好笑，「張媛應該知道這個典故吧？」

「她和晴樹應該都知道吧，她都爲了晴樹那麼努力學習日文了，如果她能用這句話回應晴樹的告白，那就再好不過了。」

「就是啊。」葉凱欣笑著牽起陳黎的手。

她期待著很快能聽到那兩個人的好消息。

後記

親愛的你們，別來無恙？

非常開心《別來無恙》能以全新的面貌跟大家見面。

爲了撰寫新番外，我重新閱讀這個故事，而且是很快速地看過，沒有細看。爲什麼呢？因爲我不敢看得太仔細，不想再次深刻體會孫黎的故事。

和《來自天堂的雨》、《紙星星》相比，《別來無恙》其實是至今最讓我「難受」的一個故事，因爲在某一方面，它跟我過去的心情最貼近。當我回首這個故事，就會想起成長過程中所受過的傷。於是發現，即使過了這麼多年，即使乍看下已是成熟的大人，有些傷口還是無法輕易癒合，並深深影響著長大的自己。

正因爲心疼曾經無能爲力的自己，只要看見孫黎，我的帶入感就很強烈，恨不得可以跳進故事裡解救他，而這也是我第一次對一個角色產生這樣的心情。

話是這麼說，但在寫的當下，我其實沒有想那麼多，反而是多年以後重新回顧，才驚覺我在這個故事裡放入太多太多的自己，不忍再去面對一次那樣的過往；這樣的心情讓我發現，原來我依舊會心痛，還是會難過，所以自然不願再看見孫黎所承受過的傷。

然而，也因爲這個發現，我才明白我內心的黑暗源自何處，當我了解到這點，也就開始有了療癒自己的能力。

面對自己的傷痛，是療癒自己的第一步，這是孫黎讓我明白的。

既然我創造了這樣的他，自然就要相信他，相信現在的我，已經可以保護自己、讓自己過得幸福了。

我很慶幸當年給了孫黎一個好結局，否則現在這篇後記，我應該會寫得非常痛苦。（鬆一口氣）

《別來無恙》出版至今也將近十年了，我很自然就想到天文社六人幫的未來，於是決定以他們的小孩作爲番外主角，跟《來自天堂的雨》一樣。

孫黎和柯晴伊的兒子孫晴樹、葉如欣的女兒葉凱欣，陳皓然的兒子陳黎，這幾個角色讓我寫得很愉快。當編輯提出，希望我爲《別來無恙》寫一篇番外，我以爲我會寫不出來，沒想到他們三個人的故事很快在我心中浮現，而且還是溫馨可愛的好結局，實在太好了。（再次鬆一口氣）

看到這裡的你，如果是曾被這個故事感動的小平凡，請讓我再次對你說一聲謝謝，你們的陪伴與支持，給我很大的力量。

但願長大後的你們，也和孫黎一樣，成爲一個能夠守護自己、珍愛自己的人。

謝謝最親愛的小平凡，謝謝馥蔓，謝謝尤莉，謝謝城邦原創。

謝謝一路堅持到現在的自己。

晨羽

國家圖書館出版品預行編目資料

別來無恙【紀念版】／晨羽著. -- 二版. -- 臺北市：
城邦原創股份有限公司出版：英屬蓋曼群島商家
庭傳媒股份有限公司城邦分公司發行, 2022.10
面；公分. --

ISBN 978-626-7217-00-9（平裝）

863.57 111015725

別來無恙【紀念版】

作　　者／晨羽
企劃選書／楊馥蔓　　行銷業務／林政杰
責任編輯／楊馥蔓、林辰柔　　版　　權／李婷雯

網站運營部總監／楊馥蔓
副總經理／陳靜芬
總 經 理／黃淑貞
發 行 人／何飛鵬
法律顧問／元禾法律事務所　王子文律師
出　　版／城邦原創股份有限公司
台北市中山區民生東路二段 141 號 6 樓
電話：(02) 2509-5506　傳眞：(02) 2500-1933
E-mail：service@popo.tw
發　　行／英屬蓋曼群島商家庭傳媒股份有限公司城邦分公司
聯絡地址：台北市中山區民生東路二段 141 號 11 樓
書虫客服服務專線：(02) 25007718・(02) 25007719
24小時傳眞服務：(02) 25001990・(02) 25001991
服務時間：週一至週五09:30-12:00・13:30-17:00
郵撥帳號：19863813　戶名：書虫股份有限公司
讀者服務信箱 email：service@readingclub.com.tw
城邦讀書花園網址：www.cite.com.tw
香港發行所／城邦（香港）出版集團有限公司
地址：香港灣仔駱克道 193 號東超商業中心 1 樓
email：hkcite@biznetvigator.com
電話：(852)25086231　傳眞：(852) 25789337
馬新發行所／城邦（馬新）出版集團 Cité(M)Sdn. Bhd.
41, Jalan Radin Anum, Bandar Baru Sri Petaling,
57000 Kuala Lumpur, Malaysia.
電話：(603) 90563833　傳眞：(603) 90576622
email：services@cite.my

封面插畫／左萱
封面設計／Gincy
電腦排版／游淑萍
印　　刷／漾格科技股份有限公司
經 銷 商／聯合發行股份有限公司
電話：(02)2917-8022　傳眞：(02)2911-0053

■ 2022 年 10 月二版　　Printed in Taiwan

定價／380元

ISBN 978-626-7217-00-9